DER TODESREIGEN

Minne, Morde und Mysterien

Elizabeth Peters, Der Fluch des Pharaonengrabes
(TB 25225)

Siegfried Obermeier, Die Hexenwaage
(TB 25228)

Margaret Frazer, Die Magd
(TB 25223)

Marian J.A. Jackson, Der Rubin des Punjat
(TB 25224)

Annette und Martin Meyers, Das Kingsbridge-Komplott
(TB 25227)

Zum Buch:

Gret Grundlin, die junge, unerschrockene Haushälterin des Doctor Minutus, bei ihrer Lieblingsbeschäftigung: Sie geht ungeklärten Kriminalfällen nach. In ihrem neuesten Fall ist die Sache aber noch verwickelter, denn der Mann, der als Täter verhaftet wurde, ist in Gret verliebt – und er flieht aus dem Kerker geradewegs zu ihr. Eines Abends steht der Spielmann Pierangelo Contini vor ihrer Tür – er schwört ihr ewige Liebe und fleht sie an, Beweise für seine Unschuld zu finden.

Zur Autorin:

Barbara von Bellingen, Jahrgang 1944 , hat in den USA studiert und lebt heute in der Eifel bei Köln. Sie gilt als eine der erfolgreichsten Autorinnen von historischen Romanen.

Barbara von Bellingen

DER TODESREIGEN

Ein Kriminalroman aus dem Mittelalter

Econ Taschenbuch Verlag

Veröffentlicht im Econ Taschenbuch Verlag

Der Econ Taschenbuch Verlag ist ein Unternehmen
der Econ & List Verlagsgesellschaft

Neuausgabe

Umschlagkonzept: Büro Meyer & Schmidt, München – Jorge Schmidt
Umschlagrealisation: Init GmbH, Bielefeld
Titelabbildung: AKG, Berlin
Gesetzt aus der Bodoni
Satz: Econ Verlag
Druck und Bindearbeiten: Elsnerdruck, Berlin
Printed in Germany
ISBN 3-612-25226-7

1. KAPITEL

Wir haben ja versucht, die jnädije Frau nit hier reinzulassen«, schnatterte das kleine Hausmädchen aufgeregt und mit um Entschuldigung bittendem Unterton, »aber se wollte und wollte einfach nit hören! Ich hab' sofort jesagt, die kippt uns um.« Sie wischte mit dem Zeigefinger über einen kleinen Blutfleck, der ihre lange, blütenweiße Leinenschürze verunzierte. »Der Anblick wär' einfach zu furchtbar für die Jnädije, hab' ich jesagt. Ehrlich – dat hält die nit aus. Un jetz is et passiert – jenau, wie ich jesagt hab'. Se is uns umjekippt!«
Gret Grundlin, die gerade das Gartenhaus betreten hatte, nickte geistesabwesend. Sie verschwendete keinen Blick an das Hausmädchen oder an die Frau des Hauses, die auf eine schmale Polsterbank gebettet worden war und um die sich Doctor Minutus mit Wange- und Händetätscheln bemühte. Gret hatte nur Augen für den Toten, der zu ihren Füßen am Boden lag.
Sonnenlicht fiel in schrägen Strahlen durch das weit geöffnete Fenster des kleinen Gartenpavillons und beleuchtete das todesstarre Gesicht des großgewachsenen, hageren, etwa fünfzigjährigen Mannes. Johann Schwerdtfeger, gutbetuch-

ter Fernkaufmann, Englandfahrer und einer der führenden Bürger der Kölner Gesellschaft, lag auf dem Rücken. Die Augen waren ihm geschlossen, das Kinn bereits hochgebunden worden, wie das bei einer Leiche üblich war, nur gewaschen und festlich für die Aufbahrung eingekleidet hatten sie ihn noch nicht. Sein rechtes Ohr war blutverkrustet, und seine Jacke aus teurem grauem flandrischem Tuch hatte deutlich sichtbar eine Anzahl kleiner schlitzförmiger Risse.
»Wie ist das passiert?« fragte Gret.
»Hab' ich doch jerade jesagt«, gab das Hausmädchen zurück, »se hat et nit ausjehalten un is –«
»Das meine ich nicht!« Gret ging neben dem Toten in die Hocke, drehte seinen Kopf leicht zur Seite und betrachtete das Ohr, aus dem Johann Schwerdtfeger geblutet hatte. »Ich will wissen, wie der Hausherr zu Tode gekommen ist!«
»Der Herr ...?« stotterte das Hausmädchen, offenbar erstaunt über Grets Frage.
Am Hinterkopf des Toten, verdeckt vom dichten grauen Haar, war eine tiefe, kreisrunde Delle. Gret ertastete sie ganz deutlich. Die kleine Platzwunde an ihrem Rand hatte kaum geblutet.
»Der Herr, der is abjestochen worden«, sagte das Hausmädchen, »dat sieht mr doch. De janze Jack' is ja voll Löcher!«
Gret richtete den Kopf des Toten vorsichtig wieder gerade. Die Leichenstarre hatte bereits eingesetzt. Wangen- und Kiefermuskeln fühlten sich bretthart an.
»Uns Frollein Elisabeth hat dat sofort jesehen, wie se dr Herr jefunden haben«, schnatterte die kleine Magd weiter, »totjestochen is er worden. Aber der Pitter und der Christ, die sind schnell. Jottseidank waren die im Jarten und haben den Mörder jeschnappt, wie der über de Mauer wollt'!«
Zwei vierschrötige, kräftig gebaute Hausknechte betraten das Gartenhaus mit einer Bahre, die provisorisch aus Holzstangen und zwei Bahnen Leinwand zusammengebaut war. Stumm schickten sie sich an, den Leichnam Johann Schwerdtfegers wegzutragen.

»Erstochen?« murmelte Gret kopfschüttelnd.
»Ja, ja.« Das Hausmädchen quasselte in seiner Aufregung immer weiter. »Der Pitter und der Christ«, sie wies auf die beiden Knechte, »die haben den Kerl im letzten Moment erwischt, wie der –«
Gret unterbrach ihren Redeschwall mit einer ungeduldigen Handbewegung. Das hastige Gesprudel fing an, ihr auf die Nerven zu gehen. »Etwa denjenigen, der euren Hausherrn ... erstochen hat?« sprach sie einen der Knechte an. Der nickte Gret wortlos zu. Sein Kamerad rückte den Leichnam auf der Trage zurecht und brummte dabei: »Auf frischer Tat ertappt han mr den! Jetzt is er schon auf dem Weg in den Turm. De Klocken haben ihn eben abjeholt.«
»So«, sagte Gret. Das war ja erstaunlich schnell gegangen. Kein Wunder. Wieder einmal war den Klocken – den städtischen Bütteln – ja auch weitgehend die Arbeit abgenommen worden. Hätten die beiden Knechte nicht so tatkräftig eingegriffen, der Mörder wäre wahrscheinlich entkommen und nie gefaßt worden – wie meistens. Andererseits – konnten so wenige Büttel überhaupt in einer Stadt wie Köln für Ordnung sorgen? Gret verstand nicht, warum der Rat noch immer die Zahl der Klocken auf vier Mann beschränkt hielt. Das waren einfach zu wenige, wenn man bedachte, daß die städtischen Ordnungshüter auch die Aufsicht auf den Märkten zu versehen und die kleineren Leibesstrafen zu verabreichen hatten ...
»'n paar Tage noch«, sagte einer der Knechte, »dann kriegt der Hundsfott, wat er verdient. Unsern juten Herrn wejen 'ner Taschenuhr umzubringen ...!«
»Dat is mehr als nur Lumperei«, ergänzte der andere. »Pack du am Fußende an, Christ. Ich nehm et Koppende.« Er hob die Trage leicht vom Boden ab. Christ ergriff die Stangenenden zu Füßen des Toten. Gemeinsam wuchteten sie den schweren Leichnam hoch und schafften ihn aus dem Gartenpavillon zum Haus hinüber. Dort, in der großen Halle im Erdgeschoß, würde er die letzten Sakramente bekommen und standesgemäß bis zur Beerdigung aufgebahrt werden –

wie das einem der angesehensten Kaufleute Kölns gebührte. Einen Augenblick lang schaute Gret den Knechten nach, die mit ihrer reglosen Last über den muschelbestreuten Gartenweg davonstapften. Dann riß sie sich von dem Anblick los. »Taschenuhr?« fragte sie das Hausmädchen, das untätig dastand und Maulaffen feilhielt, »was ist denn das für ein Blödsinn? Uhren kann man doch nicht in der Tasche herumtragen, so groß und schwer, wie die sind! Das Pendel würde außerdem stillstehen. Und ohne Pendel geht keine Uhr – soviel weiß ich!«

Die kleine Magd reckte sich, schien sich Gret einen Augenblick lang überlegen zu fühlen. »O doch«, gab sie zurück und hob magisterhaft die Stimme, »der Herr hatte eine – so klein.« Sie formte mit Daumen und Zeigefinger einen Ring. »Und da war kein Pendel dran. Und sie ging trotzdem.«

Gret verzog das Gesicht. »Veräppeln kann ich mich alleine. Ich glaub' dir kein Wort.«

»Könnt Ihr aber.« Das Mädchen schaute beleidigt drein. »Sie sah aus wie'n geköpftes Ei. Der Herr hat se immer in dr Jackentasch jetragen.«

»Das war bestimmt eine Pillendose«, meinte Gret, keineswegs überzeugt.

»Pah«, sagte das Hausmädchen. Es wurde laut, als müsse es seine persönliche Ehre verteidigen. »Vorhin hat der Pitter dem Mörder sojar noch die Kett, die zu der Uhr jehört, aus dr Tasch' jezogen – direkt, nachdem er den Kerl jeschnappt hatte! Ihr könnt jeden im Haus fragen. Sowat Wertvolles –«

»Grundlin«, ließ sich der Doctor aus dem Hintergrund vernehmen, »assistiere mir doch endlich! Ich habe dich nicht herbestellen lassen, damit du deine Zeit durch Schwatzen mit anderen Weibsbildern totschlägst. Dafür bezahle ich dir nicht den unverschämt hohen Lohn, den du mich kostest.«

Er reckte sich aufgebracht und wandte sich für einen Augenblick von seiner Patientin ab, einer recht hübschen, schwarzhaarigen Frau Mitte Zwanzig. Anna Maria Schwerdtfeger bot selbst jetzt einen vornehmen Anblick. Nur das dunkelgrüne Seidenkleid, dessen weite Röcke sich über den Polstern

der Bank bauschten, stand ihr wegen ihrer augenblicklichen Blässe nicht gut zu Gesicht.
Gret mußte über die Bemerkung des Doctors lächeln. Der Gute! Seit ihrem vierzehnten Lebensjahr stand sie jetzt bei ihm in Diensten – schon über sieben Jahre führte sie ihm den Haushalt. Und das ganz ohne Fehl und Tadel, das wußte er genau. Darüber hinaus ging sie ihm auch noch bei seinen ärztlichen Aufgaben zur Hand. Sie erledigte kleinere Eingriffe sogar meist allein, während er seinen reichen Patienten etwas vorschwadronierte. Dennoch – anstatt seiner tüchtigen Wirtschafterin dankbar zu sein, suchte er bis auf den heutigen Tag immer wieder Gründe, sich zu beklagen. Besonders dann, wenn Klagen absolut fehl am Platz waren.
Es wurde Zeit, den Herrn Doctor wieder einmal auf das rechte Maß zurechtzustutzen. Gret räusperte sich. Was hatte sie sich doch am vergangenen Silvester für das neue Jahr 1501 vorgenommen? Den alten Hagestolz zu mehr Selbständigkeit zu erziehen, damit er auch ohne sie zurechtkam, wenn sie im kommenden Sommer aus seinem Dienst ausschied. Die Zeit lief. Es war bereits April ...
Nun ja. Gret hatte ihren Brotherrn bestens im Griff und wußte schon, wie sie es anstellen würde. Auch wenn er durchaus nicht begreifen wollte, daß jede junge Frau irgendwann einmal ans Heiraten dachte. Selbst eine graue Maus wie Gret Grundlin.
Das Lächeln verschwand aus Grets Gesicht. Hans Stellmacher, dieses äußerst begehrenswerte Mannsbild, würde nicht ewig auf eine solche graue Maus warten wollen. Gret fand es sowieso immer noch vollkommen unbegreiflich, daß Hans überhaupt Interesse an ihr zeigte. Sicher – Gret war von Anfang an schrecklich in ihn verliebt gewesen. Aber daß er diese Liebe anscheinend erwiderte, kam ihr wie ein Wunder vor.
»Grundlin!« Doctor Minutus', Tonfall wurde fordernd. »Das Riechfläschchen, wenn ich bitten darf. Und ein bißchen plötzlich!«
Gret ging die zwei Schritte zu der Polsterbank, auf der die

Frau des Ermordeten ruhte, bückte sich und kramte aus dem kleinen braunledernen Koffer des Doctors die winzige Flasche aus glasiertem Ton hervor, die das Salmiak enthielt. »Da«, sagte sie zu ihrem Dienstherrn und reichte ihm das Fläschchen, »aber ich glaube, man sollte die gnädige Frau lieber ins Haus bringen und ihr dort die Füße hochlegen. Ein paar warme Decken, ein gutes Glas Wein – dann hat sie ihre Schwäche ruck, zuck überwunden.«
Der Doctor grabschte indigniert nach dem Salmiak. »Was du glaubst, Grundlin«, knurrte er bissig, »ist völlig unerheblich.« Er fuhr sich mit der Linken durch das graue Haar, das seinen Kahlkopf in einem schütteren Kranz umgab. »Ich habe es, weiß Gott, noch nicht nötig, mir von meiner Magd Ratschläge einzuholen. Jeder Laie kann doch bei diesem Casus deutlich erkennen, daß ein schwerer Lapsus des Herzens vorliegt. Das erfordert eine längere und vor allem profundere Administratio von Digitalis – oder möglicherweise sogar Hyoscyamus!«
»Aber, Doctor –« wollte Gret widersprechen. In diesem Augenblick betrat aufgeregt ein etwa dreißigjähriger, jungenhaft wirkender Mann in modisch enggegürteter blauer Tuchjacke den Pavillon. Die schwarzen strumpfartigen Beinkleider des Mannes waren voller Dreckspritzer, als sei er ohne Rücksicht auf seine feine Kleidung schnell durch die Straßen hierher gerannt.
»Frau Anna Maria«, rief er atemlos und ließ sich vor der Polsterbank auf die Knie nieder, »was höre ich da – Schwerdtfeger ist erstochen worden, und Ihr liegt auf den Tod danieder? Ich fasse es nicht ... Ich kann es einfach nicht glauben!«
Die Frau wandte dem gerade Angekommenen das kalkweiße Gesicht zu. »Es ist wahr, Ollmann«, hauchte sie mit zitterndar Stimme, »mein Mann ist tot, und ich hab' schreckliche Angst. Ich weiß nicht, wie es ohne ihn weitergehen soll ...!«
Ollmann nahm ihre Hände und preßte sie heftig. »Frau Anna Maria«, sagte er, schon wieder ganz gefaßt, »auf mich könnt ihr Euch verlassen. Ich werde das Handelshaus nach bestem Wissen und Gewissen weiterführen, bis ein Nachfolger gefun-

den ist. Sorgt Euch nicht – ich stehe zu Euch in dieser schweren Zeit.« Er wandte sich an den Doctor. »Wie steht es um die Gesundheit der gnädigen Frau? Gibt es Anlaß zu Befürchtungen?«
Theophilus Minutus antwortete nicht gleich. Sein Gesicht zeigte den Ausdruck, den Gret immer den »geleerten Blick« nannte: Seine Augen waren groß und rund und schienen auf einen weit entfernten Punkt zu starren, während sein Mund sich spitzte, als wolle er pfeifen. Diese Miene hielt sich jedoch nur einen Augenblick. Dann wurden die Züge des Doctors wieder lebendig. Er richtete sich zu seiner ganzen Größe und imponierenden Leibesfülle auf und spreizte in einer wegwerfenden Geste die fleischigen Hände. »Aber nein«, sagte er beruhigend zu Ollmann, »das beste wäre, man brächte die gnädige Frau ins Haus und legte ihre Beine hoch. Ein paar warme Decken, ein gutes Glas Wein – aber vom besten, wenn ich bitten darf – dann wird sie sich ruck, zuck ... äh ... ich meine, in kürzester Zeit und ohne Complicationes von ihrer Schwäche erholen. Mein Consilium sollte natürlich stante pede befolgt werden.«
Gret mußte den Kopf zur Seite drehen, um das breite Grinsen zu verbergen, das doch in diesem Unglückshaus fehl am Platze war. Ollmann beugte sich tiefer über Anna Maria Schwerdtfeger und fragte sanft: »Könnt Ihr gehen, wenn ich Euch helfe, meine Liebe?«
Die Frau nickte unsicher. »Klara könnte mich ja stützen«, sagte sie matt. Doctor Minutus mischte sich sofort wieder ein. Er winkte mit herrischem Handwedeln das Hausmädchen heran, das immer noch neben der Tür stand. »Was lungerst du untätig da herum, blödes Ding«, schnarrte er, »hilf deiner Hausherrin auf die Füße!« Er schnippte mit den Fingern. Und an Ollmann gewandt fügte er hinzu: »Sie sind doch alle eine wie die andere – begriffsstutzig und faul!«
Ollmann nickte. Gret warf ihrem Dienstherrn einen gespielt unheildrohenden Blick zu. Doctor Minutus bemerkte ihn und schrumpfte daraufhin förmlich in sich zusammen. Für den Augenblick wagte er keine weitere Bemerkung mehr.

»Es wäre sicher besser, wenn die gnädige Frau ins Haus getragen würde«, sagte Gret lakonisch.
»Oh – sie muß sogar getragen werden!« Jetzt gewann der Doctor seine gewohnte Lautstärke zurück. »Ruft die beiden Knechte, die eben die Leiche weggeschafft haben!«
Die Witwe brach in Tränen aus. Ollmann bettete ihr Gesicht an seiner Schulter. Klara solle laufen und Pitter und Christ holen, schluchzte Anna Maria Schwerdtfeger.
»Ja – mach' ich«, antwortete die kleine Magd mit tränenerstickter Stimme. Sie hatte die Fassung verloren und heulte zur Gesellschaft mit. Als sie sich umdrehte und zur Tür hinaus wollte, traten wie auf ein Stichwort die beiden Knechte bereits wieder ein. Ihnen folgte Fräulein Elisabeth, Hausdame und Gesellschafterin – hübsch, zierlich, feingliedrig, im gleichen Alter wie die Frau des Hauses und bereits in Trauerkleidung.
»Annemie«, sagte sie und lief auf die Witwe zu, »was machst du bloß für Sachen? Ich hatte dich doch so gebeten, nicht hierher zu gehen. Du hättest –«
»Johann ist tot«, unterbrach Anna Maria Schwerdtfeger tränenüberströmt, »warum? Er hatte keine Feinde. Und dann ermordet ihn ein hinterhältiger Dieb – wegen einer Uhr ...«
Fräulein Elisabeth neigte sich über ihre Arbeitgeberin. »Der Mörder ist ja bereits gefaßt«, murmelte sie beruhigend, »das macht zwar Schwerdtfeger nicht wieder lebendig – aber wenigstens wird sein Tod gerächt. Und das ist doch auch was wert ...«
Anna Maria Schwerdtfeger hob dem Fräulein das blasse Gesicht entgegen. Sie sagte nichts, aber Gret erkannte, wie in ihren Augen eine tiefe Furcht aufflackerte.
Die Witwe wurde, auf Pitters und Christs verschränkten Händen sitzend, vorsichtig hinausgetragen. Ollmann, Elisabeth und das Hausmädchen trotteten hinterher. Doctor Minutus, der breit in seinem schwarzen, pelzverbrämten Mantel dagestanden und der Szene unbeteiligt zugesehen hatte, räusperte sich jetzt lautstark. »Meine Magd wird gegen Abend ein Stärkungsmittel vorbeibringen«, rief der den Davongehen-

den nach, »ich selbst schaue morgen noch einmal nach dem Befinden der Kranken. Für jetzt bleibt mir nichts zu tun.« Er gab Gret einen Wink. »Komm, Grundlin«, murmelte er ihr zu, »hier sind wir ab sofort überflüssig.« Damit packte er sie am Arm, bedeutete ihr, die Tasche vom Boden aufzuheben, und zog sie aus dem Gartenhaus ins Freie. Sie folgten der kleinen Prozession bis zur Gartenpforte. Von hier aus geleiteten die Dienstboten ihre Herrin zur Hintertür des großen Schwerdtfegerschen Hauses, während Doctor Minutus mit Gret auf die Marspfortengasse hinaustrat, an der das eindrucksvolle Anwesen gelegen war.

Die Straßen waren, da sich das Wetter für Anfang April ungewöhnlich beständig und heiter gezeigt hatte, einigermaßen trocken und leicht passierbar. »Hätte die Schmutzbrettchen gar nicht unterzuschnallen brauchen«, dachte Gret heute zum zweiten Mal, während sie auf ihren Holzsohlen, die die Schuhe vor feuchtem Straßenkot schützen sollten, neben dem Doctor herklapperte.

»Wie wäre es«, brummte der Doctor, »wenn du etwas Schönes zum Essen machen würdest, sobald wir zuhause sind?« Er warf Gret einen vorsichtig fragenden Blick zu. »Ich weiß, es ist noch zu früh fürs Abendbrot. Aber nach all diesen Aufregungen knurrt mir ganz schrecklich der Magen.«

Gret blies die Backen auf. Nichts, aber auch gar nichts konnte dem Doctor den gesunden Appetit verderben – nicht einmal ein brutaler Mord. Gret selbst empfand warmes Mitgefühl für die arme junge Witwe. Die war ja nun wirklich allein. Sie hatte weder Kinder noch Verwandte. Wie groß mußte ihre Angst vor der Zukunft sein!

Der Doctor sah das ganz anders. Für den waren der Tote oder die Ursache seines Todes jetzt bedeutungslos. Johann Schwerdtfeger konnte kein Arzt mehr helfen – und damit gut. Seine Witwe hatte der Schrecken aus dem Gleichgewicht gebracht – also verpaßte er ihr ein Mittel zur Stärkung. Und damit ebenfalls gut. Was fragte denn ein Theophilus Minutus nach dem Schmerz einer jungen Frau, die plötzlich durch Mord ihren Mann verloren hatte? Oder gar nach dem Mör-

der dieses Mannes? Damit sollten sich die Zuständigen befassen: die Freunde des Hauses – oder die städtischen Büttel.
»Erstaunlich, daß der Täter so schnell zur Strecke gebracht worden ist«, sagte Gret, »es kommt mir irgendwie unglaublich vor.«
»Was?« Doctor Minutus machte ein verwirrtes Gesicht.
»Na – sie haben doch den Mörder bereits gefaßt«, wiederholte Gret, »das Hausmädchen sagte ...«
»Ach so! Jaja«, Doctor Minutus beschleunigte seine Schritte. »In flagranti, wie man so sagt. Der Kerl hockte bei der Leiche und rannte weg, als die Hausknechte kamen. Der verdammte Messerstecher! An der Gartenmauer haben sie ihn dann eingefangen.«
»Das sagte das Mädchen auch ...« Gret mühte sich, mit ihrem Dienstherrn Schritt zu halten, denn Doctor Minutus drängte vorwärts wie ein Zugpferd, das dem heimischen Stall zustrebt. »Komisch, daß der Mörder die Leiche mit dem Dolch nachträglich –«
»Johann Schwerdtfeger war ein großer, kräftiger Mann«, unterbrach der Doctor, »da brauchte es schon eine Menge Dolchstöße, um ihn umzubringen. Zumal die Waffe mehr oder weniger ein Spielzeug war – so ein schmales kleines Ding, wie es die Welschen ja immer benutzen.« Er räusperte sich und warf Gret einen bedeutsamen Blick zu. »Ich sage dir, Kindchen – sie sind alle hochgefährlich, diese Welschen! Der kaltblütige Mord an Johann Schwerdtfeger ist wieder einmal ein wunderbares Beispiel dafür, wie locker bei denen das Messer sitzt.«
»Aber die Dolchstöße sind doch erst –«
»Innerlich verblutet ist der Mann«, sprach Doctor Minutus weiter, ohne auf Grets Einwurf zu achten, »tragisch, nicht wahr? Und der einzige Grund war die Habgier des welschen Halunken – denke dir das einmal!«
Gret schwieg dazu. Sie enthielt sich weiterer Bemerkungen. An der Seite des Doctors überquerte sie die Straße zur Goldwaage und ging mit ihm die Brückenstraße entlang. Gegenüber der Pfarrkirche Sankt Columba, auf der anderen Seite

der Herzogstraße, mündete die Glockengasse ein. Und dort stand an der Ecke Doctor Minutus' Haus.
Das propere Gebäude mit dem Treppengiebel und den teilweise verglasten, etwas altmodischen Spitzbogenfenstern war eine Zierde der Glockengasse. Wie immer verspürte Gret einen gewissen Stolz darauf, daß sie allein in diesem Haus schaltete und waltete. Aber heute war sie in Gedanken bei dem sonderbaren Mordfall, an dem sie so manches frappierte, obwohl er doch eigentlich geklärt und sogar der Täter bereits verhaftet war. Ohne weitere Worte wollte Gret zu dem hinteren der beiden Fachwerkhäuschen gehen, die an die Seite des Doctorhauses angebaut waren – zu ihrem Gaden, ihrem eigenen Reich.
Aber der Doctor hielt sie am Ärmel fest. »Kindchen – willst du es dir nicht doch überlegen?«
»Was?«
»Na – eine Kleinigkeit für mich zurechtzumachen ...«
»Es hat noch nicht einmal vier geläutet«, erwiderte Gret streng.
Der Doctor machte ein Gesicht wie ein gescholtener Bullenbeißer. Er schaute auf einmal so traurig und herzzerreißend komisch drein, daß Gret lachen mußte. »Na schön. Aber nur ein Häppchen. Wenn Ihr mehr wollt, gibt es eben später kein Abendessen.«
Damit war der Doctor einverstanden, wenn auch nicht uneingeschränkt. Zufrieden kramte er den großen eisernen Haustürschlüssel aus der Manteltasche und schloß auf. Gret ging ihm in die Küche voran, den größten Raum im Erdgeschoß, der gleich linker Hand gegenüber dem Arbeitszimmer des Hausherrn lag.
Während Doctor Minutus den Mantel auszog, sich auf der Bank am Fenster niederließ und erwartungsvoll die Ellbogen auf die Eichenholzplatte des Küchentisches stützte, fachte Gret die glimmenden Holzstückchen auf dem gemauerten Herd zu neuer Glut an. Darauf nahm sie Mehltopf, Milchkrug und Eierkorb aus dem Speiseschrank und rührte in der großen Steinzeugschüssel rasch einen Pfannkuchenteig.

Der Rauch des Kochfeuers kräuselte sich mittlerweile schon in den Rauchfang hinauf, der über der Herdstelle ein breites Dach bildete. Gret langte unter den Rand hinauf und hängte die Speckseite ab, die dort neben Würsten, Dörrfleisch und einem dicken Schinken an ihrem Haken hing. Gedankenverloren machte Gret sich daran, auf dem Herdrand Würfelchen zu schneiden und sie zum Auslassen in die eiserne Pfanne zu werfen, die bereits auf dem Feuer stand. Die Speckstückchen zischten und begannen brutzelnd einen appetitlichen Duft zu verbreiten.
Gret holte die Teigschüssel vom Tisch herüber. Aber sie wartete noch ein Weilchen, ehe sie die erste Kelle Teig in das brodelnde Fett fließen ließ; zuerst mußte der Speck leicht gebräunt sein ...
Heute war sie gar nicht recht bei der Sache. Sie verpaßte fast den richtigen Moment. Die Grieben fingen ja schon an zu qualmen! Hastig füllte sie den Teig ein, rüttelte die Pfanne ein wenig, zog sie für einen kurzen Augenblick vom Feuer. Gerettet! Erleichtert wendete sie den Pfannkuchen. Dann drehte sie sich zu Doctor Minutus um. »Sagt – wann ist nach Eurer Meinung der Schwerdtfeger gestorben? Ihr habt ihn ja wohl untersucht, bevor ich mit Eurer Tasche eingetroffen bin.«
»Wie?« Der Doctor, der sich mit geschlossenen Augen auf den köstlichen Geruch des Pfannkuchens konzentriert hatte, kam widerwillig zu sich. »Aber Kindchen – daß Johann Schwerdtfeger tot war, konnte doch jeder Blinde sehen! Eine Examinatio war also völlig überflüssig. Exitus ist eingetreten vor anderthalb Stunden – zu der Zeit, als der Mörder auf frischer Tat ertappt wurde. Das müßte doch selbst dir klar sein.«
»Hmmm«, machte Gret. Sie holte einen der vier buntbemalten Steinzeugteller vom Rauchfangsims herunter und ließ den fertigen Pfannkuchen aus der Pfanne darauf gleiten. »Und die Todesursache? Glaubt Ihr wirklich, daß er mit dem Dolch umgebracht worden ist?«
»Grundlin – so dumme Fragen solltest du aber nach all den Jahren in meinem Dienst nicht mehr stellen!« Doctor Minu-

tus plusterte sich auf. »Du hast doch selbst gesehen, daß Johann Schwerdtfeger wie ein Sieb durchlöchert war! Demnach muß er erstochen worden sein – geht das nicht in deinen Kopf? Überhaupt – was machst du dir all diese unnützen Gedanken? Seien wir doch damit zufrieden, daß der welsche Hund, dieser Mordbube, eingelocht ist. Jetzt her mit meinem Kuchen – ich verhungere ja fast!«
Gret setzte ihrem Dienstherrn den Teller vor. »Aber Johann Schwerdtfeger hatte eine Delle am Kopf«, sagte sie starrsinnig, »außerdem war fast kein Blut auf dem Fußboden.«
»Sancta simplicitas!« Der Doctor begann mit spitzen Fingern den glühendheißen Pfannkuchen zu zerpflücken. »Kindchen, – wenn man die Leiche öffnen würde – was aber nicht notwendig ist –, würde man alles Blut in der Cavitas ventri vorfinden. Es ist nämlich nicht nach außen, sondern nach innen abgeflossen.« Er steckte sich vorsichtig ein Stückchen der leckeren Speise in den Mund. »So etwas ist nicht ungewöhnlich«, fügte er pustend und mümmelnd hinzu, »hab' es früher schon einmal bei einer Sectio gesehen. Dem armen Kerl war eine große Ader gerissen, und wir Studenten der Anatomia mußten bis an die Ellbogen in geronnenem Blut wühlen, um das Herz zu finden ...« Er grinste mit fettigen Lippen. »Was aber noch viel schlimmer war«, setzte er seine schauerliche Beschreibung fort, »wir fanden eine vereiterte Leber vor, und die Nieren waren irgendwie zerfressen. Das hat vielleicht gestunken – zumal der Corpus mortui nicht mehr ganz frisch war.«
»Doctor!« Gret krampfte sich der Magen zusammen.
»Keine Angst, Kindchen«, sagte Doctor Minutus mit vollem Mund, »gegen die Vapores haben wir uns damals wie heute selbstverständlich durch Masken geschützt – du kennst sie ja. Die mit den langen Schnäbeln, worin man gut riechende Kräuter unterbringt.« Er lächelte unschuldig. »Die Dinger sind zwar ein bißchen unhandlich und auch hinderlich, weißt du ... wenn man so mit dem Schnabel ins Gekröse gerät ... in die Lunge vielleicht, beim Aufbrechen des Thorax beispielsweise, oder in das Colon ...«

»Doctor!«
»Wirklich, Kindchen – ich könnte dir da Geschichten erzählen, die würden dich –«
»Aber nicht beim Essen«, schnitt Gret ihm unerbittlich das Wort ab.
»Ist der nächste Kuchen auch für mich?« Theophilus Minutus hatte leuchtende Augen. »Dieser hier schmeckt ganz ausgezeichnet!«
Gret schluckte ihre Empörung hinunter und setzte ihm die zweite Portion vor. »Ich verstehe nicht, wie Ihr überhaupt noch einen Bissen hinunterbringen könnt«, sagte sie ärgerlich. Dennoch, bei dem Gedanken an eine Schar schwarzgekleideter Studiosi, die sich mit ihren Schnabelmasken wie wunderliche Vögel über einen Seziertisch beugen, mußte sie belustigt grinsen – trotz des flauen Gefühls in ihrem Magen.

2. KAPITEL

Gret war nicht nach Essen zumute gewesen – teils, weil es noch zu früh dafür war, teils wegen des unappetitlichen Themas, von dem Doctor Minutus nicht hatte ablassen wollen. Sie hatte sich deshalb den letzten Pfannkuchen in den Speiseschrank gestellt, um ihn später zu essen, wenn Haus- und Gartenarbeit getan waren und sie auch den Gang zum Haus Schwerdtfeger hinter sich gebracht hatte. Während sie in die Holzschuhe schlüpfte und sich ihre Arbeitsschürze aus grobem Sackleinen umband, hoffte sie inständig, daß der Pfannkuchen später auch wirklich noch da war. Aus Erfahrung wußte sie, daß sie dem Hausherrn, was das Essen anging, nicht unbedingt trauen durfte.
Sie ging durch die Hintertür hinaus in den Garten, an dessen Grenze zum Nachbargrundstück Stall und Schuppen standen. Zuerst würde sie die beiden Beete vorbereiten, auf denen in den nächsten Tagen Möhren und Salat gesät werden sollten. Danach mußten die jungen Rettichpflänzchen vom ersten üppig keimenden Unkraut befreit werden. Dann waren das Schwein und die Hühner zu füttern. Besonders um die Bruthenne mußte sich gekümmert werden. Zwei, drei Tage noch, dann würden die Küken schlüpfen.

Gret nahm die Harke, die Hans Stellmacher ihr erst vorige Woche mit neuen hölzernen Zinken besetzt hatte, und zog das Gartengerät schwungvoll in langen Bewegungen über das bereits gehackte und von Steinen gesäuberte Beet. Bei der Arbeit mußte sie lächeln. Der Frühling war und blieb doch die schönste Jahreszeit – abgesehen vom Karneval. Die Stachelbeersträucher hatten schon zarte, hellgrüne Blätter, der Apfelbaum beim Schuppen stand dick in Knospe. Bald würden seine Blüten in weißrosa Pracht den ganzen Garten mit ihrem Duft erfüllen. Oben in seinen jetzt noch kahlen Zweigen stritten bereits mit Kampfgesang und wildem Geflatter zwei Rotkehlchen um die Vorherrschaft in diesem schönen Revier ...
Gret liebte den Frühling auch wegen der Jungtiere, die er jedes Jahr aufs neue bescherte. Zehn Küken waren zu erwarten. Rosa, die Muttersau, war hochtragend. Ihre Ferkel mußten ebenfalls sehr bald kommen. Das würde ein Spaß werden, wenn erst die kleinen Schweinchen hinaus in den Pferch durften! Vielleicht waren diesmal wieder ein paar gestreifte dabei, wie im vergangenen Jahr. Solche Wildlinge mochte Gret ganz besonders gern. Sie sahen so reizend aus mit ihrem weichen Haarkleid – viel hübscher als die fast nackten Hausschweine.
Die Arbeit auf den Beeten wurde schnell und gründlich zu Ende gebracht. Dann füllte Gret im Schuppen den Futtereimer randvoll mit Kleie für Rosa. Die Sau erwartete sie schon und begrüßte Gret mit einem freundschaftlichen Grunzen. Gret schüttete das Futter in den Steintrog und tätschelte dem Tier den feisten Nacken, während Rosa behaglich schmatzte. »Was meinst du, meine Dicke«, sagte Gret zärtlich, »wann ist es soweit?«
Die Sau brummte leise, als habe sie verstanden. Für einen Augenblick hob sie den schmalen Kopf und knabberte sacht an Grets Fingern. »Du bist meine Beste«, sagte Gret und gab ihr einen liebevollen Stups auf den Rüssel, »ich weiß – du wirst deine Sache wieder großartig machen und mir einen ganzen Satz gesunde, quicklebendige Ferkelchen aufziehen. Von dir könnte sich so manche Menschenmutter 'ne Scheibe abschneiden.«

Rosa war bald mit der Kleie fertig. Sie bekam noch eine große Portion Rübenschnitzel und einen Eimer frisches Wasser aus dem Gartenbrunnen. Als auch die Hühner ihre Gerste hatten und zufrieden im Pferch ihre Körner aufpickten, ging Gret wieder ins Haus, um den Rest ihrer Aufgaben in Angriff zu nehmen.
Doctor Minutus wartete in der Küche. Er hatte das Rezept für die Witwe Schwerdtfeger geschrieben und hielt Gret den Zettel hin. »Laß das beim Apotheker mischen«, befahl er und drückte ihr das Papier in die Hand. Seine Augenbrauen waren gerunzelt.
Gret wußte, was jetzt wieder kam. Der Doctor stand, seit sie ihn kannte, mit den Apothekern auf dem Kriegsfuß. Er hielt sie allesamt für Idioten und Scharlatane, die den Medici entweder durch schlechte Arbeit das Leben schwermachten oder ihnen ins Handwerk pfuschten. »Sag dem Kerl, er soll die Praescriptio strengstens einhalten«, knurrte Theophilus Minutus dann auch wie erwartet, »sonst belange ich ihn! Es ist schließlich genugsam bekannt, daß diese Narren von Apothekern immer wieder versuchen, die Rezepturen nach eigenem Gutdünken umzuändern – bloß um ihre Meinung durchzusetzen. Das dulde ich auf gar keinen Fall. Hier bin ich der Arzt – das sollen die Giftmischer sich hinter die Ohren schreiben!«
»Ja, ja«, gab Gret beruhigend zurück, »ich sorge schon dafür, daß er die Arznei in der richtigen Zusammensetzung liefert.« Sie steckte das Rezept in die Tasche ihres grauen Leinenkleides, band die Arbeitsschürze ab und hängte sie am Haken bei der Hintertür auf – über den Holzpantinen, die ihren Platz auf dem Ziegelfußboden hatten. Noch den Geldbeutel an den Gürtel angeknotet und das Umschlagtuch übergeworfen, dann war sie bereit. Mit Einkaufskorb und Milchkanne am Arm machte sie sich auf den Weg. Sie hatte vor, nach den Besorgungen beim Apotheker und im Hause Schwerdtfeger noch Butter und Käse auf dem Alten Markt einzukaufen. So konnte sie sich einen Weg sparen.

Die kleine, aber sauber eingerichtete Apotheke, die Gret ansteuerte, lag in der Straße Unter Goldschmieden. Meister Martinus Molitor, ein noch junger, etwas redseliger Mann, führte sie mit Sorgfalt und viel Begeisterung für seine Wissenschaft. Gret hatte im vergangenen Jahr zum ersten Mal seine Apotheke aufgesucht und seitdem immer wieder Doctor Minutus' Rezepte bei ihm zusammenstellen lassen. »Guten Tag, Meister Martinus«, begrüßte sie ihn beim Eintreten in den dämmrigen kleinen Raum, der im Erdgeschoß eines uralten Kaufmannshauses lag und von einer mächtigen Arkade verschattet wurde. »Ich hab' mal wieder was anzurühren!« Der Apotheker tauchte hinter einen Folianten hervor, in dem er geblättert hatte. Er nahm sein ungefüges eisernes Brillengestell von der Nase und blinzelte Gret kurzsichtig an. »Ah ... Jungfer Margarete! Nett, daß Ihr mich nicht völlig vergessen habt!« Er zeigte ein überraschend jungenhaftes Grinsen.

»Wo werd' ich denn«, gab Gret gutgelaunt zurück. »Wenn es um Arzneien geht, seid Ihr mir einfach unentbehrlich, das wißt Ihr doch!« Sie zog das Rezept aus der Rocktasche und reichte es ihm. Martinus Molitor setzte seine unförmige Brille wieder auf und las Doctor Minutus' Gekritzel. »Digitalis«, murmelte er schließlich, »und reichlich Belladonna.« Seine Augenbrauen hoben sich. »Ziemlich potent, die Konzentration, würde ich sagen. Damit kann man Tote wieder auferwecken – oder Lebende zum Tod befördern, wenn man so will. Wozu soll denn das dienen?«

»Darf ich mal sehen?« Ohne eine Antwort abzuwarten, schnappte Gret dem Apotheker den Zettel aus den Fingern und warf einen Blick darauf. Meister Molitor ließ sie gewähren. Er wunderte sich schon längst nicht mehr darüber, daß diese junge Frau lesen konnte, auch wenn sie aus einfachsten Verhältnissen stammte. Er wartete nur ab und maß Gret mit bewundernden Blicken.

»Fol. digit«, las Gret murmelnd, »sechs Unzen! Atrop. belladonna ... drei Unzen! Das Ganze pulverisiert und in Pillenform gebracht ... nein«, sie schaute den Apotheker

erschrocken an, »das geht natürlich ganz und gar nicht! Damit würde es im Haus Schwerdtfeger morgen noch einen zweiten Todesfall geben. Meint Ihr nicht auch?«
»Wie?« Meister Molitor verstand nicht. »Ich nehme doch an, die Pillen sind für einen Patienten mit äußerst schwachem Herzen! Nach allem, was ich weiß, dürften aber gerade Johann Schwerdtfeger und seine junge Frau kerngesund sein. Unter ihrem Gesinde wüßte ich auch keinen, der –«
»Johann Schwerdtfeger ist heute nachmittag ermordet worden«, unterbrach Gret, »hat sich das noch nicht herumgesprochen? Die Klocken waren sogar zur Abwechslung mal sofort bei der Hand. Der Täter sitzt bereits im Turm.«
»Was?« Martinus Molitor riß die Augen auf. Er fuhr sich mit allen zehn Fingern durch sein lockiges braunes Haar. »Dann braucht seine Witwe aber meines Erachtens eher ein Beruhigungsmittel als das Giftzeug, das Doctor Minutus ihr zugedacht hat!«
»Hmm.« Gret nickte zustimmend. »Ihr habt es erfaßt. Meines Erachtens«, sie verfiel zum Spaß in die Ausdrucksweise des Apothekers, »sollte sie eine Zubereitung aus Valeriana-Wurzel, Melissa und Humulus Lupulus einnehmen. Dann kommt sie wenigstens zur Ruhe.«
Martinus Molitor brauchte einen Augenblick, bis er seiner Überraschung Herr geworden war. »Wißt Ihr was, Jungfer Margarete«, sagte er verblüfft, »Ihr würdet eine erstklassige Apothekerin abgeben.« Er warf sich in Positur und schob die schmale Brust vor. »Ich bin noch frei ...«
Gret kicherte über diesen halb ernst gemeinten Heiratsantrag. »Wir sind uns also einig«, konterte sie, »nehmen wir Baldrian, Melisse und Hopfen, Meister – in einer schönen, kräftigen Tinktur. Ich denke, zehn Tropfen morgens und mittags und dreißig Tropfen für die Nacht müßten Anna Maria Schwerdtfeger guttun – oder?«
Wie immer kam der junge Apotheker schnell auf den Boden der Tatsachen zurück. Er seufzte und warf Gret einen theatralisch-übertriebenen, schmachtenden Blick zu, wobei Gret nicht sicher war, ob er ohne Brille ihr Gesicht überhaupt rich-

tig erkennen konnte. »Immer wieder staune ich über Eure Kenntnisse, Jungfer Margarete«, sagte er, »von Doctor Minutus könnt Ihr die nicht haben.«
»Ihr vergeßt, daß eine äußerst kundige und erfahrene Apothekerin mich aufgezogen hat«, erwiderte Gret und zwinkerte dem Meister zu, »Mutter Imma aus dem Kloster am Blaubach hat auf dem Gebiet der Arzneimittel tausendmal bessere Kenntnisse als alle Pillendreher aus Köln zusammengenommen.«
»Na – Pillendreher ist wohl nicht die rechte Bezeichnung für einen so fähigen Apotheker wie mich«, verteidigte Martinus Molitor seine Kunst. »Schade, wirklich schade, daß ich so gar keine Gegenliebe bei Euch finde, Jungfer Margarete!«
Er lächelte bei seinen Worten. Gret mußte lachen. Dieses Geplänkel zwischen ihr und dem Apotheker dauerte nun schon so lange, daß sie es fast nicht mehr missen mochte. »Was wollt Ihr denn«, konterte sie, »ich liebe Euch ja von ganzem Herzen – allerdings nur als Könner Eures Fachs.«
»Aber ich bin auch auf anderen Gebieten ein Könner«, kam seine Parade, begleitet von einem ruckartigen Heben beider Augenbrauen.
»Das bezweifle ich nicht«, lachte Gret, »nur, dafür wäre ich das falsche Objekt. Ein Mann ist mir mehr als genug!«
»Glücklicher Stellmacher«, seufzte der Apotheker. Diesmal klang der Seufzer echt. Martinus Molitor wandte sich ab und mischte schnell und geschickt aus den Substanzen, die fertig zubereitet in Steintöpfen auf seinen Regalen standen, die beruhigende Tinktur. Er füllte sie durch einen kleinen Trichter in ein Tonfläschchen ab, das er fest verkorkte. »Einen Albus, weil Ihr's seid«, sagte er, als er Gret die Arznei reichte, »und laßt Euch im Haus Schwerdtfeger drei dafür geben – denn so viel berechne ich eigentlich.« Dabei grinste er Gret spitzbübisch an.
»Schlitzohr!« Gret lächelte, zahlte den Albus und verabschiedete sich. »Einen lukrativen Nachmittag noch, Meister Pillendreher!«

Den bedauernden Ausdruck, mit dem der junge Apotheker ihr nachschaute, sah sie nicht mehr. Zügig marschierte sie Richtung Marspfortengasse davon.

Im Haus Schwerdtfeger summte es wie in einem Bienenstock. Die große Diele, in die Gret von der Altmagd eingelassen wurde, wimmelte von Menschen. Nachbarn, die zum Kondolenzbesuch gekommen waren, Dienstboten, der Priester und ein paar Ministranten – all diese Leute füllten die Halle, in der der Tote aufgebahrt lag, fast völlig aus. Es duftete nach Weihrauch. Zu beiden Seiten des Toten brannten Reihen von Kerzen. Zu seinen Füßen hockten mehrere schwarzgekleidete alte Frauen und beteten mit monoton murmelnden Stimmen den Rosenkranz.
Gret fand die merkwürdige Mischung aus Trauer, Verwirrung und hektischer Betriebsamkeit, die in dem großen Raum herrschte, äußerst bedrückend. Angestrengt bemühte sie sich, in diesem Durcheinander von Menschen die Frau des Hauses zu finden und sich ihres Auftrags so schnell wie möglich zu entledigen. Endlich entdeckte sie Anna Maria Schwerdtfeger. Die Witwe ruhte, die Beine auf eine Fußbank gestützt, in einem breiten, kissenbelegten Sessel im hinteren Teil der Diele, neben der Treppe zum Obergeschoß. Bei ihr stand eine Magd, die ihr gerade ein feuchtes Tuch auf die Stirn drückte.
Gret drängte sich durch. Sie übergab die Medizin. Die Witwe schenkte ihr ein erschöpftes Lächeln.
»Wenn Ihr jetzt schon ein paar Tropfen nehmen würdet«, empfahl Gret, »wäre das ganz sicher hilfreich. Und der Doctor läßt ausrichten, er sähe morgen wieder nach Euch. Im übrigen möchte auch ich Euch mein herzliches Beileid aussprechen. Gott stärke Euch in dieser schweren Zeit!«
»Danke«, kam die matte Antwort. »All meine Hoffnungen muß ich nun wirklich auf unseren Herrn setzen, damit dieses Haus nicht untergeht.« Tränen füllten plötzlich die Augen der Witwe, und sie schluchzte leise auf.
»Aber man wird Euch bestimmt von allen Seiten helfende

Hände entgegenstrecken«, sagte Gret in dem unsicheren Versuch, die arme Frau ein bißchen zu trösten, »ich kann mir nicht vorstellen, daß Freunde und Bekannte Euch im Stich lassen würden.«

»Gebe Gott, daß du recht hast«, seufzte Anna Maria Schwerdtfeger.

Gret fielen keine weiteren Trostesworte mehr ein. Es hielt sie außerdem nicht mehr in der weihrauchgeschwängerten Luft dieses Raumes. Sie verabschiedete sich mit einem tiefen Knicks. So schnell wie möglich suchte sie die große, überfüllte Diele wieder zu verlassen. Nicht nur die dumpfe Atmosphäre, sondern auch noch etwas anderes – ein rätselhaftes Gefühl der Anspannung – trieb sie dazu.

Auf der Treppe vor dem Haus, in der frischen Aprilluft, atmete Gret tief durch. Drinnen war es ja zum Ersticken gewesen! Sie packte den Einkaufskorb fester. Eben wollte sie sich auf den Weg zum Markt machen, als sie rechts neben sich ein lautes Schluchzen hörte. Überrascht drehte sie den Kopf in die Richtung. Klara, das Hausmädchen, stand hinter einer der beiden Halbsäulen, die den Eingang flankierten, und heulte zum Erbarmen.

»Was hast du denn?«, fragte Gret mitleidig und trat an das Mädchen heran, »geht dir der Tod deines Herrn so nah?«

»Nä ... dat nit«, schluchzte die Kleine und putzte sich mit dem Schürzenzipfel verlegen über die rote Nase, »der Ollmann ... ich meine, der Herr Ollmann ... der hat mir eine jeschmiert!«

»Und warum?« Grets Mitleid verwandelte sich in leise Belustigung.

»Ich sollt' helfen, wie der Herr Schwerdtfeger jewaschen und einjekleidet werden sollt'«, sagte Klara. »Ich sollt' ihm die andere Jack' anziehen. Un weil dr Herr doch ald eso steif war ... da hab ich seine Arme nit mehr in die Jack' reinjekriegt.« Ihre Stimme wurde tränenrauh und begann zu zittern. »So stark bin ich eben nit, daß ich so steife Arme jebogen krieg! Un weil dr Ollmann dann alles selber machen mußte – da hat er mir einfach eine mitten in't Jesicht jeklatscht ... mitten in't Jesicht ...!« Sie weinte laut auf und

wischte sich gleichzeitig die reichlich hervorquellenden Tränen ab.
Gret bemerkte erst jetzt, daß Klaras linkes Auge blutunterlaufen war und sich ringsherum dunkel zu verfärben begann.
»Sieht nicht gut aus, dein Auge«, sagte sie, jetzt wieder voller Mitgefühl, »du solltest es kühlen, ehe es ganz zuschwillt. Aber ein wunderschönes Veilchen wird das auf jeden Fall – da kannst du machen, was du willst.«
Klara schluchzte. »Ich find' dat so unjerecht«, brach es aus ihr hervor, »sowat hat mir noch keiner anjetan! Ich konnt' doch nix dafür, dat der Herr schon so steif war wie e Brett!«
»Wann ist das gewesen?« Gret wunderte sich plötzlich – sie wußte nur noch nicht genau, worüber.
»Um halb fünf«, Klaras Antwort kam in empörten Schluchzern, »und ich kann der Ollmann nit mehr leiden – jetzt überhaupt nie mehr! Der hat mich nämlich sojar noch 'ne Hungsfresser jenannt – denkt Euch dat mal!«
»Hundefresser? Warum?«
»Weil ich doch aus Rodenkirchen bin!« Klara flennte wieder los. »Die sagen uns dat nach, dat mir Hunde fressen. Dabei is dat jar nit wahr – da könnt Ihr jeden fragen, der uns Rodenkircher kennt!«
Gret wußte nicht, ob sie lachen oder trösten sollte. »Jetzt hör auf zu jammern und kühl dein Auge«, sagte sie und legte dem Mädchen impulsiv den Arm um die schmalen Schultern. »Morgen kannst du dich ja sonst nicht mehr unter die Leute trauen!«
Klara nickte stumm.
»Paß auf – ich heiße Gret, und du kannst du zu mir sagen. Wir treffen uns morgen auf dem Markt, wenn du einkaufen gehst.« Gret hatte das Bedürfnis, die kleine Magd ein bißchen aufzurichten. Klara konnte höchstens vierzehn sein. Gret erinnerte sich noch gut daran, was für einen schweren Stand sie damals in ihrer Anfangszeit bei Doctor Minutus gehabt hatte. »Vielleicht so gegen zehn? Wir könnten ein Schwätzchen halten. Mir scheint, dir täte eine Freundin ganz gut.«
Schlagartig versiegten Klaras Tränen. »O ja«, strahlte sie

Gret an, »ich kenn ja hier keine Menschenseele – weil ich doch aus Rodenkirchen bin!«
»Also bis morgen«, lächelte Gret, »und ich werde dich bestimmt nicht übersehen – mit deinem Veilchen!«
Klara grinste schüchtern und bedeckte das Auge mit der Hand. Sie winkte, als Gret davonging.

»Eigentlich eine nette kleine Krabbe«, dachte Gret, die sich beeilte, auf den Markt zu kommen. »Wahrscheinlich redet sie nur so viel, weil sie zu selten Gelegenheit dazu kriegt.« Während sie bei der Ursel, einer freundlichen, adrett in Blau und Weiß gekleideten Bäuerin aus Brauweiler, Käse und Butter einkaufte und sich zwei Maß Milch in ihre Kanne einfüllen ließ, beschloß sie, Klara unter ihre Fittiche zu nehmen, bis das Mädchen in der Stadt Fuß gefaßt hatte. Lange konnte die kleine Hungsfresserin noch nicht bei Schwerdtfeger in Diensten sein – so viel stand fest. Dafür machte Klara einen viel zu unsicheren Eindruck.
»So«, sagte die Ursel und strich sich eine weizenblonde Haarsträhne unter die weiße Leinenhaube zurück, »du bist für heute meine letzte Kundin. Die Kann' is leer, de Butter is alle, der Klatschkäs' auch. Ich mach' Feierabend. Puh –«, sie schnaufte, streckte sich und grinste fröhlich, »ich wünschte, ich wär' schon zu Haus! E Pääd mööt mr han ... do könnt' mr kutscheere wie 'ne Heer un bräucht' de Fööß nit zo strapazeere ...«
»Ich wandere im Geiste mit dir«, ging Gret auf den munteren Ton der Ursel ein, »aber nur im Geiste. Tauschen würde ich nicht mit dir!«
Die Ursel lachte. »Na ja – noch sin mr jung un kräftig. Später, wenn de Knochen anfangen zu knirschen, da laufen dann ming Schwiejertöchter.«
»Ich schätze, die dürften jetzt so vier, fünf Jahre alt sein«, kicherte Gret, »laß dir die Zeit nicht lang werden!«
Sie lachten beide lauthals. Dann begann die Ursel, ihre Körbe, Wannen und Krüge zusammenzupacken. Gret grüßte und sah zu, daß sie weiterkam. Überall auf dem Markt

schlossen um diese Zeit die Bauern und Kramhändler ihre Stände. Manche versuchten mit lautem Ausrufen und ermäßigten Preisen die Reste ihrer leichtverderblichen Waren noch loszuschlagen – jungen Salat, Radieschen, die letzte Milch. Dies war die Stunde der weniger gutsituierten Bürger der Stadt.

Gret, die bei der Ursel aus Brauweiler sowieso immer einen besonders guten Preis gemacht bekam, achtete heute nicht mehr auf die anderen billigen Angebote, wie sie es sonst immer zu tun pflegte. Sie hatte in der Nähe des Rathausportals den Klocken entdeckt, der die Marktaufsicht führte und in seinem langen, rot-weiß leuchtenden Dienstmantel ein scharfes Auge darauf hielt, daß ordnungsgemäß abgebaut und aufgeräumt wurde.

Gret wußte: Als unbescholtene Bürgerin redete man nicht mit einem Klocken, wenn es nicht unumgänglich war. Die Büttel gehörten wie Henker und Schinder zu den »Unehrlichen«, und man hielt gebührenden Abstand zu ihnen. Dennoch – heute trieb Gret eine unbezwingliche Neugier. Mutig trat sie auf den Klocken zu, der breitbeinig und mit aufmerksamem Blick auf seinem Posten stand. »Ich hab' gehört, der Mörder von Johann Schwerdtfeger ist verhaftet«, sprach sie den Mann an, »wie sieht's denn aus? Hat er schon gestanden?«

Der städtische Ordnungshüter, ein untersetzter Bär von einem Kerl, musterte Gret unwillig. »Nä – noch nit«, brummte er nach einem Augenblick des Schweigens, »die Wärter im Frankenturm sind zu sanft mit dem Halunken umjejangen.« Er verschränkte die Arme vor der breiten Brust. »Aber heut' abend – da wird er in de Hacht überführt. Und dann jeht et anders rund. Der Meister Hans – der kriegt ihn schon zum Reden.«

Gret überlief ein Schauder. Meister Hans – das war der Scharfrichter höchstpersönlich. Offenbar sollte der Mordverdächtige peinlich befragt werden. Jeder wußte, was das bedeutete. »Scheint ein zäher Bursche zu sein«, gab sie zurück, »sagt mal, seid Ihr etwa bei seiner Verhaftung dabeigewesen?«

»Sicher dat«, antwortete der Klocke mit unbewegter Miene, »ich war der erste am Tatort. Von hier bis zur Marspfortenjass' is et ja nur 'ne Katzensprung.«
»Und einer von den Dienern hat Euch gerufen?« forschte Gret.
Der Klocke zog die Augenbrauen hoch. »Wer denn sonst?«
»Und wann ist es passiert?« Gret fragte, obwohl sie doch die Antwort des städtischen Büttels im voraus wußte. Sie brauchte einfach eine Bestätigung.
Der Klocke kratzte sich den kurzgeschorenen eisengrauen Schopf. »Dat muß so jejen drei jewesen sein«, überlegte er laut, »jenau – de Jlock' hatt' kurz danach Drei jeschlagen.« Er sah Gret scharf an. »Wieso willst du dat eijentlich so jenau wissen? Dat kann dir doch janz ejal sein ...«
»Ich bin bei Doctor Minutus in Stellung«, bot Gret ihm eine Erklärung für ihre Neugier, »der Doctor und ich – wir haben die Witwe besucht. Die arme Frau war vor Schrecken ganz außer sich.« Sie legte den Kopf schief und schenkte dem Klocken einen schmeichelnden Blick, um ihn zum Weiterreden zu bewegen. »Was ist das für einer, der Mörder? Ist er wirklich aus Welschland, wie der Doctor meint?«
Der Klocke nickte und dachte einen Augenblick nach. »Jott – wat soll dat jroß für einer sein? Wie die eben so sind, die Welschen. Ne hübsche Jung ... sieht jut aus. 'n bißchen zu jut für minge Jeschmack. Hat schon mal lange Finger jemacht. War bei Jericht bekannt.«
»So«, sagte Gret, »also ein echter Verbrecher. Aber könnt Ihr auch wirklich sicher sein, daß er es war?«
»Jetzt is et aber jut!« Der Ordnungshüter verlor die Geduld. Außerdem schien er durch Grets letzte Bemerkung schwer in seiner Berufsehre gekränkt. »Wir haben die Aussagen vom Pitter un vom Christ, die den Mann am Tatort jestellt und festjehalten haben. Die Leute sind unbedingt vertrauenswürdig. Et Fröl'n Elisabeth hat die zwei in den Jarten jeschickt, weil se da wat Unjutes bemerkt hatte. Is doch klar, dat mr dr Richtije erwisch' han! Dem sein Dolch war außerdem die Tatwaffe – janz eindeutig. Un der Kerl hatte noch die

joldene Kett' von dem Schwerdtfeger in dr Tasch'. Wenn dat nit der endjültije Beweis is!«
»Ja«, murmelte Gret, »man könnte es meinen.»
»Jetz is et aber jut«, wiederholte der Klocke, zutiefst erzürnt über Grets Zweifel. »Wie oft soll ich et dann noch sagen? Der Mann is jerichtsbekannt – der hat sich auf dem Amt früher schon 'ne Namen jemacht.« Er räusperte sich rauh. »Jetzt hat er auf jeden Fall zum letzten Mal wat verbrochen. Hück ovend jeht et in de Hacht – un spätestens in zwei Tagen is er dran.« Er machte die Geste des Aufhängens.
Gret überlief es noch einmal. Die Hacht – Hauptgefängnis und Justizgebäude – lag am Domhof. Niemand, der daran vorüberging, konnte sich eines heimlichen Grauens erwehren. Denn wer in der Hacht saß, galt als überführt. In der Hacht holte man nur noch ein Geständnis aus ihm heraus – wenn es sein mußte, mit Gewalt.
»Ich weiß nicht«, sagte Gret, »ich hab' bei der Sache ein komisches Gefühl. So vieles kommt mir fragwürdig vor – zum Beispiel der Dolch als Mordwaffe ...«
Der Ordnungshüter verzog spöttisch das Gesicht. »Du mußt uns für janz schön blöd halten«, erwiderte er und hatte plötzlich einen jovial väterlichen Unterton in der Stimme. »Der Dolch war natürlich nit die einzije Waffe – dat haben mir auch jesehen. Mir sin ja nit blind. Der welsche Hund hat dem Schwerdtfeger zuerst einen über dr Schädel jedroschen. Un wie dat nit jereicht hat, da hat er noch 'n paarmal mit dem Stilett reinjestochen.« Er sah Gret lächelnd an. »Wisse mr alles, Kind. Wenn du also meinst, der Schwerdtfeger wär' nit erdolcht, sondern erschlagen worden – dann haste mehr oder wenijer recht. Siehste? Mir han auch Augen im Kopp.«
»Ja, schon. Bloß ...»
»Die Aussagen sind eindeutig«, fuhr der Klocke unbeirrt fort, »der Pitter un der Christ haben den Mordbuben bei der Leiche erwischt. Et is alles soweit jeklärt.«
Gret ließ nicht locker. »Habt ihr auch die andere Mordwaffe gefunden – ich meine den Gegenstand, mit dem dem Opfer der Schädel zertrümmert wurde?«

Augenblicklich verfinsterte sich die Miene des Klocken wieder. »Jetzt paß mal auf, Mädchen«, knurrte er verärgert, »du wirst mir mit deinen blöden Fragen wirklich lästig! Wat treibst du dich um diese Zeit überhaupt noch rum? Der Markt is jeschlossen. Da jibt et für dich keine Entschuldijung mehr, hier zu bleiben. Jetzt mach dich endlich nach Hause!«
»Also nicht«, sagte Gret nachdenklich, »ich hatte es mir fast gedacht.« Sie deutete einen Knicks an. »Vielen Dank für die Auskünfte – sie waren sehr aufschlußreich, aber weitergebracht haben sie mich nicht. Schönen Abend noch.« Damit drehte sie sich um und ging die Budengasse hinauf. Den Ordnungshüter, der ihr verblüfft und verständnislos nachstarrte, ließ sie einfach stehen.
Tief in ihre Überlegungen verstrickt, strebte sie der Glockengasse zu. Sie beeilte sich denn der Himmel war inzwischen von dicken grauen Wolken überzogen, und ein recht kühler Wind wehte vom Rheinufer herauf. Zudem waren die städtischen Kettenwärter bereits dabei, die Straßen mit den Sperrketten zu überspannen, die den Fuhrwerken in der Nacht das Vorwärtskommen unmöglich machen sollten. Es wurde tatsächlich Zeit, daß Gret nach Hause kam. Die Dunkelheit gehörte dem Gesindel. Ehrbare Bürger hielten sich nach Sperrung der Straßen nicht mehr draußen auf – wenigstens nicht ohne zwingenden Grund.
Gerade noch rechtzeitig erreichte Gret das Doctorhaus. Als sie aufschloß und hineinschlüpfte, brach der Regen los. Es schüttete urplötzlich wie aus Eimern. Gret lauschte einen Augenblick dem Trommeln der schweren Regentropfen, die gegen die geschlossenen Fensterläden prasselten. Dann legte sie ihr trocken gebliebenes Umschlagtuch ab, lächelte zufrieden, machte Licht und begab sich in die Küche, um die gekauften Lebensmittel auszupacken.
Der Doctor hatte sich offenbar schon in seine Gemächer zurückgezogen, denn er zeigte sich nicht. Gret fand das sonderbar, weil es draußen noch nicht einmal richtig dunkel geworden war. Als sie allerdings den Speiseschrank öffnete, um ihr Abendessen herauszuholen, wußte sie, warum er so

früh verschwunden war. Von dem Pfannkuchen, den sie sich zurückgelegt hatte, war nur noch eine knappe Hälfte übrig. Gret ärgerte sich. Gleichzeitig mußte sie schmunzeln. »Alter Vielfraß«, brummelte sie halblaut, »jetzt muß ich mich wieder mal mit Brot und Dickmilch begnügen! Das zahle ich dir heim – verlaß dich drauf!«

Sie füllte einen Becher und säbelte sich dazu eine besonders dicke Scheibe von dem frischen Brot herunter, das sie erst heute morgen vom Bäcker abgeholt hatte. Beim Essen ließ sie sich noch einmal alles, was sie von dem Klocken erfahren hatte, durch den Kopf gehen. Es war also den Gesetzeshütern nicht entgangen, daß der Ermordete totgeschlagen und nicht erstochen worden war.

Aber man hatte den Täter am Ort seiner Tat verhaftet. Alle Beweise gegen ihn waren eindeutig – das Verbrechen war also aufgeklärt. Wieso konnte sie mit den offiziellen Ergebnissen nicht zufrieden sein?

3. KAPITEL

Doctor Minutus blieb auch weiterhin im Verborgenen. Er schien wegen des halben Pfannkuchens, den er unberechtigterweise vertilgt hatte, ein besonders schlechtes Gewissen zu haben. Gret störte das nicht weiter – im Gegenteil. Sie nutzte die Ruhe, die während seiner Abwesenheit herrschte, um endlich etwas von der Flickarbeit zu erledigen, die sich während der letzten Wochen angesammelt hatte.

Gret besserte einige Bettlaken aus, deren Kanten abzuschleißen begannen, stopfte ein paar Löcher in des Doctors Strümpfen und flickte einen Winkelriß in ihrer Arbeitsschürze. Als es dunkelte, packte sie die reparierten Sachen weg, sicherte das Herdfeuer und zog sich für die Nacht in ihrem Gaden zurück.

Auf der Türschwelle des kleinen Einzimmerhäuschens lag ein dicker Strauß gelber Osterglocken, zusammengebunden mit einer roten Schnur. Hans mußte während des späten Nachmittags hiergewesen sein und hatte Gret nicht angetroffen. Gret lächelte, bückte sich, hob die duftenden gelben Blumen auf und seufzte. Leider geschah es allzuoft, daß Hans sie nicht zu Hause vorfand. Aber wenn alles so klappte, wie es geplant war, dann würde dieser unbefriedigende Zustand bald ein Ende haben. Mitte Mai, sobald Hans der Kommission der Zunft sein Meisterstück vorgestellt hatte, sollte Hochzeit sein.

Gret schloß mit dem einfachen Hakenschlüssel die niedrige Brettertür auf und schlüpfte in ihre winzige Behausung. An dem mitgebrachten glimmenden Kienspan zündete sie ihre kleine Tranlampe an und stellte dann die Osterglocken in einer Wasserkanne aufs Fensterbrett. Einen Augenblick betrachtete sie den Strauß, der ihr wie der Inbegriff des Frühlings schien, mit einem überwältigenden Glücksgefühl. Ja – das mit Hans war Wirklichkeit. Sie bildete es sich nicht nur ein. Er liebte sie. Mit Leichtigkeit würde er die freiwerdende Meisterstelle erringen und in die Reihen der selbständigen Stellmacher aufgenommen werden – bei der hervorragenden Arbeit, die er leistete. Und dann würde er sie – Gret Grundlin, das nicht mehr ganz junge Mädchen von ungeklärter Herkunft – tatsächlich zu seiner Frau Meisterin machen!

Herrgott, es war einfach zu schön, um wahr zu sein. Gret seufzte noch einmal. Sie würde es erst glauben, wenn sie Hans angetraut war – das wußte sie. Erst wenn der Pfarrer von Sankt Columba ihre Hand in seine legte, und ...

Sie fröstelte plötzlich. Es war kühl im Gaden. Das Feuer war ausgegangen. Einen Moment lang überlegte Gret. Dann entschloß sie sich, es noch einmal anzuzünden und den kleinen Raum mit einem Holzscheit wenigstens leicht zu heizen. Morgen früh würde ihr dann das Aufstehen nicht so schwerfallen.

Ein wenig trockenes Reisig, ein paar geschickte Handgriffe – und ein Flämmchen begann das Scheit zu belecken, das Gret aufgelegt hatte. Ein dünner Rauchfaden kräuselte sich aus der offenen Feuerstelle in den Kamin hinauf. Wieder einmal war Gret dankbar dafür, daß ihr Häuschen mit dieser Feuerstelle ausgestattet war. Längst nicht alle Gadens, die in der Stadt das Straßenbild bestimmten, konnten beheizt werden. Deshalb mußten besonders die Armen, die in manchmal

fensterlosen Gadens zinsfrei wohnen durften, in der kalten Jahreszeit eng zusammenrücken und sich gegenseitig warmhalten, wenn sie nicht erfrieren wollten.
Gret setzte sich auf die solide, massive Kleidertruhe, die neben Schemel und Strohsack die einzige Möblierung ihres Häuschens bildete, und schaute in ihren großen, ovalen Wandspiegel aus poliertem Messing. Sie betrachtete nachdenklich ihr Spiegelbild, das im spärlichen Schein der Tranlampe und des Feuers golden schimmerte. Wie immer war sie nicht zufrieden mit dem, was sie sah. Ein Gesicht mit großen grauen Augen, einer zierlichen Nase und einem rundlippigen Mündchen; das Ganze umrahmt von einer schmucklosen Haube aus grauem Leinen. Unauffällig. An ihr war überhaupt alles unauffällig.
Sie nahm die Haube ab. Jetzt war das Haar zu sehen. Aschfarben. Glatt in der Mitte gescheitelt und zu einem straffen Nackenknoten zusammengesteckt. Also – Staat machen konnte Hans mit ihr bestimmt nicht.
Gret bleckte die Zähne und grinste ihr Spiegelbild böse an. In solchen Momenten vor dem Spiegel wünschte sie sich nichts sehnlicher, als einmal im Leben schön zu sein – wirklich schön. So schön, daß alle ihr nachschauten und sie bewunderten. Mutter Immaculata aus dem Kloster am Blaubach, die gütige Apothekenschwester, die das Findelkind Gret sozusagen in ihrem Laboratorium großgezogen hatte, behauptete zwar immer, Gret sei das süßeste Mädchen von ganz Köln. Aber das mußten mütterliche Vorurteile sein. Wie sonst konnte sich diese kluge Frau so irren?
Zeit zum Schlafengehen, befahl sich Gret. Schluß mit den unnützen Gedanken. Sie war eben, was sie war: eine unscheinbare, kleine graue Maus. Und sie mußte dankbar dafür sein, daß Hans sie trotzdem mochte …
Gret schnürte das schwarze Wollmieder auf und zog es aus. Sie löste die Bindebänder ihres Rockes, ließ das voluminöse Kleidungsstück auf den Fußboden sinken und stieg hinaus. Mieder und Rock kamen ordentlich zusammengelegt auf die Truhe. Dann, nur noch im bodenlangen weißen Leinenhemd,

zog Gret mit energischen Rucken die Haarnadeln aus ihrem Knoten. Sie flocht den dicken Nackenzopf auseinander und schüttelte ihre üppige glänzend dunkelblonde Mähne kräftig aus. Noch einmal warf sie einen Blick in den Spiegel. Die prächtig schimmernden Wellen ihres Haares flossen bis auf die Hüften nieder. Eigentlich nicht so schlecht, dachte Gret und kam doch wieder auf das Thema ihres Aussehens zurück. Aber die Farbe – diese schreckliche mausgraue Farbe!

Was half es ... Sie nahm den Kamm vom Fensterbrett und begann, das Haar damit in kräftigen Strichen zu bearbeiten. Wenn Hans ...

Es klopfte.

Gret drehte den Kopf ruckartig zur Tür. Es hatte leise, aber deutlich geklopft. »Wer ist da?« fragte Gret verwundert.

Keine Antwort. Statt dessen ein mehrfaches zaghaft-dringendes Pochen.

Der Doctor konnte das nicht sein. Der nahm immer die Faust und hämmerte gegen die Bretter. Hans war es sicher auch nicht. Der würde kräftig anklopfen und ein paar freundliche Worte dazu sagen. Gret schüttelte den Kopf. »Wer ist denn da?« verlangte sie noch einmal zu wissen.

Es dauerte ein paar Atemzüge – dann kam Antwort. Gret hörte die gehauchten Worte: »Mache auf ... ich bitte! Prego – mache schnell auf!«

Gret legte den Kamm aufs Fensterbrett zurück. Das da draußen vor der Brettertür war eindeutig eine Männerstimme gewesen, und die geflüsterten Worte hatten einen fremdländischen Klang gehabt. »Wer zum Kuckuck ist denn da?« ärgerte sich Gret, »ich lasse doch nicht jeden Hinz und Kunz zu nachtschlafender Zeit bei mir ein!«

Vor der Tür erklang ein leises, nervöses Räuspern. Dann – eindringlicher als beim ersten Mal – hauchte es: »Margherita – aiutami! Es geht um Leben und Tod! Mache die Tür auf ... presto, per favore ...!«

Gret fühlte, wie sie sich anspannte. Die Stimme hatte flehend geklungen, gehetzt und verzweifelt. Und die fremde Aussprache kam ihr plötzlich irgendwie bekannt vor. »Sag

zuerst deinen Namen«, forderte sie. Gleichzeitig ging sie zur Tür.
Draußen klirrte leise eine Kette. Das Geräusch wurde begleitet von den fast tonlos ausgesprochenen Worten: »Pierangelo Contini bin ich – weißt du noch? Ich bitte ... hilf! Sie sind hinter mir – mache mir auf!«
Gret packte den eisernen Riegel, mit dem ihre Haustür von innen gesichert war, und riß ihn mit einem Ruck zurück. Derjenige, der so dringend um Einlaß gebeten hatte, taumelte ins Zimmer. »Grazie mille«, keuchte er, »Margherita – ich wußte nicht, wohin! Nur du kannst mich helfen. Rette mir ...!«
»Was ist los?« fragte Gret aufgeregt. Sie musterte den Menschen, der da schwankend vor Erschöpfung vor ihr stand, mit ungläubigen Blicken. Der Name, den er ihr genannt hatte, war ihr noch deutlich in Erinnerung. Aber dieser schmutzstarrende, mit Handschellen und Ketten gefesselte Kerl, dem die schulterlangen schwarzen Locken in schmierig-verklebten Spiralen um das bleiche Gesicht hingen und der sie mit seinen schwarzen Augen wie ein zu Tode gehetztes Tier anstarrte, zeigte nur wenig Ähnlichkeit mit dem elegant gekleideten, gutaussehenden und charmanten italienischen Lautenspieler, den Gret im vergangenen Jahr im Haus Farrenschildt kennengelernt hatte. »Du kannst doch nicht einfach mitten in der Nacht bei unbescholtenen Frauen ...«, begann sie eine Strafpredigt.
Pierangelo Contini unterbrach sie. »Margherita – sie sind mich dicht auf die Fersen«, flüsterte er, »sie werden mir wieder einfangen, wenn du mir nicht ... «,
Von der Straße drangen Geräusche herüber. »Da lang«, hörte Gret eine rauhe Männerstimme, »da is er rein! Weit kann er noch nit sein!«
Der Italiener sah sich gehetzt um. »Madonna«, wisperte er, »jetzt ... jetzt is aus ... terminato! Sie werden mir sehen, und dann ...«
Gret holte tief Luft. Sie deutete auf ihre Truhe. »Da hinein«, zischte sie scharf, »und keinen Mucks – sonst hast du wirklich alles hinter dir ... was es auch sein mag!« Sie klapp-

te den schweren Deckel auf. Der Italiener stieg in den Kleiderkasten, der nur zu einem Drittel gefüllt war, und Gret klemmte, ehe sie die Truhe wieder schloß, einen Span Feuerholz zwischen Deckel und Kiste.
Dies alles hatte nur wenige Augenblicke gedauert und war völlig geräuschlos geschehen. In dem Moment, als Gret den Kasten zuklappte, hämmerte eine Faust an ihre Tür. »Aufmachen«, sagte jemand im Befehlston, »im Namen der Obrigkeit!«
Gret hielt eine Sekunde die Luft an, um sich zu beruhigen. Dann erwiderte sie mit gedämpfter Stimme: »Ich bin im Hemd ... wollte mich eben schlafen legen. Was gibt's denn?«
»Aufmachen«, wiederholte der Mann vor der Tür, »Wir müssen 'ne Auskunft einholen!«
Gret schnappte ihren Kamm vom Fensterbrett, trat an die Tür und öffnete sie einen Spalt. Draußen stand ein Klocke in Begleitung zweier Nachtwächter. »Ja?« fragte Gret.
»Uns is 'ne Verbrecher entwischt«, sagte der Klocke.
Gret erkannte ihn wieder. Es war der Mann, mit dem sie am Spätnachmittag beim Rathaus gesprochen hatte. »Und?« fragte sie nach.
»Wir wissen, daß der Schweinehund in diese Richtung jerannt is«, erklärte der Gesetzeshüter schlechtgelaunt, »jetzt frag' ich dich: Hast du wat jehört? Schritte vielleicht – oder sonst'n Jeräusch?«
Gret, gespannt wie ein schußbereiter Bogen, brauchte all ihre Beherrschung, um ruhig zu bleiben. Der Klocke hielt den Blick aufmerksam auf sie gerichtet, jede falsche Geste konnte Verdacht erregen.
Gret entschied sich zu ihrer Verteidigung für den offenen Angriff. Demonstrativ raffte sie ihr Hemd am Hals zusammen. »Das ist ja die Höhe«, fauchte sie den Klocken an, »Geräusche ... Schritte! Ich achte doch nicht auf jeden Kater, der hier vorbeischleicht!« Mit gespieltem Zorn starrte sie dem Gesetzeshüter ins Gesicht. »Was kann ich denn dafür, daß ihr eure Gefangenen nicht anständig bewacht? Wofür werdet ihr eigentlich bezahlt? Bestimmt nicht dafür, daß ihr

bei Nacht und Nebel unbescholtene Bürger überfallt – noch dazu schutzlose Frauen, die gerade zu Bett gehen wollen!« Mit einem Ruck riß sie ihre Türe auf, so daß der Klocke und die Wachmänner ihr Wohnstübchen überall einsehen konnten. »Da«, spuckte sie, »kein Räuber weit und breit! Wahrscheinlich ist er längst über alle Berge, weil unsere Büttel lieber jungen Frauen den guten Ruf verderben!« Sie schob die Tür bis auf einen schmalen Spalt wieder zu. »Jetzt Gott befohlen«, gab sie ihrer Schimpfkanonade den krönenden Abschluß, »und seht zu, daß Ihr den Halunken wieder einfangt. Sonst reich' ich beim Rat Beschwerde ein – wegen Unfähigkeit und Amtsmißbrauch –, weil Ihr mich im Hemd vors Haus gerufen habt. So was verträgt sich nicht mit den guten Sitten!«
Der Büttel brachte keinen Ton heraus. Ganz langsam war ihm der Mund aufgeklappt, und seine hellbraunen Augen waren kreisrund geworden. Gret fand das belustigend, trotz ihrer Anspannung. Sie biß sich auf die Innenfläche ihrer Wangen, um nicht über die belämmerte Miene des Klocken lachen zu müssen.
Ein langer Augenblick verging. Schließlich machte der Büttel den Mund wieder zu, blinzelte verlegen und wandte den Blick von Gret ab. »Also … dann … «, brummte er, »nix für unjut, Jungfer … wat hattest du jesagt, wie du heißt?«
»Ich wüßte nicht, daß ich meinen Namen genannt hätte«, fauchte Gret, um das Maß seiner Verwirrung voll zu machen. »Ich hatte gar keine Gelegenheit dazu. Ich wart nicht mal höflich genug, mich überhaupt danach zu fragen. Und das melde ich dem Rat ebenfalls – daß Ihr's nur wißt!«
Der Klocke lief rot an. Gret hatte es geschafft, ihn aus dem Gleichgewicht zu bringen. »Ich wollte aber wirklich nit unhöflich sein«, stotterte er beunruhigt, »schon jar nit jejen Frauen! Ihr wißt doch, wie dat so is, wenn 'ne Mann richtig in Fahrt is … Da kann et schon mal vorkommen, dat mr …«
Gret nehm all ihren Mut zusammen. »Spart Euch weitere Entschuldigungen«, sagte sie etwas milder, »wenn Ihr Euch noch länger aufhaltet, geht Euch der entflohene Verbrecher end-

gültig durch die Lappen. Gute Nacht – und gute Jagd.« Damit knallte sie ihre Tür ins Schloß und rammte den Riegel in die Führung. Das »Jut' Nacht – und nix für unjut nochmal«, das der Klocke draußen hervorwürgte, ehe er mit den Wachleuten abzog, entlockte ihr ein befriedigtes, wenn auch entnervtes Lächeln.

Einen Wimpernschlag lang stand sie ganz still. Plötzlich wurde ihr bewußt, daß sie soeben etwas Ungesetzliches getan hatte. Sie hatte, ohne zu überlegen, einen Mann versteckt, von dem sie zumindest wußte, daß er ein Langfinger war. Wenn die Theorie der Klocken stimmte, war Pierangelo Contini sogar ein Mörder.

Was, um Himmels willen, hatte sie nur bewogen, diesem windigen Gesellen zu helfen – diesem Luftikus, der ganz bestimmt keine reine Weste hatte?

Ein Geräusch aus der Kleidertruhe ließ sie zusammenfahren. Der Kerl hatte sich in dem engen Gehäuse bewegt, und die Handketten hatten geklirrt. »Ruhe«, zischte Gret, »die Gefahr ist noch nicht vorüber! Ein Weilchen wirst du noch im Versteck bleiben müssen.«

»Si«, flüsterte Pierangelo Contini in der Truhe, »grazie, Margherita ... mille, mille grazie!«

Sie warteten. Nach einiger Zeit, als Gret davon ausgehen konnte, daß die Gesetzeshüter die Umgebung ihres Gadens verlassen hatten, klappte sie den Deckel der Truhe wieder auf. »Alles ist still«, sagte sie knapp, »du kannst herauskommen.«

Der Italiener stieg mühsam aus seinem unbequemen Versteck. Gret hatte erst jetzt Zeit, ihn genauer anzusehen. Seine Kleidung – enge Beinkleider in Blau, eine modisch-schmal gegürtete braune Jacke mit bauschigen Ärmeln – war völlig verdorben. Gret entdeckte zahlreiche Risse darin. Außerdem waren Jacke und Hose von oben bis unten dreckverschmiert und regendurchweicht. Die Fesseln, die Contini trug, hatten seine Handgelenke aufgeschürft, die Ärmelrüschen seines weißen Hemdes waren blutig.

Sein Gesicht wirkte fast schwarz. Er mußte es absichtlich mit Erde eingerieben haben, um in der Dunkelheit weniger gut erkennbar zu sein. Als er Gret anlächelte, leuchteten seine gesunden weißen Zähne.
Er wisperte noch einmal ein Dankeschön und wollte zur Tür.
»Moment«, sagte Gret eine Spur zu schnell, »so haben wir nicht gewettet. Erst erschreckst du mich zu Tode. Dann hetzt du mir die Klocken auf den Hals. Und jetzt willst du dich sang- und klanglos wieder verdrücken? Das kannst du vergessen, mein Lieber! Ich hab' mir doch nicht all die Mühe gegeben, den Wachleuten was vorzuspielen, damit du ihnen jetzt doch noch in die Arme rennst!«
Pierangelo Contini sah Gret fassungslos an. »Ich will dir nicht mit hineinziehen, Margherita ...«
»Als ob du das nicht schon längst getan hättest«, gab Gret zurück. »Ich stecke bis zum Hals drin in der Sache! Es geht ja wohl um den Mord an Johann Schwerdtfeger – oder?«
»Si ... ma –«
»Du stehst unter dem Verdacht, ihn umgebracht zu haben«, unterbrach Gret, »ist das richtig?«
»Si, Margherita. Ich –«
»Sie haben dich bei der Leiche am Tatort erwischt. Und dann bist du verhaftet worden, ja?«
»Si«, er nickte. »Aber ich war –«
»Sie haben dich dann in den Frankenturm gebracht. Und weil du die Tat abgestritten hast, wollten sie dich in die Hacht überführen. Stimmt's?«
»Si.« Er heftete den Blick seiner schwarzen Augen fest auf Gret. »Woher weißt du?«
»Ich kenne die ganze Geschichte«, sagte Gret. »Ich wußte nur nicht, daß du der Tatverdächtige bist. Hast du's getan?«
Pierangelo Contini warf den Kopf hoch und ballte die Fäuste. Seine Augen begannen zu funkeln. »Margherita«, stieß er hervor, »du kannst mir nennen eine ladrone ... aber ich bin keine assassino! Ich habe es nicht getan – bei meine Leben!« Er hob dramatisch die Schwurfinger, wobei er wegen der Handfesseln notgedrungen die Linke mitheben mußte.

So theatralisch und komisch diese Geste aussah – Gret glaubte dem Italiener ohne Vorbehalt, obwohl sie nicht wußte, wieso sie seiner Unschuld so sicher war. »Paß auf«, sagte sie, »zuerst müssen wir sehen, daß du die lästige Kette loswirst. Draußen im Schuppen ist ein Beil. Ich hole es, und du wartest hier. Verhalte dich ruhig – verstanden?«
Pierangelo Contini ließ die Hände wieder sinken. »Du glaubst mir?« sagte er fassungslos, »du willst mich helfen?«
»Vor allem will ich, daß du mir erzählst, was geschehen ist.« Gret warf sich für den Gang in den Schuppen das große Umschlagtuch um die Schultern. »Haarklein und in allen Einzelheiten. Ich bin gleich wieder hier. Wenn du was hörst, spring sofort in die Truhe. Ich kümmere mich dann um den Rest.«
Sie entriegelte die Tür, spähte vorsichtig hinaus, versicherte sich, daß noch immer alles ruhig war, und huschte in den Garten. Heute zahlte es sich aus, daß sie im Schuppen immer Ordnung gehalten hatte. Sie fand das Beil auch ohne Licht. Befriedigt zog sie es aus dem Hauklotz, nahm noch ein Seil mit, das an der Schuppentür hing, und schlich zurück zu ihrem Gaden.
Pierangelo Contini hockte auf dem Boden, in der hintersten, vom Lampenschein kaum erreichten Ecke des Raumes. Sein Gesicht schien aufzuleuchten, als Gret wieder eintrat. »Che bella«, flüsterte er und lächelte sie an, »adorabile ... deine offene Haare ...«
Gret stand still. Der Blick des Italieners machte sie verlegen. Siedendheiß fiel ihr ein, daß sie fast unbekleidet war. Das Blut stieg ihr in die Wangen. Sie spürte, wie die Haut in ihrem Gesicht sich rötete. »Laß das blöde Geschwafel«, fuhr sie den Italiener an, »dafür ist weiß Gott nicht die richtige Zeit!« Sie zog die Tür hinter sich mit einem heftigen Ruck ins Schloß. Nachdem der Riegel wieder an seinem Platz war, hatte sie ihre Verlegenheit überwunden.
Mit erhobenem Beil trat sie auf Contini zu. »Los – die Hände flach auf die Erde,« befahl sie, »und schön gespreizt, damit ich die verdammte Kette durchhauen kann!«

Der Italiener tat, was sie verlangte. Aber er schaute Gret dabei unverwandt an, und seine kohlschwarzen Augen verloren das Leuchten nicht. »Come una dea«, murmelte er, »Margherita ... du bist schön ...«
Gret bekämpfte einen neuen Anfall von Verlegenheit. Sie schluckte, weil ihr die Kehle eng wurde, schwang das Beil, ließ es auf die Kette niedersausen. Im gleichen Atemzug fauchte sie: »Wenn du willst, daß ich dir weiterhelfe, dann hör auf, Süßholz zu raspeln – verstanden?«
»Was ist Süßholz?« fragte Pierangelo Contini und zeigte noch immer sein entwaffnendes Lächeln.
Gret würdigte ihn keiner Antwort mehr. Sie hackte ein zweites Mal auf die Kette ein. Die eisernen Glieder zersprangen. »Geschafft«, sagte Gret und mißachtete den glühenden Blick, den der Italiener ihr schenkte. »Jetzt fang an, mir zu berichten. Ich will alles hören – aus deiner Sicht der Dinge. Und kein dummes Geschwätz mehr.«
»Margherita bella ...«
»Kein dummes Geschwätz, hab' ich gesagt!« Gret hatte ihre Verlegenheit jetzt unter Kontrolle.
»Erzähle. Von Anfang an.«
Pierangelo Contini räusperte sich. »Ich kam in die giardino«, sagte er leise, »hinter die Hause Schwerdtfeger. Und da war Signore Schwerdtfeger ... in la piccola casetta ... tot auf die Boden. Margherita«, er hob die Hände, »er war schon tot, als ich kam – ich habe ihm nicht umgebracht. Davvero!«
»So – er war also schon tot. Wann war das? Weißt du, wie spät es war?« Gret heftete den Blick auf das Gesicht des Italieners, so schwer es ihr auch fiel, ihm in die Augen zu sehen.
»Fast drei«, Pierangelo Contini erwiderte ihren Blick mit unverhohlener Bewunderung, »denn um drei sollte ich –«
»Was?«
»La Signorina Elisabetta«, antwortete der Italiener, »sie hatte mir bestellt ... una lezione di musica. Signora Anna Maria sollte lernen das Lautenspiel ...«
»Eine Musikstunde also. Im Gartenhaus. Hast du Frau Schwerdtfeger öfters dort unterrichtet?«

»Ma no!« Pierangelo Contini lachte leise. »Die lezione sollte sein in die große Haus – um vier. In giardino ich wollte treffen la Signorina Elisabetta. Una cosa d'amore ... du verstehst, Margherita ...«
»Ach so.« Gret senkte den Blick. Sie runzelte die Stirn. Dieser Windhund! Überall hatte er seine Weibergeschichten – er konnte es offenbar nicht lassen, mit jeder, aber auch jeder Frau anzubandeln!
»Si«, fuhr der Italiener leise fort, »la Signorina Elisabetta e una donna molto gentile. Ma tu, Margherita – tu sei adorabile ...una principessa –« Er streckte die Hand aus und berührte in einer flüchtigen, streichelnden Bewegung Grets Finger, die das Beil umfaßt hielten.
Gret ließ das Beil auf den Boden sinken und wich einen Schritt zurück. »Noch einmal«, zischte sie, »und du kriegst eine geklatscht. Außerdem – dein welsches Gefasel kannst du dir sparen. Ich versteh' kein Wort davon.« Sie setzte sich aufs Fensterbrett. »Das Fräulein hat dich also in den Garten bestellt. Ist das öfter vorgekommen?«
»Nur eine Mal vorher« sagte Pierangelo Contini, »und ich liebe sie nicht! Du mußt mir glauben, Margherita. Viele, viele Male hab' ich nur an dir gedacht – seit damals, als wir auf der Treppe –«
Gret unterbrach ihn. Sie ließ sich nicht mehr aus der Spur werfen. »Hat sie dir Briefchen geschickt?«
»Si. No ...«
»Was denn nun?«
»Sie hat mir selbst gesagt. Am Tag vor heute. Ich sollte kommen in die Garten – um drei. Ich hab mir gedacht, un bacio, Pierangelo – vielleicht zwei. Perche no? Dann lag da die Signore Schwerdtfeger tot.«
»Und dann hast du ihm die goldene Kette und die Uhr geklaut und wolltest verschwinden – war es nicht so?« Gret hatte in diesem Augenblick den Drang, dem Kerl die Freiheiten, die er sich herausnahm, gründlich heimzuzahlen. »Du konntest dem Glanz des goldenen Schmuckstücks nicht widerstehen, unverbesserlicher Langfinger! Wärst du gleich gegangen,

ohne die Leiche zu fleddern, dann wäre dir gar nichts passiert!«

»Aber ich habe nur eine Kette auf der Wiese gefunden«, sagte Pierangelo Contini, »ich habe sie nicht von die tote Signore Schwerdtfeger abgemacht!« Er rollte verzweifelt mit den Augen. »Da war keine Zeit zu stehlen! Die servi waren schon in giardino ... und la Signorina Elisabetta hat gerufen von weitem: Haltet den Mörder!«

Gret gab keine Antwort. Sie überlegte.

Pierangelo Contini zuckte die Achseln. »Vielleicht die wirkliche assassino hat genommen die Uhr« sagte er, »e possibile ... no?«

»Jedenfalls ist sie verschwunden – falls es sie überhaupt gibt.« Gret hob den Kopf. »Du warst es also nicht. Und du hast auch den Mann nicht umgebracht ...«

»No, Margherita, no.« Pierangelos Blick war offen. »Diese Mal ich habe sogar nicht gestohlen – nur eine Kette gefunden. Ich bin ganz, ganz innocente ...«

Gret nickte. Irgend etwas sagte ihr, daß der Italiener gar nicht der Mörder sein konnte. Sie würde darüber nachdenken und herausfinden müssen, warum sie dieses Gefühl hatte. Zunächst aber ...

»Wir müssen ein sicheres Versteck für dich finden«, sagte sie nüchtern, »solange, bis ich den wirklichen Sachverhalt kenne und deine Unschuld beweisen kann. Ich denke mir, der Dachboden im Doctorhaus wäre so ein Ort, an dem dich niemand vermuten würde. Sehen wir also zu, daß wir dich ungesehen da hinaufbekommen.«

Das Vorhaben würde alles andere als leicht zu bewältigen sein. Denn der einzige Weg zum Dachboden ging durch Doctor Minutus' Schlafkammer, von der aus eine schmale, knarrende Stiege unters Dach führte. Während Pierangelo Contini mit einem Leinenlappen notdürftig an Grets Waschgeschirr den Schmutz des Gefängnisses und seiner überstürzten Flucht von Gesicht und Kleidung entfernte, überlegte Gret, wie sie die schwierige Aufgabe lösen wollte. Einen gesuchten Ausbrecher zu verstecken konnte recht gefährlich werden – für alle Beteiligten. Niemand, – wirklich niemand durfte von Pierangelo Continis Unterschlupf Wind bekommen. Nicht einmal Hans konnte eingeweiht werden, und schon gar nicht der Doctor.

»Komm«, sagte Gret, als der Italiener seine Katzenwäsche beendet hatte, »komm mit mir ins Haus. Und mach um Gottes willen kein Geräusch!« Sie nahm die Lampe und das Seil.

»Margherita – du willst das wirklich für mir tun?« Er heftete den Blick seiner beunruhigend schönen Augen auf sie, als sei Gret eine Erscheinung vom Himmel. »Ich hatte gedacht, du machst nur Spaß ...«

»Spaß?« Gret blies die Backen auf. »Als ob wir uns den leisten könnten! Mensch – es geht um deinen Kopf! Da wäre Spaß wirklich fehl am Platze. Zieh die Schuhe aus – dann hört man deine Schritte nicht so.«

Der Italiener gehorchte ohne ein Wort. Leise folgte er ihr nach draußen in den Garten, nachdem sie sich versichert hatte, daß niemand in der Nähe war und sie beobachten konnte. Durch die Küchentür, für die Gret den Schlüssel verwahrte, schlüpften sie ins Doctorhaus, und Pierangelo Contini wartete still, während Gret einen Krug mit Wasser füllte und einen Kanten Brot abschnitt. Das Brot packte sie zusammen mit einem Stück Speck in ein sauberes Leinentuch ein und reichte es dem Italiener. »Jetzt kommt's drauf an«, sagte sie, »kein Wort mehr. Und halte dich möglichst außerhalb des Lampenscheins, aber dicht genug bei mir!«

Pierangelo Contini nickte, lächelte. Gret fühlte sich, als habe er sie berührt. Unwillig wandte sie sich von ihm ab, schob sich aus der Küche auf den Flur und stieg die Treppe zum Obergeschoß hinauf. Hier hatte linker Hand der Doctor sein Schlafzimmer. Auf der anderen Seite lag der Mietraum der Schustersfamilie, die auch im Erdgeschoß noch ein Zimmer gegen Zins nutzte.

Sachte drückte Gret die Tür zur Junggesellenklause des Doctors auf. Pierangelo Contini glitt lautlos wie ein Schatten hinter ihr ins Zimmer. Sie schlichen barfuß durch den Raum.

Gret hob die Lampe ein wenig. Theophilus Minutus war in der dicken weißen Wolke seines mächtigen Federbetts nicht auszumachen. Aber man hörte ihn. Aus den Kissenbergen durchzog ein leises, säuselndes Sägen die kleine Kammer.
»Er schläft«, hauchte Gret, »sehr tief – das weiß ich aus Erfahrung. Da hinten ist die Stiege –«, sie deutete ans andere Ende des Raumes, » aber tritt vorsichtig auf, wenn du am Leben hängst!«
Continis Gesicht war ein Schatten außerhalb des gelben Lichtkreises, den die Lampe warf. Dennoch erkannte Gret an seiner gebückten, angespannten Haltung, daß er sich der Gefahr des Augenblicks bewußt war. Er betrat die unsicheren Treppenstufen zum Dachboden mit dem sanften, federnden Tritt einer Katze.
Ohne das geringste Geräusch schaffte er es, die Falltür aufzudrücken und auf den Boden zu gelangen. Gret, die hinter ihm ging, hatte nicht ganz soviel Glück. Unter ihren Füßen knarrten die obersten Sprossen der Stiege leise.
Das sägende Schnarchen des Doctors verstummte. Stocksteif, fast ohne zu atmen, verharrten Gret und der Italiener unter den Dachsparren. Erst als das Schnarchen, jetzt verbunden mit einem rhythmischen Pfeifton, wieder einsetzte, wagten sie es, sich zu bewegen.
Gret beleuchtete das niedrige Speichergelaß. »Hier gibt es natürlich keinerlei Bequemlichkeiten«, wisperte sie Contini zu, »aber mit etwas Glück wirst du nicht lange hierbleiben müssen. Mach dir ein Lager aus den Lumpen, die da in der Ecke liegen – ein alter Kübel muß auch irgendwo stehen. Das Seil läßt du aus dem Firstfenster in den Garten. Ich binde dann morgen den Korb daran, in dem ich dir Essen hinaufschicke. Und falls du –«
Ein Seufzer unterbrach sie. Sie fühlte sich heftig umarmt und wild auf den Mund geküßt. Gret war so überrascht, daß sie einen Augenblick lang jeder Bewegung unfähig war. Sie streckte nur den Arm mit der Lampe waagerecht vom Körper weg und stand steif wie eine Holzpuppe.
Pierangelo legte all seine Verführungskunst in diesen Kuß.

Gret fühlte sich um ein Jahr zurückversetzt. Damals hatte der verflixte Schürzenjäger sie schon einmal in einem dunklen Treppenturm auf diese Weise überrumpelt. Und das heiße Gefühl, das sie dabei empfunden hatte – diese schmelzende Wärme, angenehm und unangenehm zugleich –, stellte sich auch jetzt wieder ein.
Wütend machte sie sich aus der Umarmung frei. »Was nimmst du dir heraus?« zischte sie Pierangelo atemlos an, »wie kannst du in einem solchen Augenblick bloß darauf kommen, mich einfach –«
Der Italiener lächelte – sie hörte es an seiner geflüsterten Erwiderung: »Und du hast mir nicht einmal ohrgefeigt ...«
»Schuft«, hauchte Gret zurück, »die Ohrfeige, die du jetzt verdient hättest, würde man im ganzen Haus hören! Ich gehe jetzt – ein Glück, daß ich in meinem Gaden vor dir sicher bin!«
»Margherita«, flüsterte Pierangelo, »bella Margherita ... verzeih! Ich konnte nicht widerstehen ...«
»Es reicht«, knurrte Gret und zog sich zur Stiege zurück. »Ab sofort verkehren wir nur noch per Korb und Seil miteinander. Gute Nacht!« Sie kletterte die steilen Stufen wieder hinunter und zog die Falltür hinter sich zu. »Buona notte, mia bella«, wehten Pierangelos leise Abschiedsworte hinter ihr her, »dorma bene, carissima ...!«

4. KAPITEL

Gret war wieder in ihr Häuschen gelangt, ungesehen – trotz des kleinen Zwischenfalls, der sich ereignete, als sie zum zweiten Mal an Doctor Minutus' Bett vorbeimußte. Theopilus Minutus hatte sich nämlich ruckartig in seinen dicken Federkissen aufgesetzt und sie mit runden, glasigen Augen angestarrt. Dann hatte er genauso plötzlich die Lider wieder zugeklappt, war in sein weiches Nest zurückgesunken und hatte weitergeschnarcht. Die Episode hatte Gret zwar einen Riesenschreck versetzt. Aber wie sie ihren Brotherrn kannte, würde der sich morgen früh an nichts mehr erinnern. So leer, wie sein Blick gewesen war, hatte er sicher mit offenen Augen geträumt.

Gret schlüpfte in ihren Gaden, verriegelte die Tür und löschte die Lampe. Sie wickelte sich aus ihrem dicken Umschlagtuch und legte sich auf dem Strohsack zur Nachtruhe nieder. Aber an Schlaf war nicht zu denken. So sehr sie sich auch bemühte, sie kam immer wieder auf die vielfältigen, ungeklärten Ereignisse des vergangenen Tages zurück und versuchte in Gedanken, Ordnung in die sonderbaren Vorfälle zu bringen.

Johann Schwerdtfeger war erschlagen und nicht erstochen

worden. Die Taschenuhr des Ermordeten war verschwunden. Aber der Tatverdächtige – Pierangelo Contini – konnte Johann Schwerdtfeger weder ermordet noch beraubt haben, soviel stand für Gret fest. Und nun suchte sie mit zäher Hartnäckigkeit nach dem Grund, weswegen sie sich in dieser Annahme so sicher fühlte. Schließlich war es nur ein Gefühl, von dem sie ausging.
Aber es existierte natürlich ein handfester Grund dafür – auch das wußte sie genau. Ihre Überzeugung, daß der Italiener nicht der Mörder sein konnte, ergab sich aus einer bestimmten Beobachtung, die sie gemacht hatte. Aber was, zum Kuckuck, war das bloß gewesen? Gret wälzte sich schlaflos hin und her und kam nicht drauf. Wieder und wieder rief sie sich alles ins Gedächtnis, was sie am vergangenen Nachmittag und Abend gesehen und gehört hatte. Aber was sie so dringend suchte, fand sich einfach nicht. Es war zum Verzweifeln.
Sie würde morgen beim Einkaufen noch einmal das Hausmädchen der Schwerdtfegers ausquetschen, diese Klara aus Rodenkirchen. Möglicherweise kamen dabei neue Aspekte des mysteriösen Mordfalls zutage. Unwillkürlich mußte sie lächeln, während sie sich Klara vorstellte. Es mußte wirklich komisch ausgesehen haben, wie sich das kleine Ding damit abmühte, den starren Leichnam ihres Dienstherrn in sein Totenhemd hineinzupraktizieren ...
Wie lange dauerte es eigentlich, bis nach dem Tod die Leichenstarre einsetzte? Wie viele Stunden brauchte ein Gestorbener, bevor er –
Gret saß plötzlich senkrecht im Bett. Um drei war Johann Schwerdtfeger angeblich ermordet worden. Aber kurz vor vier hatte Gret selbst festgestellt, daß sein Unterkiefer erstarrt war. Und um fünf hatte die kleine Klara aus Rodenkirchen es nicht mehr geschafft, ihm das Totenhemd anzuziehen. Denn da war er nach Klaras Angaben bereits »steif wie ein Brett« gewesen!
»Heilige Muttergottes«, murmelte Gret, »ich wußte doch, daß mir was Wichtiges aufgefallen war!« Zwischen dem

Augenblick des Todes und den ersten Anzeichen der Leichenstarre lagen mindestens drei Stunden – für Gret durch ihre Zusammenarbeit mit Doctor Minutus eine Binsenweisheit. Johann Schwerdtfeger war aber bei kühlem Wetter ums Leben gekommen, dadurch hatte sich das Einsetzen der Starre mit Sicherheit etwas verzögert. Er mußte demnach bereits kurz vor Mittag tot gewesen sein. Pierangelo Contini konnte ihn unmöglich gegen drei ermordet haben – daran bestand keinerlei Zweifel mehr.
Gret legte sich wieder hin und zog die Decke über die Schultern. O ja – jetzt sah alles ganz anders aus. Nicht, daß Gret den Verdacht der städtischen Ordnungshüter überhaupt ernsthaft geteilt hätte – aber der Mord an Johann Schwerdtfeger war nun wieder völlig ungeklärt. Nichts stand fest – weder das Motiv noch die Mordwaffe oder der Täter. Gret würde der Sache auf den Grund gehen. Davon konnte sie jetzt niemand mehr abhalten. Pierangelo Contini mochte ja ein Bruder Lustig sein, ein nichtsnutziger Maulheld und Schürzenjäger – aber ein Mörder war er nicht. Und sie würde dafür sorgen, daß er von diesem schweren Verdacht reingewaschen wurde. Um dem leichtsinnigen Italiener aber das Fell zu retten, mußte der wahre Mörder aufgespürt und zur Strecke gebracht werden.

Schon in aller Frühe, beim Füttern der Tiere, war Gret in Gedanken aufs neue mit dem Enträtseln des Mordes an Johann Schwerdtfeger beschäftigt. Und so bekam Doctor Minutus, als Gret ihm anschließend das Frühstück vorsetzte, nur sehr einsilbige Antworten auf seine Versuche, ein munteres Gespräch mit ihr anzuknüpfen.
»Grundlin – weißt du eigentlich, daß wir schon seit über zwanzig Jahren in keinem Frühjahr mehr eine vernünftige Pestilenz hatten?«
»Hmm.« Gret schöpfte ihrem Dienstherrn eine weitere Kelle Brotsuppe auf den Teller. Wann war sie noch mit Klara zum Einkaufen auf dem Markt verabredet? So gegen zehn – früh genug, um genügend Auswahl zu haben. Zehn Uhr also …

»Ich weiß nicht, woran es liegt«, setzte der Doctor die einseitige Unterhaltung fort, »was meinst du, Grundlin? Die Luft ist es wahrscheinlich nicht – die scheint mir noch genauso zu stinken wie damals, als die letzte große Seuche auftrat ...«
»Hmm«, gab Gret zurück. Sie nahm sich auch einen Teller Suppe und setzte sich damit auf den Schemel an den Küchentisch.
»Wir Medici hatten alle Hände voll zu tun«, sagte Doctor Minutus, »ich war damals noch ein ganz junger Spund.« Er kicherte wie ein halbwüchsiges Mädchen. »Fieber mußte bekämpft werden ... die Hospize waren randvoll mit Pestilenzkranken, die sich pausenlos übergaben und einfach nichts bei sich behalten konnten. Jaja –«, er heftete seine runden grauen Augen auf Gret und hob bedeutungsvoll die Brauen, »so wurden wir jungen Studenten der Medizin damals rangenommen. Voll in das Durcheinander hinein, hieß es ... Stirnen kühlen, Fiebermedizin verabreichen, Erbrochenes untersuchen ...« Er nahm einen Löffel Suppe und führte ihn lustvoll zum Munde. »Aber am schwersten zu ertragen waren die Durchfälle. Der Gestank – einfach grauenhaft! Die Kranken ließen ununterbrochen alles unter sich gehen, und –«
»Doctor!« Gret fühlte sich aus ihren Überlegungen unsanft in die Wirklichkeit zurückgeholt. »Wie könnt Ihr nur jedesmal beim Essen solche Themen anschneiden! Wollt Ihr mir mit Gewalt den Appetit verderben?«
»Wie?« Die Augen des Doctors blickten unschuldig erstaunt. »Aber ich wollte doch eigentlich nur sagen ... ich kann es mir gar nicht erklären, warum diese Stadt nun schon seit so vielen Jahren von keiner richtigen Pestilenz mehr heimgesucht –«
»Aber das ist doch kein Stoff für eine Unterhaltung beim Frühstück«, unterbrach Gret unwirsch.
»Nicht?« Er fuhr sich mit der linken Hand über die Stirnglatze. »Ich dachte –«
»Doctor – wenn man ißt, sollte sich das Gespräch aus-

schließlich um Angenehmes drehen. Um gute Neuigkeiten oder, wenn einem gar nichts einfällt, um das Wetter.«
»Das Wetter? Das wird heute gewiß wechselhaft.« Er machte ein ratloses Gesicht. »Hältst du Regenschauer wirklich für ein brauchbares Thema?«
Gret mußte lachen. »Jedenfalls wäre ich damit besser bedient, als mit einer genauen Beschreibung von Hämo-Horroiden und ähnlichen Unappetitlichkeiten.«
»Hämo-Horroiden ...?« Doctor Minutus schüttelte den Kopf. »Aber die heißen doch ... Ach so, du meinst, dich kommt bei ihrer Erwähnung immer der Horror an!« Er nickte, glaubte, verstanden zu haben. »Jaja – manche von ihnen bieten allerdings einen fürchterlichen Anblick. Wenn ich da an die von Gregor Schmitz denke –«
Gret knallte die Faust auf den Tisch. »Ihr seid unverbesserlich«, sagte sie, halb lachend, halb zornig. »Ist Euch eigentlich mit nichts beizukommen? Ich will, daß Ihr ab sofort von etwas anderem redet!«

Mit dieser energischen Forderung war es ihr endlich gelungen, den Doctor von seinen Lieblings-Gesprächsthemen abzubringen. Nach beendetem Frühstück zog er sich friedlich in sein Studierzimmer zurück. Das Mittagessen werde er bei einem Kollegen von der Fakultät einnehmen, hatte er Gret informiert. Und da er am Nachmittag ein Kolleg zu halten hatte, würde er erst am Abend wieder zurück sein und eine Mahlzeit erwarten.
Gret hatte also den ganzen Tag für sich. Alles, was sie sich für heute vorgenommen hatte, konnte sie bequem und ohne Eile durchführen. Als die Glocke zehn schlug, nahm sie Korb und Geldbeutel und wanderte zum Alten Markt.
Jetzt, zur Hauptgeschäftszeit, waren die Stände und Buden, an denen Frühgemüse, Butter, Milch und Käse verkauft wurden, dicht umlagert. Gret mußte eine gute Weile suchen, bis sie das Hausmädchen entdeckte, mit dem sie sich verabredet hatte. Endlich sah sie Klara, die mit einer Bäuerin um einen Korb jungen Spinat verhandelte.

Während Gret sich durch das Gedränge der einkaufenden Hausfrauen und Mägde zu Klara durcharbeitete, mußte sie an den Spitznamen denken, den der Prokurist Ollmann dem Mädchen aus Rodenkirchen verpaßt hatte. Gret lächelte unwillkürlich. In dem hübschen grauen Leinenkleid, mit der weißen Haube und dem adretten Umschlagtuch aus gestreifter Wolle sah Klara so gar nicht wie eine Hundefresserin aus – sie wirkte höchst anständig und hatte sicher nichts von dem Armeleutegehabe, das eine »Hungsfressersche« doch wohl auszeichnen mußte. Ollmann hatte aus irgendeinem Grund etwas gegen den Ort Rodenkirchen ... an Klara selbst konnte seine Abneigung nicht liegen.

»Guten Morgen«, begrüßte sie das Hausmädchen und warf einen Blick in Klaras wohlgefüllten Korb. »Ich sehe, du hast schon den größten Teil deines Einkaufs erledigt!«

»Erledigt?« Klara seufzte und schenkte Gret gleichzeitg ein strahlendes Lächeln. »Erledigt bin ich selbst. Dabei muß ich heute mindestens noch dreimal auf dr Markt rennen!«

»So?«

»Bestellungen machen. Fisch un Fleisch, Eier un Käs'.« Klara seufzte noch einmal. »Du ahnst ja nit, wat in so 'nem jroßen Haus bei 'ner Beerdijung alles verfressen wird!« Sie preßte die Hand auf den Mund. »Tschuldijung – so darf mer ja eijentlich nit sprechen ...«

»Doch, doch«, sagte Gret, »ich kann's mir vorstellen. Wieviele Gäste erwartet ihr denn?«

Klara rollte die Augen theatralisch zum Himmel. »Siebzig, achtzig – vielleicht sojar noch mehr. Uns Köchin will noch zwei Frauen zum Helfen in't Haus holen. Allein schaffe mr dat nie im Leben!«

Gret kam eine Idee. »Könnt ihr Freiwillige brauchen – zum Auftragen, Abräumen, Gästeverabschieden? Ich hätte morgen ein paar Stunden Zeit ...«

»Du?« Klara strahlte auf. »Dat wär' herrlich! Ich frag' die dicke Jertrud mal. Die sagt bestimmt nit nein – weil die dich ja kennt!«

»Und wann soll der Leichenschmaus stattfinden?«

»Morjen – jejen vier. Dann kommen die all' vom Friedhof, un dem Schwerdtfeger sein Fell wird versoffen ...«
»Weißt du, was, Klara?« Gret legte dem Mädchen freundschaftlich die Hand auf den Arm. »Wir machen unsere Besorgungen und gehen dann zusammen hin. Ich könnte selbst mit der Köchin sprechen, damit alles klar ist. Außerdem –«, sie überlegte einen Augenblick, »außerdem könnte ich dann auch gleich mal ins Gartenhaus laufen. Der Doctor hat da gestern ein Instrument vergessen und mich gebeten, es zu holen.«
Das war natürlich geflunkert. Aber eine bessere Erklärung dafür, daß sie den Ort der Bluttat noch einmal gründlich durchsuchen mußte, war ihr im Augenblick nicht eingefallen.
Klara nickte erleichtert. »Jut! Dann kriegste zwei Fliegen mit einer Klappe ...«

Sie beeilten sich. Gertrud, die Köchin, ließ sie persönlich in das große Haus ein. Das Durcheinander in der Halle war beträchtlich. Überall liefen, wenn auch leise und ohne zu reden, die Dienstboten herum. Es wurde geputzt, umgeräumt, Trauerflor aufgehängt. Besonders in der Küche, in die Gret geführt wurde, war alles in hellem Aufruhr. Hier wuselten zwei Küchenfrauen herum, kneteten Teige, rupften Hühner, nahmen Fische aus. Immer wieder drängelten sich ein paar halbwüchsige Jungen hindurch, die Feuerholz hereinbrachten, Asche hinaustrugen, Eimer mit schwappendem Wasser mitten im Weg abstellten – kurz, die Vorbereitungen für das morgige Trauermahl waren in vollem Gange.
»Wat führt dich denn jetzt hierher?« fragte Gertrud, die Gret in all ihrer Fülle schwitzend anschaute. »Mach et kurz – du siehst ja, du kommst zur Unzeit!«
Gret bat um Entschuldigung. »Ich weiß«, sagte sie mit einem Blick auf das Durcheinander in der Küche, »aber leider kann ich die Sache nicht verschieben. Doctor Minutus hat gestern bei seinem Besuch im Gartenhaus ein bronzenes Spatulum liegengelassen. Und weil er es dringend braucht, hat er mich geschickt, um es zu holen.«

»Ein ... wat?« Die dicke Gertrud wußte natürlich nicht, wovon Gret sprach. »So 'n Ding hat aber keiner da draußen jefunden.«
»Ich dachte mir, ich könnte selbst mal nachsehen«, sagte Gret, »das Spatulum ist relativ klein.«
»Rela ... wat?«
»Relativ klein«, wiederholte Gret das fremde Wort, das die Köchin nicht kannte. »Ich kann es ja selbst im Pavillon suchen. Übrigens –«, sie lächelte Gertrud gewinnend an, »ich möchte dir für morgen meine Hilfe anbieten. Ich habe ein paar freie Stunden – und du kannst sicher jede Hand brauchen, Gertrud – oder?«
Die Köchin lachte erfreut. Ihr üppiger Busen wogte. »Und ob ich Hilfe brauchen kann, Mädchen! Die Klara – dat Trampel –, die kriegt de Arbeit doch überhaupt noch nit auf de Reihe! Wieviel verlangst du?«
Gret dachte kurz nach. Nichts für die Leistung zu nehmen, das hätte merkwürdig ausgesehen. Sie wollte zwar in erster Linie ein Auge auf die Bewohner des Hauses halten und hatte nicht vor, diese einmalige Gelegenheit durch allzu eifrige Mitarbeit ungenutzt verstreichen zu lassen, aber ein kleines Entgelt mußte sie schon fordern. »Sagen wir ...«
»Drei Fettmännchen?« warf Gertrud in ihre Überlegungen ein.
»Gemacht.« Gret war einverstanden. »Dann geh' ich jetzt auf die Suche nach dem Instrument.« Sie schob sich zwischen Gemüsekörben, Haufen von Holzscheiten, Zubern und Wasserbütten auf die Hintertür zu, die aus der Küche in den Garten führte. »Is jut«, rief Getrud ihr nach, »dann morgen um vier. Sei pünktlich!«

Der Garten des Anwesens, teils für den Anbau von Gemüse, teils als Erholungsort und Zierde des Hauses angelegt, war menschenleer. Gret schritt auf dem mit weißen Muschelschalen bestreuten, sauber abgestochenen Pfad an den frisch eingesäten oder mit vorgezogenen Pflänzchen besetzten Beeten des Gemüsegartens vorüber und hielt auf das Gartenhaus

zu, das inmitten blühender Primeln und Narzissen nah der Grenzmauer des Grundstücks auf einem Rasenplatz stand. Während sie sich dem zierlichen hölzernen Pavillon näherte, dessen Wandlatten offenbar erst kürzlich geweißt worden waren und die mit ihren Mustern wie frisch gestärkte Spitze leuchteten, mußte Gret an die Beschreibung denken, die Pierangelo Contini ihr von den Begebenheiten des Mordtages gegeben hatte. Er sei, weil er mit Elisabeth verabredet gewesen war, in das Gartenhaus eingetreten. Dort habe er den Leichnam Johann Schwertfegers am Boden liegen gesehen. Er sei dann fluchtartig ins Freie gestürzt und habe, bereits verfolgt von den beiden Hausdienern, versucht, über die Gartenmauer zu entkommen ...
Gret raffte den Rock und stieg über die Miniaturhecke aus Buchsbaum, die den Weg zum Pavillon säuberlich einfaßte. Ein paar Schritte über den Rasen, dann stand sie an der efeuberankten Gartenmauer. Ein Kirschbaum, der dort wuchs, hatte ihre Aufmerksamkeit erregt. Einige seiner Zweige waren geknickt.
Diese Zweige – drei Stück und alle am gleichen Ast – hingen schlaff herab. Bei allen dreien war an der gleichen Stelle die glatte braune Rinde abgeschält, sonderbarerweise nur auf einer Seite. Sie sah aus wie zerfetzt. Ein trauriger Anblick, die welken, halb aufgebrochenen Knospen neben der weißen Pracht an den unverletzten Zweigen ...
Sonderbar. Gret wandte sich der Gartenmauer zu. An dieser Stelle wirkte der Efeu recht zerzaust. Pierangelo Contini hatte hier wohl versucht, über die Mauer zu flüchten. Aber wieso reichten die Kletterspuren bis ganz nach oben? Und warum waren sogar auf der Mauerkrone die Efeuranken völlig zerdrückt?
Sehr sonderbar. Der Italiener hatte es schließlich nicht geschafft, die Gartenmauer zu ersteigen. Also mußte jemand anders vollständig hinaufgelangt sein – und wahrscheinlich auch hinüber ...
Noch einmal drehte sich Gret zum Kirschbaum um. Die drei schlanken abgeknickten Zweige hingen etwa in Kopfhöhe.

Und darunter, im Gras am Fuß des Stammes, da lag etwas. Gret bückte sich und hob das Ding auf. Sie drehte es unschlüssig in der Hand. So etwas hatte sie noch nie gesehen. Der Gegenstand war aus Holz, etwa vier Handspannen lang, und hatte die Gestalt einer Spindel – oder eines riesigen Nagels mit gerundetem Kopf. Darauf eingebrannt war ein sechszackiger Stern zu erkennen, von dem kurze Strahlen ausgingen.
Gret wog das Gerät in der Hand. Ganz schön schwer – solides Eichenholz. Und sehr sauber gedrechselt – alles, was recht war. Massiv und glatt. Wozu es wohl dienen mochte?
Der rundliche Kopf paßte genau in Grets Hand. Er fühlte sich hart und schwer an. Und er hatte die richtige Größe, um ...
Gret schnappte nach Luft. Dies Ding – was immer es sein mochte – war vielleicht die Mordwaffe, mit der Johann Schwerdtfeger erschlagen worden war! Es hatte die Form einer handlichen, ausreichend schweren Keule. Ein hart damit ausgeführter Schlag gegen den Schädel mußte genau den runden, eingedellten Knochenbruch erzeugen, der Johann Schwertfeger das Leben gekostet hatte.
Gret schloß für einen Moment die Augen. Johann Schwerdtfeger hatte vielleicht unter diesem Kirschbaum gestanden. Und der Mörder war von hinten herangeschlichen, hatte ausgeholt und den tödlichen Streich geführt – so heftig, daß er im Schwung sogar noch einige dünne Zweige des Kirschbaums abknickte ... Ganz deutlich sah Gret die Szene vor sich. Johann Schwerdtfeger war umgesunken wie vom Blitz gefällt. Der Mörder hatte seine Waffe fallenlassen und den Toten übers Gras zum Pavillon geschleift. Drinnen hatte er ihm mit einem Stilett die Stiche beigebracht. Dann war er über die Mauer aus dem Garten verschwunden. In seiner Eile mußte er die seltsam geformte, tödliche Keule vergessen haben.
So konnte die Tat vonstatten gegangen sein. Gret öffnete die Augen weit und starrte das hölzerne Gerät an. Wenn ihre Mutmaßungen richtig waren – hatte dann der Mörder möglicherweise davon gewußt, daß Pierangelo Contini im Garten

mit dem Fräulein Elisabeth ein Schäferstündchen plante? Und hatte er seine Kenntnisse dazu benutzt, um den Zeitpunkt richtig zu wählen und den Klocken gleich einen Täter zu liefern?
Einen Augenblick stand Gret still da. Dann schob sie den gefundenen Gegenstand in die tiefe Tasche ihres Rockes. Es hielt sie nicht mehr an diesem Ort. Sie brauchte die Stille ihres Gadens, um sich alle die neuen Hinweise, die sie entdeckt hatte, durch den Kopf gehen zu lassen. Das verwirrende Mosaik mit den vielen fehlenden Steinchen erforderte gründliches Nachdenken. Dazu würde sie aber nur kommen, wenn niemand in der Nähe war und sie aus ihren Gedanken reißen konnte.

»Na? Hast du dat Spaten-Dings?« fragte die dicke Gertrud, als Gret durch die Küche wieder ins Haus kam.
»Wie?« fragte Gret geistesabwesend.
»Dat Jerät, wat der Doctor im Jartenhaus verjessen hatte«, erklärte Gertrud, »haste dat jetzt wieder?«.
»Ach so«, antwortete Gret zerstreut, »nein – er hatte sich wohl geirrt.« Sie raffte den Rock, in dessen Tasche sich der eigentümliche hölzerne Gegenstand verräterisch abzeichnete, fester zusammen, wich einem wassertragenden Jungen aus und strebte dem Ausgang zu. »Wir sehen uns morgen, Gertrud.«

Den Weg zur Glockengasse legte sie fast im Laufschritt zurück. Sie würde sich ein kleines Mittagessen machen, anschließend Pierangelo Contini mit Wasser und Nahrung versorgen, etwas im Garten arbeiten und sich dabei überlegen, was sie jetzt tun sollte. Immerhin war sie – wenn auch ganz unerwarteterweise – mit ihren Nachforschungen ein gutes Stück weitergekommen.
Doctor Minutus mußte das Haus bereits verlassen haben. Sein Studierzimmer stand offen und war in heilloser Unordnung. Offenbar hatte er, wie das öfters vorkam, seinen Aufbruch zur Arbeit bis zum letzten Moment hinausgezögert

und dann noch ein wichtiges Utensil gesucht – seine Brille etwa oder irgendein Schriftstück.
Gret ärgerte sich schon lange nicht mehr über diese üble, aber unausrottbare Angewohnheit ihres Brotherrn. Theophilus Minutus war über das Alter hinaus, wo man ihm noch ein gewisses Maß an Ordnung beibringen konnte. Wenn er am Abend heimkam, mußte er allerdings mit der üblichen Standpauke rechnen. »Daran führt kein Weg vorbei«, brummelte Gret und machte die Tür des Studierzimmers zu. »So was räume ich nicht ohne Murren auf!«
Sie ging durch den schmalen Flur, betrat die Küche und prallte erschrocken zurück. Am Tisch unter dem Fenster saß Pierangelo Contini!
»Herrgott«, stieß Gret hervor, »was machst du denn hier? Bist du wahnsinnig geworden? Wenn dich einer sieht ...!«
Der Italiener war mit einem Stück Brot beschäftigt gewesen, das er sich krumm und schiefkantig vom Laib abgeschnitten hatte und jetzt mit einem Brocken Speck belegen wollte. Er blickte auf und sah Gret strahlend an. »Buon di, mia bella«, sagte er und zeigte sein bezauberndes Lächeln, »va bene 'sta giorno ... si?«
»Herrgott«, wiederholte Gret fasssungslos, »du scheinst dir nicht im klaren darüber zu sein, wie gefährlich du lebst! Jeden Augenblick könnte jemand hereinkommen! Außerdem – erspar mir dein Kauderwelsch!«
»Wer sollte hereinkommen?« fragte Pierangelo und lächelte aufs neue.
»Die Schusterin zum Beispiel!« Gret schlug sich mit der flachen Hand an die Stirn. »Die wohnt doch im Haus! Manchmal kommt sie auf einen Sprung zu mir in die Küche.«
Contini lächelte noch immer. »Sie ist ausgegangen«, gab er fröhlich zurück, »auch die Dottore hat die Haus verlassen – vor lange, lange Zeit. Ich wollte sehen dich, mia dolce Margherita ... ich mußte sehen.«
Bei den letzten Worten war seine Miene ernst geworden. Sogar seine Augen lächelten nicht mehr, sondern blickten Gret beunruhigend intensiv an. »È vero«, fügte er leise hinzu.

Gret zog unwillkürlich die Schultern höher – sie wußte nicht, ob aus Wohlgefallen oder aus Widerwillen. »Bitte sei vernünftig, Pierangelo«, sagte sie eindringlich.
Das Glühen seiner Augen schien sich zu verstärken. Einen Moment schwieg er. »Si«, flüsterte er dann, »wir wollen vernünftig sein ... du und ich. Solange es ist nötig ...«
Aus irgendeinem Grund war das nicht die Antwort, die Gret hören wollte. Dieser schwarzgelockte Gauner brachte sie doch immer wieder durcheinander. »Was willst du damit sagen – solange es nötig ist«, herrschte sie den Italiener an, »kapierst du denn nicht, daß du in Lebensgefahr schwebst? In der ganzen Stadt wird nach dir gefahndet, du Idiot! Dein Kopf sitzt ziemlich locker, wenn du mich fragst!«
Pierangelo Contini wandte seinen betörenden Blick nicht von Gret ab. »Meine Kopf«, sagte er, »den habe ich schon verloren ... und dazu meine Herz, carissima ...«
Es wurde Gret zuviel. Sie riß sich mit Gewalt von seinem Anblick los, ließ den Einkaufskorb auf den Boden plumpsen und stampfte zornig mit dem Fuß. »Verdammt«, sagte sie lauter als nötig, »du sollst aufhören, mich immerzu auf den Arm zu nehmen. Erstens mag ich es überhaupt nicht, wenn du diese Späße mit mir treibst, und zweitens ... »
»Margherita«, er streichelte sie mit Blicken, »primo: Ich möchte dir nicht auf die Arme, sondern in die Arme nehmen. Und secundo ...«
»Ach – hol's der Teufel!« Gret schrie beinahe in ihrer Hilflosigkeit. Sie atmete tief ein, um sich zu beruhigen. Dann zerrte sie das hölzerne Ding hervor, das sie im Schwerdtfegerschen Garten gefunden hatte, und knallte es vor Contini auf den Tisch. »Sag mir lieber, ob du so etwas schon mal gesehen hast. Falls ja – was ist das für ein Gerät?«
Der Italiener hatte Mühe, so schnell das Thema zu wechseln. Sekundenlang war er sprachlos. Dann senkte er den Kopf und musterte die sonderbare hölzerne Keule. »Ich weiß nicht«, murmelte er, »wenn es wäre viel länger, dann könnte sein ein Stab für die Dirigente von eine Cappella musicale ... Aber ist zu klein. Troppo corte ...«

Gret seufzte auf »Zu kurz, zu klein! Und wenn es noch ein bißchen kleiner wäre, hätten wir eine Spindel vor uns. Und wenn es dann noch ein bißchen anders geformt wäre, könnte man es auch als Splint für ein Wagenrad benutzen. Du bist mir wirklich eine große Hilfe!«
Pierangelo Contini achtete nicht auf Grets Ausbruch. »Es ist die Waffe, mit die il Signore Schwerdtfeger ist erschlagen – no? Du hast gefunden ...?«
»Allerdings.« Gret packte die Holzkeule so fest, daß ihr die Knöchel weiß wurden. »Höchstwahrscheinlich das Mordwerkzeug. Wüßte ich jetzt, was das verdammte Ding darstellt, dann könnte ich daraus vielleicht auf den Besitzer oder Benutzer schließen.«
»Come?«
»Ach – es hat ja keinen Zweck, wenn ich dir alle meine Vermutungen erzähle! Ich muß jemanden finden, der weiß, was das für ein Gerät ist. Und du –« Gret starrte ihn böse an, »du verschwindest sofort wieder auf dem Speicher!«
»Margherita«, der nachdenkliche Ausdruck in Pierangelos Gesicht wich der leidenschaftlichen Miene, die Gret so fürchtete. »ich habe ein Bedürfnis ...«
Gret wich seinem Blick aus. »Daran habe ich auch schon gedacht«, sagte sie so nüchtern wie möglich, »du bekommst von mir einen alten Eimer. Den kannst du zum Leeren am Seil in den Garten hinablassen. Was sein muß, muß sein.«
Er stand vom Tisch auf, um seine Lippen zuckte es belustigt. »O Margherita! Das war es nicht, was ich sagen wollte! Ich –«
»Für Rasierzeug und Seife sorge ich natürlich auch«, fiel sie ihm ins Wort, »und deine dreckigen, zerrissenen Kleider, die kannst du mir hierlassen. Ich bringe sie für dich in Ordnung. Das muß ja mal erledigt werden.«
»Margherita carissima ...« Er trat dicht an sie heran und suchte ihre Augen. »Ich wollte dir sagen –«
»Ein anderes Mal!« Instinktiv wich Gret vor ihm zurück und hob vorsichtig die Hände, wie um einen neuen Überfall abzuwehren. »Jetzt gehst du zurück in dein Versteck. Hier ist es viel zu gefährlich für dich.«

Pierangelo Contini lächelte. Dieses Lächeln nahm Gret die Fassung – dagegen war sie wehrlos. Sie machte keine Abwehrbewegung, als der Italiener sich neigte und ihre zu Fäusten geballten Hände küßte – zuerst die rechte, dann die linke. Sie blieb stocksteif stehen, als dieser unglaubliche Mensch sich dann auch noch vor ihren Augen seiner verschmutzten und durchlöcherten Oberkleidung entledigte, Jacke und Beinkleider zusammenfaltete und auf die Bank legte. Erst seine Frage nach dem versprochenen Eimer weckte Gret aus ihrer Reglosigkeit. «Ja, sofort«, sagte sie tonlos. Aber frei atmen konnte sie erst wieder, nachdem Pierangelo Contini sich mit dem heiligen Schwur, von jetzt an im Verborgenen zu bleiben, auf den Speicher zurückgezogen hatte.

5. KAPITEL

Schon während Gret das einfache Mittagessen löffelte, das sie sich gekocht hatte – Hafergrütze mit einem Stückchen Butter und einem Löffel Honig –, waren ihre aufgewühlten Gefühle wieder zur Ruhe gekommen. »Blöde Gans«, hatte sie sich selbst ausgeschimpft, »wie kannst du dich von diesem welschen Lautenschläger so verrückt machen lassen! Von wegen bella Margherita, von wegen carissima!« Sie wiederholte die fremden Worte leise, mit sehr rollendem R. »Sei vorsichtig im Umgang mit Welschen, hat Mutter Imma mir immer eingeschärft. Und ich sehe ja auch selbst, daß der Kerl nichts taugt. Und wieso fange ich dann immer an zu zittern, wenn er mich mit seinen Teufelsaugen ansieht? Weil ich eine blöde Gans bin!«

Wütend unterbrach sie ihr Selbstgespräch und stellte den Napf, aus dem sie die Grütze gegessen hatte, in die Spülschüssel. Es klirrte gefährlich. Diesem notorischen Schürzenjäger würde sie es schon eintränken, schwor sie sich. Der sollte sie kennenlernen. An ihr war nichts Begehrenswertes – das wußte sie doch! Von einer bella Margherita konnte kaum die Rede sein. Der Windhund war im Augenblick einfach von der übrigen Weiblichkeit abgeschnitten – das war es!

Und da versuchte er eben zu kriegen, was verfügbar war. Offensichtlich hatte er nur das Eine im Sinn ...
»Na, warte, Freundchen«, zischte Gret. Sie hatte sich richtig in Rage gebracht. »Du kriegst dein Fett – darauf kannst du Gift nehmen.«

Dennoch – als sie sich nach getaner Haus- und Gartenarbeit die verschmutzten Röhrenhosen, das zerissene weiße Hemd und die ruinierte Jacke ihres Schützlings vornahm, war ihr Zorn längst verraucht. Sie war Pierangelo Contini und auch sich selbst vorerst nicht mehr böse. Beim Anblick der arg mitgenommenen Kleidungsstücke, die in der Seifenlauge des kleinen Zubers schwammen, wurde sie weich. Sie ging in das Schlafgemach ihres Brotherrn und entführte von Doctor Minutus' Waschständer das kleine Glasfläschchen mit dem Rosenöl, womit der Doctor immer seine Glatze einzusalben pflegte. »Das kann man auch gut zum Parfümieren von Wäsche verwenden«, murmelte sie grinsend vor sich hin, während sie eine mäßige Dosis des teuren Balsams ins letzte Spülwasser gab. »Und ein hübscher junger Mann wirkt nun mal nicht komisch, wenn er angenehm riecht – im Gegensatz zu einem alten Hagestolz!«
So weit, so gut. Die Kleidungsstücke waren jetzt sauber. Aber im Garten – in aller Öffentlichkeit – konnte Gret sie nicht trocknen lassen. Nach kurzem Nachdenken beschloß sie, Pierangelos Hemd, Jacke und Hose am Feuer in ihrem Gaden aufzuhängen. Wenn sie trocken waren – etwa morgen früh –, würde sie dann die Löcher und Risse so gut wie möglich flicken. »Und wehe, du bedankst dich nicht, Bürschchen«, brummelte sie in einem letzten Aufwallen von Ärger. Gleichzeitig spürte sie, wie sie rot anlief. Teufel auch! Den Dank, den Pierangelo Contini ihr vielleicht jetzt schon zugedacht hatte, wünschte sie sich ja wohl wirklich nicht. Oder ...?
Während sie in der Ecke ihres Einzimmerhäuschens die Kordel ausspannte, die als Wäscheleine dienen sollte, war sie in Gedanken wieder bei dem vertrackten Mordfall, den sie sich zu lösen vorgenommen hatte – in erster Linie, um dem wel-

schen Lautenspieler den Hals aus der Schlinge zu ziehen. Ihr ganzes Rechtsgefühl wehrte sich dagegen, den Dingen einfach ihren Lauf zu lassen und den bunten Vogel aus Welschland dem Zufall auszuliefern, auch wenn der Kerl ihr noch so sehr auf die Nerven ging.

Gret hängte die Wäsche auf, nahm dann ein Blättchen Papier und ein Stück Kohle zur Hand, setzte sich auf ihre Truhe ans Fenster und überlegte sich die Schritte, die sie als nächstes tun mußte. Sie besaß die mutmaßliche Mordwaffe. Das eigenartige Werkzeug lag vor ihr auf der Fensterbank. Mit dieser Keule war Johann Schwerdtfeger gestern gegen zwölf Uhr mittags unter dem Kirschbaum in seinem Garten erschlagen worden.

Zum x-ten Mal ließ Gret den Hergang der Tat an sich vorüberziehen. Die Klocken gingen davon aus, daß es sich um einen Raubmord handelte. Schließlich war eine Taschenuhr verschwunden. Aber ein Mord wegen dieser Uhr kam für Gret irgendwie nicht in Frage. Rein gefühlsmäßig schien ihr diese Möglichkeit sehr unwahrscheinlich, auch wenn das seltene Stück noch so wertvoll war. Daß jemand Johann Schwerdtfeger gewaltsam vom Leben zum Tode gebracht hatte, mußte andere Gründe haben – schwerer wiegende Gründe.

Aber welche? Hatte er doch Feinde gehabt – gab es vielleicht Menschen, die sich an ihm rächen wollten ... gerächt hatten? Wer überhaupt konnte an Johann Schwerdtfegers Tod ein Interesse haben? Wem nutzte sein Tod, wem brachte er Vorteile? Oder – ein ganz anderer Gedanke – hatte jemand vielleicht in Notwehr gehandelt? Hatte es einen Kampf gegeben, bei dem Johann Schwerdtfeger den kürzeren gezogenen hatte? Auch diese Möglichkeit konnte nicht ausgeschlossen, mußte in Betracht gezogen werden.

Gret notierte »Notwehr?«. Sie überlegte weiter. Jedenfalls war der tödliche Schlag überaus hart geführt worden. So hart, daß dabei drei Kirschbaumzweige abgeknickt und an einer Seite regelrecht zerfetzt worden waren. Gret stand auf, griff nach der Eichenholzkeule. Mit ein paar Schritten war sie draußen im Garten, am Apfelbaum beim Schuppen. Sie versicherte sich, daß niemand sie bei diesem eigenartigen Unterfangen beobachten konnte – ein schneller Blick in die Runde. Kein Mensch in der Nähe. Dann nahm sie Schwung und hieb mit der ungewöhnlichen Waffe so hart auf die untersten Apfelbaumzweige ein, wie sie konnte.

Die Zweige bogen sich unter dem Schlag, aber sie brachen nicht ab. Sie schnellten elastisch und unbeschädigt in ihre alte Lage zurück. Gret wiederholte den Hieb – mit noch mehr Kraftaufwand. Das Ergebnis war dem ersten völlig gleich.

Sie schlug noch ein drittes Mal zu. Auch diesmal wurde kein einziger Zweig beschädigt, geschweige denn abgeknickt. Nicht die geringsten Verletzungsspuren zeigten sich auf der glatten braunen Rinde, lediglich ein paar kleine, unbedeutende Dellen, die man nur bemerkte, wenn man danach suchte.

»Na so was«, murmelte Gret verblüfft. Allem Anschein nach war es unmöglich, mit diesem stumpfen, abgerundeten Gegenstand einen Obstbaumzweig so zu beschädigen, wie sie es am Kirschbaum im Schwerdtfegerschen Garten gesehen hatte. Kirschbaumzweige waren sogar noch weniger brüchig als die Zweige eines Apfelbaums. Jemand mußte sie mit der Hand geknickt und die Rinde abgerissen haben.

Gret legte wie zur Entschuldigung die Hand auf die rissige Borke des Apfelbaums. Dann ging sie, die Faust fest um die Keule geschlossen, in ihr Häuschen zurück. Irgendein Lausebengel mußte sich an den Kirschbaumzweigen vergriffen haben. Jedenfalls ließen sich aus der Art , wie sie beschädigt worden waren, keinerlei Schlüsse auf die Wucht des Schlages ziehen, der Johann Schwerdtfeger getötet hatte. Und auch nicht auf die Körpergröße des Mörders, wie Gret angenommen hatte.

Sie legte die Keule auf die Fensterbank. Wenn sie jetzt noch einmal darüber nachdachte, waren die Zweige höchstwahrscheinlich sogar schon am Tag vor Johann Schwerdtfegers Tod gebrochen worden. Die halbgeöffneten Knospen waren ja schon fast vertrocknet. Ihre Entdeckung war also völlig unwichtig gewesen.

»Schade«, murmelte Gret.
»Was ist schade?« fragte eine gutgelaunt klingende Männerstimme von der Tür her. »Daß ich so lange nicht mehr hier war?«
Gret fuhr herum. Da stand Hans Stellmacher und strahlte sie an. »Gestern hab ich dich verpaßt«, sagte er heiter, »und jetzt bin ich auf gut Glück noch mal vorbeigekommen. Hin und wieder muß ich einfach bei dir nach dem Rechten sehen. Läßt du mich rein?«
»Ja, sicher«, stotterte Gret. Mit Hans hatte sie gerade jetzt überhaupt nicht gerechnet. So lieb ihr seine Besuche auch waren – im Augenblick kam er ungelegen. Er hatte sie aus wichtigen Überlegungen gerissen.
»Wie geht es meinem Schatz?« Hans trat mit einem langen Schritt in Grets winziges Stübchen. Gret konnte nicht umhin, ihn bewundernd anzusehen. Heute trug er nagelneue dunkelblaue Hosen, die seine kräftigen, gutgeformten Beine hauteng umschlossen. Außerdem hatte er Gret zu Ehren seine grünwollene Sonntagsjacke angezogen. Diese Jacke unterstrich mit ihren Faltenpartien an den Schultern besonders vorteilhaft Hans' tadellose Figur. In Grets Augen sah er aus wie ein Edelmann – auch wenn sein kurzgeschnittenes blondes Haar eindeutig seinen Stand verriet.
Gret seufzte. »Wie soll es mir schon gehen?«
»So schlimm?« Hans legte für einen kurzen Augenblick die Hand auf ihren Arm. »Der alte Gockel soll dich nicht so schinden – sonst kriegt er's mit mir zu tun. Das kannst du ihm bestellen. Bald ist das alles hier sowieso vorbei. Er soll sich schon mal nach 'ner anderen Magd umsehen.«
»Doctor Minutus hat mich nicht geschunden«, sagte Gret, »das ist es nicht.«
»Nicht? Was dann?« Hans richtete seinen plötzlich besorgten Blick auf ihre Augen. »Fühlst du dich etwa krank, Gretchen? Du wirst dich doch nicht etwa irgendwo angesteckt haben – bei irgendeinem Fieberkranken? Um Gottes willen – sag was, Gretchen!«
Gret stand von der Truhe auf, stellte sich auf die Zehen-

spitzen und drückte einen winzigen Kuß auf seine Wange. Sie lächelte ihn an – halb belustigt, halb verärgert über seine unnötige Sorge. »Aber du kennst mich doch – es könnte mir nicht besser gehen. Ich hab nur über einer Frage nachgegrübelt und keine Antwort drauf gefunden.«
»Das ist alles?« Er atmete auf. »Und du findest es schade, daß du sie nicht beantworten kannst? Das ist mein Gretchen – weiß Gott! Schatz«, er lachte leise, »wenn ich über jede Frage unglücklich wäre, auf die ich keine Antwort weiß, dann müßte ich mein ganzes Leben mit Weinen und Klagen verbringen!«
»Du könntest aber auch nach den Antworten suchen.«
»Damit verplempert man seine Zeit. Jedenfalls so gut wie immer.«
Gret merkte, daß sich das Gespräch einem heiklen Thema näherte – dem Punkt nämlich, in dem sie sich grundlegend von Hans unterschied. Er war – im Gegensatz zu ihr – mit Informationen zufrieden, die er leicht bekommen konnte. Ihm fehlte Grets bohrende Neugier, der Drang, den Dingen auf den Grund zu gehen. Das hatte schon oft für Zündstoff gesorgt.
Gret beschloß, die Klippe weiträumig zu umschiffen. »Ja, meistens«, sagte sie langsam. Dann wechselte sie das Thema. »Sag mal, Hans«, sie nahm die Eichenholzkeule auf und hielt sie ihm hin, »hast du eine Ahnung, was das für ein Gerät ist?«
Hans Stellmacher wog die hölzerne Riesenspindel nachdenklich und verwundert in der Hand. »Schön sauber gedrechselt«, meinte er, »gute Arbeit. Hübsches Muster auch ...« Er betrachtete den Stern auf dem Knauf. Dann sah er Gret an und schüttelte den Kopf. »Nein. So was ist mir noch nie vorgekommen. Keine Ahnung, was es sein könnte. 'n Wagensplint wäre im Mittelteil eckig.« Er musterte die Keule ein letztes Mal und gab sie Gret zurück. »Wo hast du das Ding denn her?«
Gret antwortete nicht gleich. Sollte sie Hans einweihen und ihm erzählen, was sie wußte und vermutete? Wie sie ihn kannte, würde ihn dann auf der Stelle wieder der Beschützerdrang packen. Er würde ab sofort mit aller Gewalt ver-

suchen, sie von der Aufgabe abzubringen, die sie sich gestellt hatte. Wie ein Bremsklotz würde er all ihre Bewegungen hemmen, er würde ihr mit seinen Bedenken und Vorwürfen die ganze Sache weit über Gebühr erschweren. Es war ihm eben einfach nicht beizubringen, daß sie kein hilfloses, schutzbedürftiges kleines Mädchen war, sondern sehr gut auf sich selbst aufpassen konnte.

Es war besser, Hans aus der Angelegenheit herauszuhalten.

»Gefunden hab' ich das Ding«, sagte Gret, »draußen am Wegrand.«

»Aha.« Hans warf noch einmal einen Blick darauf. »Und was willst du jetzt damit anfangen? Ich meine, eine schöne und gefällige Form hat es ja.«

»Jedenfalls ist es zu schade zum Wegwerfen«, erwiderte Gret.

»Ich könnte mir einfallen lassen, was man draus machen könnte«, schlug Hans vor, »'n neues Bein für deinen Melkschemel zum Beispiel. Dann wäre der schöne Stern allerdings nicht mehr zu erkennen ...«

»Melkschemel?« Gret legte die Keule vorsichtig wieder auf die Fensterbank. »Ich hab ja noch nicht mal 'ne Kuh!«

»Wenn wir erst unseren eigenen Hausstand gegründet haben«, sagte er und strahlte sie an, »dann –« Sein Blick fiel auf die Kleidungsstücke des Italieners, die bei Grets kleiner Feuerstelle trockneten. »Was hast du denn da für Lumpen aufgehängt?« Seine Nase witterte. »Lumpen, die nach Blumen riechen ...«

Grets Herz begann zu klopfen. Pierangelos Sachen hatte sie vollkommen vergessen. »Ja ... also ...«, begann sie.

»Der Doctor dürfte sowas aber kaum tragen«, fuhr Hans fort, »ganz abgesehen davon, daß er in diese dünnen Schläuche von Hosen kaum hineinpassen würde. Das Hemd ist auch viel zu klein und eng.«

Gret war schon eine Notlüge eingefallen. »Die Sachen sind mir zum Waschen und Flicken gegeben worden«, sagte sie mit unsicherer Stimme, »sie hatten es dringend nötig.«

»Und wem gehört das Zeug?« Hans musterte Gret mit scharfem Blick.

Gret zögerte einen Augenblick. »Dem Ältesten von Schusters Trin«, flunkerte sie, »und der hat sie von irgendeinem Lakaien.«
»Und wieso bringt die Trin die Klamotten nicht selbst in Ordnung?« Hans war nur halb mit Grets Antwort zufrieden. »Wieso übernimmst du fremde Arbeit, wo du doch selber genug zu tun hast?«
»Aber Hans«, verteidigte Gret ihre Ausrede, »die Trin hilft mir ja auch ab und zu – da konnte ich doch nicht nein sagen!«
Das leuchtete ihm endlich ein. Seine Miene hellte sich wieder auf. »Du bist viel zu gutmütig«, tadelte er lächelnd und legte den Arm um ihre Schultern, »aber gerade deshalb lieb' ich dich, mein Gretchen.«
»Bloß deshalb?« Sie zog zum Spaß einen Schmollmund.
»Und wenn?« Er grinste, ging auf ihren Scherz ein. »Hast du denn noch andere Vorzüge?«
»Ich meine schon.« Sie knuffte ihn spielerisch in die Rippen. »Und nenn mich nicht immer Gretchen. Das klingt wie Gretchen – Klein-Mädchen!«
Hans lachte auf. Dann nahm er sie in die Arme. »Aber du bist ja auch ein kleines Mädchen«, flüsterte er zärtlich, »was stimmt, das stimmt. Du reichst mir noch nicht mal bis an die Schultern. Also mecker nicht, wenn ich dir die Wahrheit sage.«
Gret schwieg. Sie lehnte sich genüßlich an ihn. Es war so wunderbar, ihn nah bei sich zu haben. Dennoch – das letzte Wort durfte er selbstverständlich auch diesmal nicht behalten. Sie reckte sich zu ihm auf. »Die Masse macht's nicht«, gab sie keck zurück, während sie ihn herausfordernd anschaute.

Es war noch ein anregendes, lustiges Plauderstündchen geworden – wie immer, seit sie mit Hans einig war und der Termin der Hochzeit feststand. Und genau darüber hatten sie sich unterhalten. Sie hatten ihre Zukunftspläne weiter ausgebaut, ein bißchen phantasiert, ein bißchen gealbert, ein bißchen geküßt ...

Hans hatte Gret seine Liebe abermals ganz deutlich gezeigt. Nur Gret hatte ihm ihre starken Gefühle wieder nicht völlig offenbaren können. So war das jedesmal. In Augenblicken, wo ihr Bedürfnis, zärtlich zu ihm zu sein, besonders stark war, brachte sie es einfach nicht fertig, diesem Drang nachzugeben. Sie wurde in solchen Momenten eher ruppig, schnippisch, kratzbürstig – ja, sogar grob. Nur ihre Zärtlichkeit, die konnte sie nicht zeigen.
Gret hatte keine Ahnung, warum das so war. Vielleicht lag es daran, daß sie ihr Glück immer noch nicht fassen konnte. Obwohl sie dafür, daß er es ernst meinte, massenhaft Beweise hatte ...
Mit leiser Melancholie schaute sie ihm nach, als er sich verabschiedet hatte und, ein Lächeln auf dem Gesicht, zu seiner Werkstatt in der Streitzeuggasse zurückmarschierte. Er war ein wunderbarer Mensch. Er zeigte ihr nie, was für ein unscheinbares kleines Nichts sie doch war. An Hans lag es nicht, daß sie sich ihm gegenüber so sonderbar benahm. Sie würde darüber nachdenken und es ergründen müssen ...
Aber zuerst riefen die Pflichten. Die Sonne sank bereits. Ringsherum glänzten die Dachfirste der Häuser von ihren letzten goldenen Strahlen. Doctor Minutus mußte bald heimkehren. Er würde sein Abendessen erwarten und ganz sicher einen Tobsuchtsanfall kriegen, wenn es nicht bei seiner Ankunft auf den Tisch stand.
Gret reckte sich. Dann ging sie hinüber in die Küche, fachte das Herdfeuer an und begab sich an die Arbeit. Sie würde Erbsenmus zubereiten, das mochte der Doctor gern. Dafür hatte sie die Hülsenfrüchte schon gestern abend mit Brunnenwasser zum Einweichen angesetzt.
Eine Fingerprobe ergab, daß das Essen nur eine Stunde brauchen würden um gar zu werden. Gret hängte den eisernen Kochkessel mit Erbsen, Wasser und Majoran am Haken dicht über der Flamme auf. Während die Zutaten bei milder Hitze zu einem grünlichen Brei zerkochten, besserte Gret im allerletzten Tageslicht noch ein Paar schwarzwollene Strümpfe des Doctors aus. Und als die großen Löcher an den Fer-

sen säuberlich gestopft waren, hatte das Mus die richtige, kremige Konsistenz.
Gret nahm den Topf vom Haken. Sie schnitt eine große Portion Speckwürfelchen, die in der Pfanne ihr Fett abgaben. Kurz bevor sie anfingen, braun zu werden, kam eine feingeschnittene Zwiebel dazu. Gret röstete sie mit dem Speck golden an und gab dann das duftende Gemisch zum Erbsenbrei. Einmal umrühren. Salzen. Fertig.
In diesem Augenblick öffnete sich geräuschvoll die Tür. Wie auf ein Stichwort trat der Herr des Hauses in die Küche ein.
»Grundlin – ich hoffe, du hast ... Hmmm!«
»Guten Abend, Doctor«, sagte Gret gelassen, »ich habe, ich habe. Das Essen kommt sofort.«
»Gu'n Abend«, gab der Doctor kleinlaut zurück. Seine Verlegenheit darüber, daß er nicht gegrüßt hatte, hielt sich allerdings nur ein paar Sekunden. Dann warf er seinen schwarzen, pelzbesetzten Mantel schwungvoll über den einen der beiden Küchenschemel und setzte sich breitbeinig auf die Bank hinterm Tisch. »Was gibt's denn Leckeres?« sagte er erwartungsvoll und sog genießerisch die Luft durch die Nase.
»Erbsenmus.« Gret stellte zwei kleine Steinzeugschüsseln auf den Tisch, reichte dem Doctor seinen Zinnlöffel und legte sich ihren eigenen hölzernen zurecht. Der Doctor bekam eine Riesenkelle des duftenden, appetitlich-grünen Breis zugeteilt, sie selbst nahm sich eine bescheidenere Portion.
»Hmmm«, grunzte Theophilus Minutus. Er legte beim Löffeln gleich ein beachtliches Tempo vor. Erst, als sein Napf fast leer war, sprach er wieder. »Wußtest du eigentlich, daß Erbsenmus zur Reinigung der Säfte das beste ist?«
»Meint Ihr?« Gret machte sich auf einen seiner Vorträge gefaßt.
»Ja – allerdings«, bestätigte Doctor Minutus auch prompt, »factum est, daß die Erbse den menschlichen Körper dazu bringt, unreine Winde abzulassen – wie das ja bei mir regelmäßig geschieht. Auch bei anderen Menschen habe ich dieses Phänomen beobachtet. Einer meiner Kollegen zeigt mir die Richtigkeit meiner Theorie besonders deutlich. Wenn er

Erbsen ißt, furzt er danach, daß einem angst und bange wird. Und die Winde, die er in reichlicher Menge von sich gehen läßt, die stinken wie Satan und Beelzebub zusammengenommen. Ein weiteres Beispiel –«

Gret wußte: Wenn sie ihn jetzt nicht bremste, würde er bis zum Ende der Mahlzeit über Fürze referieren. »Verzeiht, daß ich Euch unterbreche«, sagte sie schnell, »aber ich hätte so gern erfahren, was es in der Stadt Neues gibt. Ihr seid doch als gebildeteter Mann so viel besser informiert als ich!«

Doctor Minutus verstummte und hielt Gret seine Schüssel, die er bis auf den Grund geleert hatte, zum Nachfüllen hin. »Ja, das ist wahr«, ging er geschmeichelt auf ihr Manöver ein, »mir wird so manches zugetragen, was anderen, gewöhnlichen Sterblichen nicht zugänglich ist. Neuigkeiten willst du hören, Kindchen? O ja – die gibt es. Und sehr aufregende dazu.«

Gret unterdrückte einen Seufzer der Erleichterung. Nun konnte das Abendessen doch noch ohne unappetitliche Details beendet werden. Sie verpaßte dem Doctor schnell seinen Nachschlag. »Laßt hören«, ermunterte sie ihn, »was ist denn Spannendes geschehen? Ich grusle mich ja so gerne!«

Doctor Minutus hatte angefangen, mit Genuß die zweite Portion Erbsenmus in sich hineinzuschaufeln. »Der Mörder, der Johann Schwerdtfeger umgebracht hat«, mümmelte er, »der Lautenspieler, dieser verdammte welsche Hund ... du weißt doch? Den die Klocken an Ort und Stelle gefaßt hatten ...« – »Der, der im Frankenturm sitzt?«

Doctor Minutus blickte vom Essen auf, sah Gret an und zwinkerte geheimnisvoll. »Du irrst dich, Kindchen«, berichtete er verschwörerisch mit gesenkter Stimme, »der Schweinehund ist ausgebrochen. Schon gestern! Ich hab's aus sicherer Quelle – von einer Amtsperson nämlich.«

»Tatsächlich?« Gret spielte höchste Überraschung. »Und jetzt läuft er frei in der Stadt herum? Wie furchtbar!«

»Ja – nicht wahr?« Theophilus Minutus genoß es, Gret zu beeindrucken. »Oh, es ist grauenhaft. Da hast du absolut recht, Grundlin.«

»Und was geschieht jetzt?« Gret mußte sich bemühen, den

Ausdruck des Schreckens auf ihrem Gesicht beizubehalten. »Da muß man sich ja fürchten, unbewaffnet auf die Straße zu gehen!«

Der Doctor schob sich noch einen Löffel Erbsenbrei in den Mund. Er kaute gedankenvoll. Dann schüttelte er langsam den Kopf. »Ich glaube, du solltest wegen dieser Panne nicht das Vertrauen in die Gesetzeshüter verlieren«, sagte er, »schau – Colonia hat schließlich hervorragende Leute, was den Schutz der Bevölkerung betrifft. Vier Klocken halten die Augen offen – denke dir, vier Stück!« Er nahm noch einen Löffel. »Der mörderische Hund hat keine Chance, aus der Stadt zu entwischen, glaub mir. Von den gewöhnlichen Verbrechern sticht er zu sehr ab, so, wie der aussieht mit seinen langen schwarzen Haaren. Wo will der denn untertauchen?«

Gret mußte sich ein Lachen verbeißen. »Ihr meint, man würde ihn unter dem hiesigen Gesindel sofort erkennen?«

»Aber ja doch«, bestätigte der Doctor eifrig, »stell dir den Mordbuben doch mal im Kreis unserer einheimischen Halunken vor!« Er kaute schneller, schluckte, schob nach. »Nein, Kindchen, du mußt dir keine Sorgen machen. Den kriegen sie, wahrscheinlich schon morgen. Außerdem – auch ein Mörder muß essen. Ich bin sicher, der Hunger wird ihn schnell aus seinem Loch treiben. Und nebenbei bemerkt: Ich beneide ihn nicht – bei dem hervorragenden Essen, das ich gerade genieße. So was wird der gewiß nie wieder kriegen.«

Er stieß ein meckerndes Lachen aus. Gret stimmte mit ein – notgedrungen, denn sie hatte sich kaum noch ernst halten können. Wenn du wüßtest, Doctorchen, dachte sie unter Lachtränen, daß Pierangelo Contini heute nacht den Rest von genau diesem Erbsenbrei verspeisen wird!

»Siehst du«, sagte der Doctor und zwinkerte Gret übertrieben heftig an, »jetzt bist du wieder fröhlich, Kindchen. Und es gibt sogar noch einen zweiten Grund, warum du keine Angst haben mußt. Ich bin ja da – ich beschütze dich, falls ein böser Mensch kommen sollte. Wenigstens am Abend.« Er kaute mit vollen Backen. »Jajaja«, fügte er undeutlich hinzu.

Gret unterdrückte einen Aufschrei der Belustigung. Sie mußte sich abwenden. Es dauerte einen Moment, bis sie ihr Mienenspiel wieder in der Gewalt hatte. »Doctor«, gluckste sie, »Doctor, Ihr seid einfach unbeschreiblich.«
»Ich weiß, ich weiß«, kam seine Antwort mit stolzer Stimme. »Und es freut mich ehrlich, daß du meine Fürsorge zu schätzen weißt. Andererseits empfinde ich es als Christenpflicht, Schwächere zu schützen – in diesem Falle dich. Wende dich nur getrost an mich, wenn die Furcht dich zu übermannen droht. Ich werde dann alles tun, Grundlin, um dich wieder heiter zu stimmen.«
Das war mehr, als Gret ertragen konnte. Sie sprang vom Tisch auf, drehte sich um und trat an den Herd. Dort stand sie, dem Feuer zugewandt, und kämpfte den ungeheuren Lachdrang nieder, der sie zu übermannen drohte. Diesmal dauerte es mehrere Atemzüge, bis sie den Doctor wieder anschauen konnte. Aber es war noch nicht ausgestanden. »Kindchen«, setzte Theophilus Minutus der Situation den krönenden Abschluß, »deine Augen sind ja voller Tränen! Du sollst lachen – nicht weinen!«
»Ich hole nur schnell ein bißchen Feuerholz«, stieß Gret hervor und hastete auch schon durch die Hintertür in den Garten. Hier draußen brach sich der Sturm der Heiterkeit Bahn, den sie bis jetzt so tapfer im Schach gehalten hatte. Gret lachte wie schon lange nicht mehr. Es kümmerte sie überhaupt nicht, daß die Schusterin über ihr aus dem Fenster schaute und verständnislos den Kopf schüttelte.

6. KAPITEL

Grets heitere Stimmung hielt den ganzen Abend an. Selbst als sie sich später nach dem Abwasch und den letzten Arbeiten des Tages in ihr Häuschen zurückgezogen hatte, mußte sie noch alle paar Augenblicke über die absurde Unterhaltung mir ihrem Brotherrn schmunzeln. Gott erhalte dir dein dickes Fell, Doctorchen, dachte sie und brach zum hundertsten Mal in ein leises Kichern aus.

Sie hatte gerade Rock und Mieder ausgezogen, ihren Nackenknoten gelöst und das Haar ausgekämmt, als ein leises Geräusch an der Tür sie aufhorchen ließ. Sie lauschte. Da war es wieder – ein Kratzen, als mache sich ein Tier an den Brettern zu schaffen. Gret nehm die Öllampe am Fensterbrett auf und sah nach. Jemand drückte sich in die Ecke zwischen Haus und Gaden. Pierangelo Contini.

»He – was zum Kuckuck machst du hier?« zischte Gret leise, »du kannst doch nicht ...«

Pierangelo, die Arme um den nackten Oberkörper geschlungen, bibberte. »E molto freddo ...«, flüsterte er zähneklappernd, »viel kalt da oben!«

»Komm rein«, hauchte Gret, »los, schnell! Du bringst dich und andere in Teufels Küche!«

Der Italiener brauchte keine zweite Aufforderung. Er huschte an Gret vorbei in den Gaden, und Gret verriegelte hastig ihre Tür. »Du mußt wirklich total verrückt sein«, schalt sie, »oder du begreifst immer noch nicht, daß du mit deinem Leben spielst! Kerl – ich kann nicht für deine Sicherheit garantieren, wenn du das weiterhin treibst!«
Pierangelo lächelte. »Hier ist es schön«, murmelte er, »und auch warm ...«
»Herrgott!« Gret spürte erneut die Anspannung, die sie in seiner Gegenwart immer befiel. »Als ich dir vorhin dein Essen auf den Speicher geschmuggelt habe, da war dir nicht kalt!«
»Ich friere nur, wenn du nicht da bist, Margherita ...«
»Ach – erspar mir doch diese dummen Bemerkungen!« Gret überspielte ihre Nervosität, so gut sie es vermochte. »Pierangelo – zum letzten Mal: Bleib im Versteck! Du kannst dir solche Waghalsigkeiten nicht leisten!«
»Si, carissima.«
Seine melodische Stimme vibrierte. Gret überlief eine Gänsehaut.
»Carissima«, wiederholte er, »aber ich mußte dir noch einmal sehen. Es ist so lange bis morgen.«
»Und ich hatte dich schon mehrmals gebeten, diesen Blödsinn zu lassen, Pierangelo,« blitzte sie ihn an. »Wie bist du überhaupt heruntergekommen – doch nicht etwa über die Treppe? Hat dich vielleicht jemand gesehen – der Doctor oder die Trin?«
Er schüttelte den Kopf. Seine langen schwarzen Locken flogen. Wieder traf Gret sein intensiver tiefdunkler Blick. »Ich hab' der Seil genommen«, sagte er, »und mir auf die Dach von dein Haus heruntergelassen.« Seine Augen waren ernst. »Margherita – ti voglio bene ... molto, molto bene.«
»Beene, beene«, äffte Gret ihm zornig nach. »Paß op, dat de Klöcken dr nit de Hammelbeene langtrecke!« In ihrer Hilflosigkeit verfiel sie sogar in die heimische Mundart.
»Come?« fragte Pierangelo. Er wandte den Blick nicht von ihr.
Gret verkrampfte die Hände ineinander. »Hier kannst du

nicht bleiben«, sagte sie gepreßt, »auf keinen Fall! Ich gebe dir meinen Mantel – der hält dich warm bis morgen. Dann sind deine Sachen wieder trocken, und du brauchst nicht mehr zu frieren. Einverstanden?«

»Come sei dolce«, flüsterte Pierangelo, »la piu dolce del mondo!«

Gret war nahe daran, völlig die Fassung zu verlieren. »Warum machst du es mir so schwer«, wisperte sie, »du weißt doch – ich verstehe deine Sprache nicht. Wenn du einverstanden bist, dann sag es auf deutsch!«

»D'accordo«, gab der Italiener zurück. Er trat dicht an Gret heran. »Va bene, Margherita – dammi la capa.«

Sie wich vor ihm zurück. »Jetzt fluchst du auch noch«, zürnte sie, »ich mag das nicht, wenn du verdammich sagst!« Sie riß ihren dicken wollenen Umhang vom Wandhaken und schleuderte ihn Contini vor die Füße. »Da! Häng dir den um – und dann verschwinde! Ich hab keine Lust, mir deine welschen Schimpfwörter noch länger anzuhören!«

Er hob den Mantel vom Boden auf. Ganz sacht, ganz zärtlich strichen seine langen, schlanken Finger über den rauhen Stoff. »Ich verspreche«, sagte er und sah Gret an, »ich rede tedesco – von jetzt an. Ich will, daß du mir verstehst. Margherita – jede Wort, die ich sage. Ich bin dir gut.«

Gret sah sich außerstande, dem Blick seiner Augen länger standzuhalten. »Ich kann dich eigentlich auch gut leiden«, flüsterte sie mit belegter Stimme, »aber es ist so schwierig, mit dir zurechtzukommen ...«

Der Italiener warf sich mit eleganten Schwung den Mantel um die Schultern und verbeugte sich leicht. »Jetzt ich gehe zurück in meine Versteck«, sagte er langsam, »du sollst nicht länger fürchten, daß kommen die Klocken und verhaften dir, weil du eine ... Mörder versteckst.«

»Aber ich weiß ja, daß du kein Mörder bist!« Gret fühlte sich in die Enge getrieben. »Ich habe doch keine Angst um mich, du Idiot! Es geht einzig und allein um deine Sicherheit – und zwar so lange, bis der wahre Verbrecher dingfest gemacht ist!«

Pierangelos Blick funkelte. Er sagte nichts.

»Ich könnte sogar jetzt schon nachweisen, daß du am Tod Johann Schwerdtfegers unschuldig bist«, fuhr Gret fort, sich zu verteidigen, »aber kein Mensch würde sich meine Erklärungen auch nur anhören!« Sie ballte die Fäuste. »Pierangelo – für die Klocken hast du die Tat begangen. Sie wären viel zu eitel, zuzugeben, daß sie sich geirrt haben. Zuerst muß ich ihnen den wahren Mörder liefern. Verstehst du denn gar nicht, was ich meine?«

»Doch«, flüsterte er. Einen Augenblick sah er sie schweigend an. »Ich hatte gedacht, du könntest mir bieten ein possibilità, zu verschwinden aus der Stadt«, fügte er hinzu, »aber du willst fangen dem Mörder. Du willst reinwaschen die gute Name von Pierangelo Contini ...« Er legte die Hand auf ihren Arm. »Das ist viel mehr, als du erreichen kannst, Margherita. Bella, du bist ein miracolo ... ein Wunder. Aber du bist allein. Wie willst du es schaffen?«

»Weiß ich noch nicht«, murmelte Gret und zog ihren Arm weg. »Ich hab' ja gerade erst angefangen.« Beim Gedanken an den komplizierten Fall wurde sie wieder nüchtern. »Sag – wieviele Leute wußten von deinem Stelldichein mit Fräulein Elisabeth?«

Pierangelo hielt den Blick bewundernd auf Gret geheftet. Er antwortete nicht gleich. Schließlich sagte er: »Niemand hat gewußt – niemand außer mir und ihr. Es war unser Geheimnis.«

»Bist du ganz sicher?«

»Si, carissima – assolutamente. Ganz sicher.«

Gret fragte noch einmal nach. Sie brauchte Klarheit. »Und es kann euch nicht jemand belauscht haben, als ihr das Treffen verabredet habt?«

»No, Margherita«, gab Pierangelo ernsthaft zurück. »Wir waren allein. In die Garten bei die Baum.«

»Aha.« Also keine neuen Anhaltspunkte.

»Sie wollte pflücken eine bucchetto dei fiore – ein Blumenstrauß«, erzählte der Italiener weiter, »und ich war da ... ein accidente. Sie hat mir schöne Augen gemacht. Pierangelo, sagte sie, komm in giardino, morgen, wenn schlägt die Glocke

drei ... da sind wir ungestört.« Er lächelte entschuldigend. »Madonna, was sollte ich tun? Sie ist eine schöne Frau – wenn auch nicht so schön wie du, Margherita ...«
»Aha«, wiederholte Gret geistesabwesend. Sie mußte das, was er eben berichtet hatte, unbedingt überdenken – noch jetzt, bevor sie schlafen ging. Und er mußte verschwinden. Denn in seiner Anwesenheit konnte sie sich beim besten Willen nicht konzentrieren.
Als habe er ihre Gedanken gelesen, sagte Pierangelo: »Ich lasse dich jetzt. Du mußt sein solo ... allein.«
»J... ja«, stotterte Gret. Seine faszinierenden Augen blickten so verwirrend. »Am besten, du kletterst wieder am Seil zum Dachboden hinauf. Und bitte – paß auf, daß dich niemand sieht!«

Leise wie eine Katze, mit einem geflüsterten »Buona notte, bella«, war er hinausgeschlüpft. Gret hatte gehört, wie seine Füße beim Klimmen kratzende Geräusche an der Wand machten, und ein Stoßgebet zum Himmel geschickt. Noch eine ganze Weile hatte sie gelauscht. Aber es blieb still. Pierangelo Contini hatte sein Versteck erreicht, ohne bemerkt zu werden.
Gret löschte ihre Lampe und legte sich nieder. Aber das, was sie sich vorgenommen hatte, nämlich alle Einzelheiten des Mordfalles noch einmal zu durchdenken, das gelang ihr nicht. Blödsinnigerweise kam ihr immer wieder eine Frage in den Sinn, die mit ihrer Aufgabe nichts zu tun hatte: Warum bemühte sich der Italiener so sehr um ihre Gunst? Was mochte er an ihr finden? Lag es wirklich nur daran, daß er im Augenblick keine Gelegenheit hatte, andere Frauen zu treffen?
Es mußte so sein. Aber wie war dann dieser Ausdruck der Bewunderung zu erklären, mit der Pierangelo sie ansah? Gret wälzte sich noch lange ruhelos auf ihrem Lager. Als sie endlich einschlief, kamen sonderbare, verwirrende Träume. Und als sie im ersten grauen Morgenlicht erwachte, stellte sie fest, daß sie ihr Kopfkissen fest in den Armen hielt. Es

war tränennaß. Sie mußte es stundenlang umklammert gehalten haben, denn ihre Schultern schmerzten und waren völlig verkrampft. Erst gegen Mittag, nachdem sie mit Doctor Minutus einige Krankenbesuche hinter sich gebracht hatte, fühlte sie sich wieder so, wie sie es von sich gewohnt war: selbstsicher und gelassen.

Der Doctor hatte nach den Essen seinen Mittagsschlaf gehalten und war dann losgegangen, um sich zu einem Diskurs mit einigen seiner Studenten zu treffen. Gret erledigte die restliche Hausarbeit, fütterte Hühner und Schwein und versorgte ihren Schützling unter dem Dach. Pierangelo Contini war, als Gret auf den Speicher geschlichen kam, sehr still. Er bedankte sich mit einem Lächeln und einem Kopfnicken und machte keine anzüglichen Bemerkungen mehr. Nur seine Augen hatten diesen merkwürdigen Glanz. »Darf ich zu dir kommen, wenn ist dunkel?« fragte er Gret, als sie wieder gehen wollte.
»Du weißt, wie gefährlich das ist«, sagte Gret, »besser wäre es, wenn du im Versteck bleiben würdest.«
»Vielleicht wir könnten sprechen über das, was du gefunden hast«, versuchte er er einen Einwand, »vielleicht ich kann dir mehr sagen. E possibile ... no?«
»Vielleicht. Aber –«
»Ich bin vorsichtig«, drängte er weiter, »ich bin eine Dieb – weißt du nicht mehr, Margherita?«
»Also ...«
»Du bist einverstanden?« Der Italiener zeigte ein sonderbares, halb verschwörerisches, halb verlegenes Lächeln. »Ich komme, wenn die Nacht schwarz ist ...«
Gret widersprach nicht mehr. Möglicherweise – immer vorausgesetzt, daß der welsche Luftikus sich weiterhin gesittet verhielt – ergab sich ja wirklich ein aufschlußreiches Gespräch. Schließlich hatte Pierangelo Contini viele Nachmittage im Hause Schwerdtfeger verbracht und vielleicht tatsächlich einige wichtige Beobachtungen gemacht, die weiterhalfen. Man würde sehen.

Mit federleichtem Tritt, um die Aufmerksamkeit der Schusterfamilie nicht auf sich zu lenken, schlich Gret die Speichertreppe wieder hinunter. Niemand begegnete ihr, und sie konnte ungesehen in ihrem Gaden verschwinden, um sich für den Dienst als Küchenhilfe bei der Beerdigung in der Marspfortengasse bereitzumachen. Als die Glocke vier schlug, stand sie an der Eingangstür des Hauses Schwerdtfeger.

Klara öffnete. Sie trug ein neues dunkelbraunes Wollkleid, das mit der weißen Schürze sehr feierlich wirkte. Unter ihrer gestärkten Leinenhaube allerdings standen einige blonde Haarsträhnen wirr hervor, und ihr Jungmädchengesicht war hochrot – was den würdigen Eindruck wieder verwischte.
»Jott sei Dank, dat du da bist«, schnaufte sie mit unterdrückter, vor Aufregung ganz rauher Stimme, »da drinnen – da is der Deubel los!«
»Jetzt schon?« Gret lächelte. »Der Leichenschmaus soll ja erst anfangen.«
»Jriet«, flüsterte Klara hinter vorgehaltener Hand, »du ahnst ja nit, wat mir heut' schon durchjemacht haben! Et fing mit der Sitzordnung an. Der blöde Ollmann, der hat sich in alles reinjemengt! Wollte der doch den Aldenhoven neben den Kannengießer setzen – wo jeder weiß, dat die zwei sich nit leiden können ... Aber et is noch mal jutjejangen.«
»Dann ist ja alles in Ordnung«, gab Gret beruhigend zurück, »schenken wir also den Herren erst mal anständig einen ein. Oder habt ihr schon ...?«
»Nä, noch nit.« Klara blies die Backen auf. »Der Küchendrachen, uns Jertrud – die rückt dr Wein erst raus, wenn alle sitzen.«
»Du meinst, eure Gäste haben noch nicht mal ihre Plätze eingenommen?« Gret trat entschlossen ein. Hier schien wirklich Not am Mann zu sein. Wie kam es, daß in diesem großen Haushalt plötzlich alles drunter und drüber ging? »Kann denn die Witwe nicht ein bißchen ordnend eingreifen?«
Klara schüttelte den Kopf. »Die Jnädije fühlt sich nit. Schon seit jestern hat se 'ne schwere Kopp. Und se weint auch viel.«

»Na – dann wollen wir mal sehen, ob wir die Sache nicht in den Griff kriegen«, sagte Gret, rückte ihre Haube zurecht und betrat die Diele.
Der größte Raum des Hauses war überfüllt mit Trauergästen. Sie standen, in feierliches Schwarz gekleidet und gruppenweise in eifrige Diskussionen vertieft, um die lange Tafel herum, die festlich gedeckt darauf wartete, daß jemand an ihr Platz nahm. Aber die lange Bank an der einen Längsseite war noch völlig unbesetzt – bis auf den Mittelplatz. Da saß, leichenblaß und mit hängenden Schultern, die Witwe dessen, dem zu Ehren dieses Mahl stattfinden sollte: Anna Maria Schwerdtfeger.
Gret ließ das eigenartige Bild einen Moment auf sich wirken. Um die Witwe bemühten sich das Fräulein Elisabeth und ein äußerst besorgt dreinschauender Ollmann. Die völlig überforderte Köchin bewegte sich schwitzend und aufgeregt zwischen den Gästen und versuchte verzweifelt, sie durch Handzeichen zum Platznehmen zu veranlassen.
Gret packte das Mitleid – weniger mit der offensichtlich leidenden Witwe als mit der dicken Gertrud, die so gar keine Ahnung hatte, wie sie der Lage Herr werden sollte. Woher sollte die gute Seele auch wissen, wie man mit diesen Leuten umgehen mußte? Für Gertrud waren sie allesamt hohe Herrschaften – einer wie der andere. Und hohe Herrschaften sollte man einfach persönlich ansprechen ...
»Herr van Aldenhoven«, Gret trat auf den Ratsherrn zu, mit dem sie vor Monaten Bekanntschaft gemacht hatte, »ich meine, Ihr solltet zur Linken der Hausfrau Platz nehmen. Und Ihr, Herr Olligschläger – Ihr sitzt als zweiter Bürgermeister zur Rechten.«
Die beiden angesprochenen Mitglieder des Rats drehten Gret überrascht die Köpfe zu. »Ja, ganz recht«, sagte Herr Olligschläger, »wir sollten uns jetzt wirklich an der Tafel niederlassen.«
Gertrud die Köchin, die daneben stand, wischte sich mit der Faust über die Stirn. »Et is nämlich alles soweit«, stammelte sie verlegen, »nit, dat noch der janze Festschmaus ver-

brötschelt, bloß weil de Jäste sich nit bei dr Tisch mache ...«
Gret hatte bereits mehrere weitere Ratsmitglieder mit Knicks und Handbewegung an der Tafel plaziert. Der Mangel an Respekt vor Rang und Namen machte es ihr leicht, und einige der Herren kannte sie zudem von Angesicht zu Angesicht. Ollmann kam endlich zu Hilfe. Er löste sich für einen Augenblick von der Seite der Witwe und veranlaßte auch die letzten Trauergäste, ihre Gespräche im Sitzen am Tisch fortzuführen. »Unser lieber Johann hätte es sicher auch nicht gern gesehen, daß wir alle dumm rumstehen«, meinte einer der befreundeten Kaufherren. Die anderen lachten. Die Stimmung stieg.
Gret folgte Gertrud in die Küche. Hier war dadurch, daß die Herrscherin über Töpfe und Pfannen anderweitig beschäftigt gewesen war, alles ins Stocken geraten. Zwei Küchenfrauen, Klara und die beiden Hausdiener Pitter und Christ standen inmitten dampfender Schüsseln und hoch beladener Platten tatenlos herum und wußten nicht, wie es jetzt weitergehen mußte. Aber Getrud brachte die Mannschaft sofort wieder in Schwung. Hier im Reich der Bratspieße und Kochkessel war sie zu Hause. Hier wußte sie, wie sie zu regieren hatte. »Zuerst die kleinen Becher mit dem Schnaps«, befahl sie den beiden Knechten, »dat macht Appetit!«
Pitter und Christ schoben ab, jeder mit einem Tablett voller Schnapsbecher. »Jott Lob un Dank, dat du im richtigen Moment jekommen bist, Mädchen«, wandte sich die Köchin an Gret. »Wat hätt' ich bloß ohne dich machen sollen?«
Gret lächelte zur Antwort. Sie hatte sich bereits ein scharfes Messer besorgt und angefangen, mit Klaras Hilfe die verschiedenen Braten in Scheiben zu schneiden. Das kleine Mädchen aus Rodenkirchen stellte sich unter Anleitung eigentlich recht geschickt an. Ihre Unsicherheit war fast völlig verschwunden, seit Gertrud ihren Zerberusblick von ihr abgewandt hatte.
Die Arbeit schien Klara zu liegen und Spaß zu machen. Als sie anschließend mit Gret die Speisen auftrug, war sie kaum wiederzuerkennen. Sie legte den hohen, jetzt schon etwas

angeheiterten Gästen die Speisen vor, als sei sie noch nie befangen gewesen und habe sich schon immer in solch feiner Gesellschaft bewegt. Nur Ollmann verunsicherte Klara nach wie vor. Wenn sie in seiner Nähe bediente, zitterten ihr stets die Hände. Sie hatte wohl ihren Zorn auf Ollmann noch immer nicht überwunden. Gret mußte lächeln. Hungsfresser – das war aber auch ein allzu schlimmes Schimpfwort gewesen.

Die Gäste tafelten in heiterer Atmosphäre, wie sich das für ein richtiges Trauermahl gehörte. Sie erzählten sich beim Essen Anekdoten über den Verstorbenen. Nach jedem neuen Becher Wein oder Bier stieg die Stimmung ein wenig, schallte das Gelächter über gut erzählte Witzchen ein bißchen lauter. Die Witwe hatte sich, nachdem die ersten Schüsseln und Speiseplatten geleert worden waren, in ihre Kammer im Obergeschoß des Hauses zurückgezogen, begleitet von Ollmann und dem Fräulein Elisabeth. Gret wartete auf die Gelegenheit, einmal ungestört die Dienstboten ausfragen zu können. Sie erhoffte sich davon Antwort auf offene Fragen: Hatte der Ermordete wirklich keine Feinde gehabt? Und vor allem: Wem nützte sein Tod?

Gret ertappte sich dabei, daß sie untätig dastand und die Trauergäste beobachtete. Unter denen konnte sich ja wohl kein Feind des Toten befinden. Sie packte die leere Schüssel, die nachgefüllt werden mußte, und ging, den Kopf nachdenklich gesenkt, zurück in die Küche.

In der offenen Tür prallte sie unsanft mit dem halbwüchsigen Jungen zusammen, der Feuerholz hereintragen sollte. Die Schüssel fiel ihr aus der Hand und zerschellte scheppernd auf dem Fliesenboden. »He – Döskopp«, schimpfte Gertrud aus den Dünsten der Küche, »kannste nit aufpassen? Wat dä Jung schon für 'ne Schaden anjerichtet hat – dat jeht op keine Kuhhaut!«

»Laß nur, Gertrud«, besänftigte Gret die aufgebrachte Köchin, »ich hätte ja auch die Augen aufmachen können. Wo finde ich den Besen?«

»In dem kleinen Eckchen unter der Trepp«, gab Gertrud

ärgerlich zurück, »neben dem Verschlag, wo die Backtröge stehen. Aber ich meine, der Bengel soll den Dreck selber wegmachen!«

»Ich bin schneller«, sagte Gret. »Ich erledige das, ehe sich noch einer den Hals drüber bricht.« Sie ließ sich auf keine Diskussion ein. Zweifelsfrei war sie die Schuldige gewesen und nicht der Junge, der mit hängenden Schultern und unglücklichem Gesicht neben der Tür stand.

Die Treppe, die die Köchin ihr beschrieben hatte, führte an der hinteren Außenmauer des Hauses vom Hof hinauf zu den Speichergeschossen. Gret fand die Reisigbesen sofort. Sie standen säuberlich aufgereiht in der offenen Schräge unter den Stufen, und direkt an die Wand angebaut war da auch noch der Verschlag, von dem Gertrud gesprochen hatte, ein aus Brettern roh ausgeführter kleiner Raum mit einer einfachen Tür.

Gret nahm den ersten besten Besen. In diesem Augenblick hörte sie flüsternde Stimmen. Sie drangen leise durch die Bretter des Verschlags nach draußen:

»Psst – ich glaube, da ist jemand!«

»Ach was! Du hörst Gespenster. Alle sind beschäftigt ...«

»Vielleicht war's eine Katze.«

»Hmm ...«

Gret blieb stocksteif stehen und hielt den Atem an. Wer versteckte sich denn da drinnen? Sie lauschte. Die Stimmen hatten einem Mann und einer Frau gehört. Ein Liebespärchen vielleicht, das hier unter Ausschluß der Öffentlichkeit ungestört sein wollte?

»Siehst du – alles ist still«, wisperte die männliche Stimme.

»Ja«, kam hauchleise die Antwort, »jetzt sag – wie weit bist du?«

»Willst du Zahlen hören? Die kann ich dir bis jetzt nur ungefähr nennen –«

»Aber wo doch die Gefahr vorüber ist – da hast du doch alle Ruhe, die du brauchst«, unterbrach die Frauenstimme unwillig, »den anderen, den halte ich dir auch vom Hals, damit du weiterkommst.«

»Glaubst du, daß du das schaffst?« fragte säuselnd die Männerstimme, »du hast ja großes Talent, was das betrifft, aber –«
»Da mach dir mal keine Sorgen«, die Stimme der Frau klang fast beleidigt, »ich hab' bis jetzt alles sehr gut hingekriegt. Der alte Schwerdtfeger ist weg – oder? Und die Klocken haben das mit dem Mörder gefressen.«
Grets Herz begann wild zu klopfen. Nein – hier versteckte sich kein Liebespaar! Der Mann und die Frau hinter den Brettern dieses Verschlags hatten ohne Zweifel etwas mit dem gewaltsamen Tod Johann Schwerdtfegers zu tun – waren vielleicht sogar seine Mörder. Und jetzt hauchte der Mann:
»Morgen am Treffpunkt kann ich dir Genaueres sagen. Nur noch ein bißchen Geduld. Alles läuft wie geschmiert.«
»Und wann können wir uns absetzen?«
»Bald – sehr bald. Gib mir noch vier Wochen.«
»Sieh mal zu, daß du es ein bißchen schneller schaffst – ja?« Die Frauenstimme räusperte sich leise. »Mir wird die Sache ungemütlich. Erst wenn wir weg sind, sind wir sicher.«
»Hast recht, Kleine«, flüsterte der Mann, »ich tu, was ich kann. Aber halbe Sachen kann ich nicht leiden!« Er stieß ein tonloses Lachen aus. Es klang wie ein trockenes, unangenehmes Kratzen.
»Ich auch nicht«, hauchte die Frau, »wir sehen uns also um acht bei Änni – wie immer. Und du sagst mir genau, wie weit wir bis jetzt gekommen sind ...?«
»Auf den Heller, wenn ich kann«, gab die Männerstimme zurück, »und jetzt muß ich weg. Es fällt auf, wenn ich zu lange abwesend bin.«
»Bis morgen also«, wisperte die Frau.
»Gret«, schallte eine Mädchenstimme lauthals über den Hof. Gret drehte erschrocken den Kopf. Verflixt – da kam Klara! Sie mußte ihr nachgelaufen sein – vielleicht, um zu sehen, wo sie so lange blieb. Gret hastete ein paar Schritte auf das Hausmädchen zu. Sie mühte sich, lautlos aufzutreten. Auf keinen Fall sollten die beiden Verschwörer im Verschlag bemerken, daß ihr Gespräch belauscht worden war. Zu

dumm nur, daß es jetzt keine Gelegenheit mehr gab, in Deckung zu gehen und zu beobachten, wer aus dem Verschlag herauskam!
»Wat machst du denn hier so lange?« fragte Klara unbefangen. «Ich dachte schon, du wärst unter de Räder jekommen!«
Gret beschloß, auf den lockeren Ton des Mädchens einzugehen und nichts von dem durchblicken zu lassen, was sie erlebt hatte. »Räder? Hier hinterm Haus ist das wohl nicht zu befürchten – es sei denn, der Christ überfährt mich mit 'ner Schubkarre!«
Klara lachte. Gret kam plötzlich ein Gedanke. Sie drückte Klara den Besen in die Hand. »Feg du doch gerade mal die Scherben weg«, sagte sie, »ich stelle nur kurz fest, ob in der Diele noch Bier oder Wein gebraucht wird. Bin gleich wieder da.« Damit hastete sie los. Klara blieb mit offenem Mund stehen.
Im Haus hatte das Trauermahl den Höhepunkt bereits überschritten. Die Speiseschüsseln waren abgeräumt, und es wurde nur noch getrunken. Ein Blick über die Tafel sagte Gret, daß Anna Maria Schwerdtfeger, Ollmann und das Fräulein immer noch fehlten. Alle anderen waren vollzählig versammelt.
Niemand beachtete Gret, als sie die Treppe zum Obergeschoß hinaufstieg. Wo die Kammer der Hausfrau zu finden war, wußte sie von einem Besuch mit Doctor Minutus, der noch nicht lange zurücklag. Eben wollte sie anklopfen und sich nach dem Befinden der gnädigen Frau erkundigen, als drinnen Ollmanns Stimme sagte: »Wie unwürdig, das alles! Liebes – daß wir uns verstecken müssen! Überall könnten wir belauscht werden – denk nur an die Episode von vorhin!«
»Mir ist es auch leid«, sagte Anna Maria Schwerdtfeger mit matter Stimme, »aber was hilft es denn? Wir brauchen eben noch eine angemessene Zeit. Schwerdtfeger ist tot – er steht uns nicht mehr im Weg. Aber ...«
»Ja, ich weiß«, erwiderte Ollmann leise, »Geduld – das ist es, was wir brauchen. Dulden wir unsere Zeit ab.«
»Du mußt weg«, flüsterte die Witwe, »es fällt auf, wenn du

zu lange abwesend bist, das weißt du doch! Geh jetzt – sei vernünftig. Es schadet uns nur, wenn du die Regeln nicht einhältst.«

Gret hatte jedes Wort verstehen und die Stimmen einwandfrei identifizieren können, denn hier war nicht geflüstert worden. Ollmann und die Witwe hatten fast das gleiche gesagt wie das geheimnisvolle Pärchen im Vorschlag. Ein ungeheuerlicher Gedanke kam ihr in den Sinn. Gab es vielleicht eine Verbindung zwischen den Leuten unter der Treppe und denen hier oben – oder waren sie am Ende sogar ein und dieselben? Diese Möglichkeit verschlug Gret den Atem. Ollmann und Anna Maria Schwerdtfeger hatten ein Liebesverhältnis miteinander, daran gab es ja wohl keinen Zweifel. Und Johann Schwerdtfeger hatte dem im Weg gestanden – bis vorgestern.

Eine Menge wirrer, mehr oder weniger stichhaltiger Vermutungen stürmte auf Gret ein. Elisabeth war die persönliche Bediente der Frau des Hauses. Anna Maria Schwerdtfeger konnte also durchaus von dem Rendezvous ihrer Zofe mit Pierangelo Contini gewußt haben. Vielleicht hatte Elisabeth es ihr sogar selbst erzählt. Ollmann war aus dem Kontor an den Tatort gerufen worden. Aber wer wußte denn, ob er nicht schon um die Mittagszeit dort gewesen war – im Garten, mit der Mordwaffe auf der Lauer liegend?

Gret preßte aufgeregt die Hand an die Lippen. O ja – es gab zwei Leute, denen Johann Schwerdtfegers Tod nützte! Zwei Menschen, die seinen Tod herbeigewünscht, vielleicht herbeigeführt hatten. Und Gret hatte wieder einmal der Zufall den entscheidenden Fingerzeig geboten!

Hinter der Tür zum Schlafgemach klangen Schritte. Die Klinke bewegte sich. Gret huschte ein Stücken den Flur hinab und blieb dann stehen, den Kopf Richtung Kammertür gewandt. Ollmann trat heraus, sah sie, räusperte sich nervös.

»Gut, daß ich Euch hier antreffe«, sagte Gret mit gedämpfter Stimme, »wie geht es der gnädigen Frau? Ich wollte mich erkundigen, ob ich nicht etwas für sie tun kann. Wenn Ihr

Euch erinnert – ich bin die Magd von Doctor Minutus und verstehe mich auch ein bißchen auf das Lindern von Kopfschmerzen.«
»Das wird, glaube ich, nicht nötig sein«, antwortete Ollmann genauso leise, »sie hat sich auf mein Drängen etwas hingelegt und ruht sich jetzt aus. Wir sollten sie nicht weiter stören.«
Gret atmete erleichtert auf. Er war offenbar nicht mißtrauisch geworden. »Ja«, sagte sie, »Ruhe hätte ich ihr auch vorgeschlagen. Das ist das einzige, was ihr im Augenblick wirklich helfen kann. Ich meine, die ganze traurige Angelegenheit war einfach zuviel für sie.«
Ollmann nickte. Stumm schaute er an Gret vorbei. Er schien irgendwie geistesabwesend. Nach einem langen Augenblick räusperte er sich noch einmal und murmelte: »Es war für uns alle ein großer Schreck. Niemand hätte damit gerechnet, daß Johann Schwerdtfeger so plötzlich und auf eine so unnatürliche Weise aus dem Leben scheiden würde. Nun müssen wir mit dem Verlust fertig werden, so gut wir können. Das Leben geht weiter – nicht wahr?«
»Das schon«, sagte Gret. Wie ungerührt dieser Ollmann den Mord an seinem Dienstherrn beiseiteschob und zur Tagesordnung überging! Kaltschnäuzig ... und das war nicht gelogen. Von großer Trauer war weder bei ihm noch bei der Witwe etwas zu spüren. Kein Wunder andererseits ...
Ollmann setzte sich in Bewegung. Er steuerte auf die Treppe zu, und Gret hielt mit ihm Schritt. Zusammen stiegen sie wieder hinunter in die Diele zu den Trauergästen, die laut und lustig geworden waren. »Wenigstens ist der Verbrecher bekannt, der diesen schnöden Mord begangen hat«, sagte Ollmann, als sie fast unten waren, »und es ist aufs innigste zu wünschen, daß er bald gefaßt und seiner gerechten Strafe zugeführt wird.«
»Allerdings«, gab Gret trocken zurück, »das sollte das Ziel aller Bemühungen sein. Und was möglich ist, wird auch getan werden – so wahr ich Gret Grundlin heiße. Glaubt mir, der Mörder wird dem Galgen nicht entgehen!«

Ollmann blieb stehen und musterte sie mit verwirrten Blicken. »Ich zweifle doch gar nicht an den Fähigkeiten der Gesetzeshüter, Mädchen«, sagte er, »wenn du deshalb so scharf geworden bist ...«

Eine solche Entgegnung hatte Gret nicht erwartet. Sie schaute Ollmann verwundert nach, als der sie stehenließ und sich ohne weiteres unter die Gäste mischte. Kein Muskelzucken in seinem Gesicht, kein unstetes Funkeln in seinen Augen ... mit keinem noch so kleinen Anzeichen von Mißtrauen hatte Ollmann sich verraten! Wie abgebrüht ein Mensch sein konnte! Gret zog unwillkürlich die Schultern hoch.

Auf dem Weg zurück in die Küche rempelte sie fast das Fräulein Elisabeth an, das mit einem Krug Wein von dort in die Diele kam. »Brauchen wir denn noch viele Kannen?« fragte Gret.

Elisabeth schüttelte den Kopf. »Ich nehme an, daß in spätestens einer Stunde die Leichenfeier zu Ende sein wird«, informierte sie Gret beiläufig, »der Bürgermeister und zwei Ratsherren haben sich bereits verabschiedet.

»In anderen Worten: Wir können in der Küche mit dem Abwasch beginnen?«

Elisabeth nickte kurz und widmete Gret ein etwas starres, angespanntes Lächeln. »Ja, das meine ich schon. Die arme gnädige Frau wird aufatmen, wenn dieser schreckliche Schmaus endlich vorüber und der Sitte Genüge getan ist!«

Auch in Gertruds Reich war der Sturm etwas abgeflaut. Klara konnte die letzten Unentwegten jetzt leicht allein bedienen. Derweil schafften Gret und die Köchin Ordnung im Chaos der Küche.

Gret nutzte die Gelegenheit, um die Köchin ein wenig über die Domestiken auszufragen. »Kannst du mir vielleicht sagen, wo die einzelnen Leute sich gegen zwölf am Todestag des Herrn aufgehalten haben?« forschte sie.

»Wieso?« Gertrud, die gerade eine fettige Pfanne mit Flußsand ausscheuerte, hielt mitten in der Bewegung inne. »Hier bei mir in der Küch' sind se jewesen ... der Pitter und der

Christ und die Pferdejungen. Wir haben jejessen. Wer arbeitet, soll auch wat Ordentliches auf de Rippen kriejen. Oder nit?«

Gret versuchte einen unverfänglichen Ton einzuhalten. »Ihr habt alle zusammengesessen? Auch Klara und das Fräulein?«

»Nä – et Klara nit. Dat war unterwegs in't Kontor – dem Ollmann wat bestellen. Un et Frollein ißt ja immer mit der jnä Frau. Die zwei kriejen et Essen in de Stuff jebracht – in't Wohnzimmer.« Die Köchin sah Gret mit zusammengekniffenen Augen scharf an. »Warum willste dat denn alles wissen? Sollste etwa spionieren – für et Frollein vielleicht? Meckert die Elisabeth wieder, dat wir hier in dr Küch zuviel verfressen?«

Gret lachte laut auf »Gertrud! Seh ich so aus? Ich wäre wirklich die letzte, die euch die Portionen kürzen würde.« Sie holte tief Atem. »Nein – mich interessiert nur, wie vorgestern in diesem Haus der Tag abgelaufen ist – ob da alles so war wie immer. Und was jeder so gemacht hat, bevor euer Herr ermordet wurde.«

»Du bist neugierig wie e Katz«, gab Gertrud zurück und konnte jetzt auch lachen. »Und mal ehrlich – ich könnt'mir auch nit vorstellen, dat du petzen tätst, dat mir uns hier de Schüsseln zu voll machen.« Sie begann erneut, die Pfanne zu bearbeiten. »Wat wollt ich sagen ... am Todestag war alles wie immer. Und weil der Herr nit im Haus war, haben wir sogar zwei Stunden Mittag jemacht. Von elf bis eins. Dat du dat aber nit weitererzählst!«

»Alle Mann?«

»Alle Mann. Nur et Klara nit. Un et Frollein hat mit der jnä Frau in der juten Stube jesessen. Ich weiß aber nit jenau, wie lange.«

»Also ist gar nichts ungewöhnliches passiert an dem Mittag?«

»Nä – jar nix«, murmelte Gertrud, »erst nachmittags. Aber dat weißte ja.«

»Wie kam es eigentlich, daß die beiden Knechte um drei zufällig im Garten waren?« wollte Gret wissen.

»Zufällig war dat nit«, gab Gertrud bereitwillig Auskunft,

»die zwei sollten im Jarten Beete umjraben. Hatte ich denen am Tag vorher schon aufjetragen. Bis spätestens um drei sollten se fertig sein.«
»So«, sagte Gret nachdenklich. »Das war ja praktisch. Da mußten die beiden den Mörder ja ertappen – und es gab kein Vertun. Die Zeit war wirklich gut gewählt.«
»Wie meinste dat denn jetzt wieder?« Gertrud zog erstaunt die Augenbrauen hoch. »Du bist vielleicht komisch, Mädchen! Dat der Pitter und der Christ den Schweinehund jeschnappt haben, dat war doch nun wirklich 'ne Zufall! Reine Glückssache, wenn du mich fragst!«
Gret verschluckte eine Bemerkung. »Pech ist wiederum, daß der Kerl den Klocken am Ende doch noch durch die Lappen gegangen ist.«
»Ja«, brummte Gertrud, »aber wenn et 'ne Jerechtigkeit jibt, dann is er nit mehr lange auf freiem Fuß, der Saukerl, der unseren juten Herrn auf dem Jewissen hat. Dat walte der liebe Jott.«
»Amen«, sagte Gret. Das Auge des Gesetzes ist zwar mit Blindheit geschlagen, dachte sie, aber dafür sehen andere Augen um so besser, wo sie nach dem Täter oder der Täterin suchen müssen.

Eine Stunde später, als die Glocke acht schlug, waren alle Trauergäste auf dem Heimweg. Es war zwar noch nicht dunkel, aber einige der würdigen Herren hatten mehr getrunken, als gut für sie war, deshalb wurden Pitter und Christ abgeordnet, ihnen mit Laternen heimzuleuchten.
Zwei Kaufleute, die Geschäftsfreunde des Verstorbenen gewesen waren, ließen sich von einem herbeigerufenen Leuchtemann nach Hause begleiten.
In der Küche des Schwerdtfegerschen Hauses herrschte inzwischen wieder blitzende Sauberkeit. »Hat jut jeklappt«, sagte die Köchin zu Gret und stemmte die Fäuste in die drallen Hüften. »Du hast dir die drei Fettmännchen ehrlich verdient. Klara, du lahme Ente – lauf mal zur Jnädijen und hol dat Jeld. Biste noch nit weg ...?«

»Laß gut sein«, wehrte Gret ab, »ich komme mir den Lohn morgen holen, Gertrud. Nicht nötig, daß die Frau noch gestört wird. Ich muß ja sowieso auf den Markt – da kann ich auch genausogut hier vorbeikommen.« Sie warf sich das Umschlagtuch um die Schultern. »Übrigens – ehe ich verschwinde: Ist euch der Name Änni ein Begriff? Ich meine ... kennt ihr vielleicht ein Lokal, dessen Besitzerin so heißt, oder eine Wirtschaft?«

Sowohl Klara als auch Gertrud schauten verdutzt drein.

»Änni?« sagte Gertrud verständnislos, »nä – den Namen hab' ich in diesem Haus noch nie jehört. Und ich selbst, ich jeh' ja auch in keine Bierkneipen oder so ...«

»Ich jeh' auch in keine Bierkneipen oder so«, echote Klara. »Änni? Kenn ich nit.«

»Dat will ich meinen«, raunzte die Köchin das Mädchen an, »du jrünes Jemüse! Da würd' ich dir loshelfen – dat kannst aber jlauben!«

»Aber vielleicht hat einer der Männer den Namen schon mal erwähnt«, bohrte Gret.

»Nit, dat ich wüßt'. Uns Junge sin nit so Halunke, die ihr Jeld in de Wirtshäuser tragen. Besonders der Christ, der spart wie 'ne Verrückte. Will sich wat Eijenes anschaffe, wenn er jenuch zusammen hat.« Die Köchin schüttelte den Kopf. »Wat du alles wissen willst, Jriet ...«

»War nur so 'ne Frage.« Gret grinste entschuldigend. »Ich geh' auch in keine Bierkneipen – deshalb.« Sie wandte sich zur Tür. »Gute Nacht zusammen, und bis morgen!«

Sie ging hinaus. Gertrud und Klara gafften ihr mit offenen Mündern nach. »Janz richtig is dat Jriet nit«, hörte Gret die Köchin noch sagen, »aber 'ne scharfe Verstand – den hat dat Weib. Da leg' ich meine Hand für in et Feuer ...«

7. KAPITEL

Es war die Stunde, zu der die Straßen für den Wagenverkehr gesperrt wurden. Gret beeilte sich, nach Hause zu kommen, ehe die Kettenwärter auch in der Herzogstraße und der Glockengasse die Ketten ausspannten. Kaum ein Mensch war jetzt noch unterwegs. Nur diejenigen, die Unaufschiebbares zu erledigen hatten, zeigten sich hier und da. Und die anderen, die das Tageslicht scheuten und sich nur im Schutz der Dunkelheit bewegen durften, die sah man ohnehin nicht.

Gret hatte das Doctorhaus beinahe erreicht, als ihr eine schmächtige Gestalt entgegenkam. »Grüß dich«, klang eine muntere Kinderstimme, »wat machst du denn so spät noch draußen?«

»Das könnte ich dich fragen!« Gret hatte den flinken Bengel sofort erkannt. Hubertus, der zehnjährige Sohn eines Pferdeknechtes aus dem Haus Farrenschildt, war zwar ein Stückchen gewachsen, seit sie ihn im vergangenen Herbst zum letzten Mal gesehen hatte, aber darüber hinaus hatte er sich nicht verändert. Sein glattes, dunkelbraunes Haar war strubbelig wie gewohnt, und die Art, wie der Junge sich bewegte, erinnerte nach wie vor an einen geschmeidigen kleinen Marder. »Bätes – warum treibst du dich allein in der Stadt herum? Deine Mutter macht sich bestimmt wieder gewaltige Sorgen!«

Bätes lachte hell auf. »Aber meine Mutter hat mich ja gerade nach Hause geschickt«, gab er zurück, »sie hilft 'ner Bekannten beim Kinderkriegen – in der Elsternjass'. Da bin ich jetzt bloß im Weg. Und deshalb hat sie gesagt: Mach dich heim, Bätes.«

»Aha.« Gret nickte. »Und wo wohnt ihr jetzt?«

»Über dem Stall in dem Haus am Perlenpfuhl«, sagte Bätes, »hier in der Stadt wird der Vater öfter gebraucht als draußen in Junkersdorf. Neuerdings ...«

»Aha«, wiederholte Gret. Sie betrachtete den Knirps, der in seine viel zu weiten alten Hosen, die ihm ein Hausdiener im vorigen Jahr vererbt hatte, immer noch nicht hineingewachsen war, mit lächelndem Gesicht. »Na, dann flitz mal los. Höchste Zeit.«

Bätes zögerte. Er sah enttäuscht aus. »Freust du dich denn gar nicht, daß wir uns mal wiedersehen – nach so langer Zeit?«

Gret begriff sofort. Herzlich nahm sie das Bürschchen in den Arm. «Und ob ich mich freue,« erwiderte sie lachend, »komm rein, Hubertus! Wir feiern unser Wiedersehen mit einem dicken Schinkenbrot!«

Die schwarzen Knopfaugen des Kindes strahlten auf. »Kann ich das Brot auch auf dem Heimweg essen?« fragte er vorsichtig, »ich meine – es ist wirklich schon ziemlich spät. Wenn 'ne Wachmann mich erwischt, krieg' ich Dresche vom Vater ...«

»Das wollen wir natürlich nicht riskieren«, beruhigte ihn Gret und grinste. Sie wußte – mit ihrem Angebot eines Abendessens hatte sie genau das getroffen, was der Kleine sich erhofft hatte. Wie hatte sie auch die Armut vergessen können, in der das Kind lebte! Bätes mußte schon sehr ausgehungert sein, wenn er eigens hier vorbeigekommen war und auf diese verstohlene Weise Gastfreundshaft erbettelte.

Zusammen schlüpften sie in Doctor Minutus' Küche. Gret

machte dem Jungen ein wahrhaft gigantisches Schinkenbrot. Und Bätes stand die Glückseligkeit über diesen seltenen Leckerbissen im Gesicht geschrieben. Sobald er die dicke Doppelschnitte mit dem duftenden Belag in Händen hielt, schlug er die Zähne hinein und bedankte sich, mit vollen Backen kauend, während er bereits wieder auf dem Weg nach draußen war. »Tut mir schrecklich leid, Gret, daß ich nicht länger bei dir bleiben kann. Aber du weißt ja, wie dat so is ...«

»Weiß ich«, sagte Gret und fuhr ihm mit der Hand durch das Strubbelhaar, »komm morgen wieder, wenn 's hell ist.«

»Au ja! Stör ich dich dann auch nicht?«

»Im Gegenteil. Vielleicht könntest du mir 'n bißchen helfen.«

Die dunklen Augen des Jungen wurden schmal. Er sah Gret gespannt an. »Soll ich wieder für dich spionieren – wie voriges Jahr?«

Gret lachte. »Ich hatte eigentlich mehr ans Jäten gedacht, oder ans Schweinefüttern ...« Aber Bätes brachte sie da auf etwas! »Wenn du Lust hast, kannst du aber auch für mich herausfinden, welche Wirtin in der Stadt Änni heißt und wo ihr Lokal liegt.«

Der Knirps hielt seinen aufmerksamen Blick fest auf Gret gerichtet. »Mach' ich«, gab er zurück, »und ich krieg's auch raus. Aber du mußt mir dann verraten, warum du es wissen willst – ja?«

Gret wußte aus Erfahrung, daß sie diesem kleinen Burschen trauen konnte. Bätes war durchaus in der Lage zu schweigen – wie ein Grab, wenn es sein mußte. Sie nickte. »Ich möchte wissen, wer Johann Schwerdtfeger umgebracht hat«, erklärte sie, »der Mann, den die Klocken im Verdacht haben, der war es nämlich nicht.«

Bätes' Augen wurden ganz groß. »Nicht?« hauchte er. »Aber die Leute auf der Straße sagen alle, der Welsche hätte den Scherdtfeger abgestochen. Und daß die Klocken den schon noch kriegen. Und daß er dann dran wäre ...«

Gret schüttelte den Kopf. »Ich bin hinter dem richtigen Mör-

der her«, sagte sie leise, »und damit ich ihn aufspüren kann, muß ich wissen, wer Änni ist.«
»Ich bin dabei«, sagte Bätes, kauend und schon halb auf der Straße. »Ich mach' das für dich, Gret.«
»Aber sprich nicht drüber«, gab sie ihm mit auf den Weg, »keiner soll was davon erfahren.«
»Kannst dich auf mich verlassen!« Damit huschte das Kerlchen davon. Gret konnte sicher sein, daß Bätes sein Bestes geben würde, um ihre Frage zu beantworten. Der Junge hatte schon in der Vergangenheit bewiesen, daß er fünf scharfe Sinne besaß und sie auch einsetzen konnte. Vielleicht schaffte er es wirklich, Änni zu finden.
Gret ging zurück in die Küche. Sie hängte den Topf mit der dicken Graupensuppe, die sie zum Abendessen vorbereitet hatte, übers Feuer. Wenn die Speise warm war, würde sie ...
Die Haustür ging. Der Hausherr kehrte heim. Polternd trat er in Grets Reich ein. »Grundlin, was ich dir unbedingt sagen muß: Wir haben Mäuse im Haus – oder vielmehr Ratten! Ich höre dauernd Geräusche vom Dachboden her!«
Gret drehte sich zu Doctor Minutus um. »Ratten? Das kann ich mir nicht vorstellen. Auf dem Speicher gibt es ja nur Gerümpel. Da würden die Tiere kaum was zu fressen finden.«
»Aber es rumpelt und raschelt da oben«, beteuerte der Doctor, »wenn es keine Ratten sind – wer verursacht dann diesen Krach?« In seinem Blick zeigte sich plötzlich ein Ausdruck der Verunsicherung. »Willst du etwa sagen, es könnte auch ein ... ein Gespenst auf dem Speicher sein Unwesen treiben?«
Gret mußte sich ein Lachen verbeißen. Contini – ein sehr lebendiges Gspenst, in der Tat! Sie tischte ihrem Dienstherrn die Suppe auf »Wohl kaum«, beruhigte sie ihn. »Ich werde mal nachsehen, sobald ich Zeit dazu habe, und sollte ich Nagetierspuren entdecken, stelle ich ein paar Fallen auf«
»Fallen ... Ja, das ist gut!« Docotr Minutus atmete auf. »Am besten besorgst du sie schon morgen. Ich will unbedingt, daß mein Haus von allem Ungeziefer befreit wird. Und sollten es doch keine Ratten sein ...«

»Dann hole ich vom Pfarrer einen wirksamen Spruch gegen Gespenster und Poltergeister«, ergänzte Gret und grinste hinter der Hand.
»Den nagle ich dann an den Firstbalken. Kann sowieso nicht schaden – oder?«
»Ich frage mich nur, wieso ausgerechnet mein Haus von diesem Spuk heimgesucht wird«, überlegte Doctor Minutus, während er den ersten Löffel Suppe in den Mund schob, »ich habe doch stets einen gottgefälligen Lebenswandel geführt! Grundlin – kann es sein, daß du dir vielleicht etwas hast zuschulden kommen –«
»Aber Doctor«, fiel Gret ihm in die Rede, »Ihr kennt mich doch!«
»Das ist es ja. Eben deshalb weiß ich nicht –«
»Doctor!« Gret spielte ihre Empörung mit großer Hingabe. »Wie könnt Ihr so was auch nur von mir annehmen! Ich hab' das Haus immer pieksauber gehalten. Da gibt's nichts, was die Ratten anziehen könnte!«
»Aber ich meine ja gar nicht die –«
»Na, seht Ihr?« Gret behielt Oberwasser, wie immer. »Macht Euch keine unnützen Sorgen. Wißt Ihr, was ich glaube? Auf dem Speicher sind ein paar Dachziegel locker. Die klappern im Wind. Wir könnten zusammen hinaufsteigen und die Dinger wieder befestigen. Ich rücke die Ziegel zurecht, und Ihr haltet mir die Lampe und verscheucht die Fledermäuse – falls welche kommen sollten. Was haltet Ihr davon?«
Der Doctor starrte Gret mit großen, erschrockenen Augen an. »Im Dunkeln auf den Speicher? Äh ... also ...« Er räusperte sich nervös. »Fledermäuse, wie? Also ... Ich meine, man sollte das Unternehmen in Angriff nehmen, wenn es wieder hell ist. Auch wegen der Polterg... Mäuse und so.« Er aß hastig weiter, ohne noch ein Wort zu sagen.
Gret versuchte nicht, das Gespräch fortzusetzen. Sie hatte genau gewußt, wie sehr sich ihr Brotherr vor dem Übernatürlichen fürchtete, und sein Aberglaube kam ihr sehr zupaß. Pierangelo Contini konnte sich jetzt fürs erste in seinem Versteck recht sicher fühlen.

Schweigend beendeten sie die Mahlzeit. Erst als Doctor Minutus sich in sein Allerheiligstes zurückziehen wollte, sagte er, während er Gret eindringlich mit gerunzelten Brauen ansah: »Du wirst dich auch ganz bestimmt drum kümmern – ja, Kindchen?«
»Sicher, Doctor.«
»Weißt du, Kindchen – morgen bin ich den ganzen Tag außer Haus. Du wirst es also allein tun müssen.«
»Ja natürlich, Doctor.« Gret lächelte. So war er, der Gute. Wenn es in seinen Augen gefährlich wurde, verschanzte er sich gern hinter seiner Wirtschafterin. »Ihr müßtet dann aber auch die Visite bei Mathilde Opdemhoff allein durchführen«, stichelte sie, »morgen nachmittag um vier hattet Ihr Euch bei ihr angesagt.«
»Hatte ich?« Des Doctors Blick umwölkte sich. »Irrst du dich da auch nicht?«
»O nein«, bestätigte Gret schadenfroh. »Der übliche Aderlaß. Ihr wißt, wie Mathilde Opdemhoff auf Euch angewiesen ist.«
»Hmmm ...«, brummte er. Gesenkten Hauptes verschwand er aus der Küche. Gret kicherte. Die dicke Mathilde, eine sehr wohlhabende, fast vierzigjährige alte Jungfer, würde den guten Doctor für den ganzen morgigen Nachmittag in Beschlag nehmen. Sie war seit Jahren seine beste Patientin und außerdem hinter ihm her wie der Teufel hinter der armen Seele. Ohne Grets Anwesenheit würde der Doctor ihren heftigen Annäherungsversuchen schutzlos ausgeliefert sein. Vielleicht glückte es der dicken Mathilde ja doch irgendwann einmal, den alten Hagestolz in ihre Fallstricke zu locken und festzunageln. Dann hatte Theophilus Minutus endlich keinen Grund mehr, Grets eigenen Heiratsplänen Hindernisse entgegenzustellen.
Mit diesen angenehmen Gedanken zog sich Gret wenig später in ihr Häuschen zurück. In einer Schüssel hatte sie Pierangelos Essensration mitgenommen, dazu Nadel und Faden, um die ramponierten Kleidungsstücke des Italieners auszubessern.

Vor dem Gaden wartete Hans. Er hatte auf der Schwelle gesessen, die Knie bis unters Kinn hochgezogen, und sprang auf, als er Gret kommen sah. »Es ist doch immer wieder schön, dich zu sehen, Gretchen«, sagte er und streckte die Arme nach ihr aus, »gut, daß du endlich Zeit für mich hast.«
Gret stellte den Korb mit der Essenschüssel und dem Flickzeug ab. »Hab' ich das?« flachste sie ihn an. »Vielleicht kann ich dich im Augenblick gar nicht brauchen.«
Hans machte ein langes Gesicht. Sekundenlang wirkte er verdutzt. Dann hellte sich seine Miene wieder auf. »Das meinst du doch nicht ernst – oder?«
Gret lachte leise. Sie trieb den Spaß noch ein bißchen weiter. »Was würdest du sagen, wenn ich schon anderweitig verabredet wäre?«
»Anderweitig ...?« Hans schluckte heftig. » Mit wem solltest du denn wohl verabredet sein, außer mit mir?«
Jetzt mußte Gret schlucken. Eingebildeter Affe, dachte sie, du mußt dich ja mächtig sicher fühlen, was mich betrifft! Kannst du auch – aber schmier es mir nicht dauernd aufs Brot! »Na ja«, gab sie spröde zurück, »noch sind wir nicht verheiratet.«
In Hans' Gesicht zeigte sich Betroffenheit. »Hattest du heute viel Ärger?« fragte er mitfühlend. »Wir könnten uns ein Weilchen zusammensetzen und drüber reden, wenn du willst ...«
Gret warf den Kopf zurück. »Nein – es gibt nichts zu besprechen, absolut nichts. Was du immer denkst! Ich bin einfach müde. Ein bißchen Ruhe und Frieden hab' ich mir ja wohl verdient.« Der begriffsstutzige Esel hatte nicht einmal mitbekommen, worüber sie sich geärgert hatte!
»Soll ich wieder gehen?«
Er wirkte überaus besorgt. Verdammt, dachte Gret, wenn er doch wenigstens aufhören würde, mich zu bemuttern! »Das wäre nicht das schlechteste«, antwortete sie schroff, »ich könnte dann in Frieden meine Flickarbeit zu Ende bringen. Spät genug ist es ja bereits.«
»Gretchen ...« Hans stotterte vor Verwirrung. »Ich wußte

nicht, daß du so überarbeitet bist! Verzeih, daß ich dich noch gestört habe ...« Er heftete den Blick auf ihre Augen. »Ist es dir recht, wenn ich morgen abend wiederkomme? Wir könnten dann in irgendeiner netten Wirtschaft ein Bier zusammen trinken, und –«
»Morgen hab' ich erst recht keine Zeit«, rutschte es Gret beim Gedanken an das heraus, was sie sich für den kommenden Abend vorgenommen hatte. Sie würde ganz sicher eine Wirtschaft besuchen, aber ohne Hans. Sie würde das Verbrecherpärchen belauschen – bei Änni. Vorausgesetzt, daß Bätes in Erfahrung bringen konnte, wo Ännis Kneipe zu finden war.
Hans legte die Hand auf ihren Arm. »Gretchen – was hast du denn nur? Hab' ich dir was getan? Wenn ja, dann ist es mir nicht aufgefallen. Es tut mir leid, Schatz – wirklich!«
»Ach was!« Gret entzog ihm ihren Arm. Der bittende Blick seiner Augen war schwer zu ertragen. Gret fühlte sich auf einmal schuldig. »Es wäre gut, wenn wir uns ein paar Tage nicht sehen würden«, sagte sie lauter als nötig, »dann würden wir uns vielleicht mehr aufeinander freuen und uns weniger auf die Nerven gehen!«
Es entstand eine Pause. Hans' Gesicht überzog sich langsam mit tiefer Röte. Er preßte die Kiefer zusammen, und an seiner Wange arbeitete ein Muskel. »Ich weiß nicht«, würgte er schließlich mit gedrückter Stimme hervor, »was dich dazu bringt, so was zu sagen. Aber du sollst deinen Willen haben – auch wenn's mir schwerfällt, dich nicht zu besuchen. Melde dich, wenn ich wieder willkommen bin, Margarete – du weißt ja, wo ich zu finden bin.«
Damit drehte er sich er sich um und stapfte langbeinig zurück zur Straße. Keinen letzten Blick hatte er mehr für Gret übrig. Mit hochgezogenen Schultern verschwand er um die Hausecke.
Ein riesiger Schreck überrollte Gret. Was, um Gottes willen, hatte sie da wieder angerichtet? Und wie, zum Kuckuck, kamen eigentlich diese fürchterlichen Situationen zustande, in die sie sich und Hans andauernd hineinmanövrierte? Jetzt

hatte sie es wieder einmal geschafft, ihn tief zu verletzen. Und das war überhaupt nicht ihre Absicht gewesen.
Es drängte sie, ihm nachzulaufen und um Entschuldigung zu bitten. Aber dann würde sie ihm beichten müssen, warum sie ihn während der nächsten Tage nicht bei sich gebrauchen konnte. Sie würde offen darlegen müssen, daß sie dem Mörder Johann Schwerdtfegers auf der Spur war und daß sie Pierangelo Contini vor den Gesetzeshütern versteckte ...
Hans würde keinerlei Verständnis dafür zeigen, daß sie wieder einmal dem Räderwerk der Justiz in die Speichen greifen wollte. Er würde sich dagegen sperren, daß seine zukünftige Frau derart gefährliche Dinge trieb. Er würde ... nicht auszudenken, was er alles tun würde, um Grets Vorhaben zu vereiteln!
Nein – sie konnte sich nicht entschuldigen. Die Konsequenzen waren zu schwerwiegend. Gret ballte in hilflosem Zorn auf sich selbst die Fäuste. Warum auch brachte sie es nie fertig, freundlicher mit Hans umzugehen? Sie liebte ihn doch ...
Sie würde über ihr Verhältnis zu Hans nachdenken müssen – aber erst, wenn ihre andere Aufgabe gelöst war. Gret nahm den Korb wieder auf, trat in ihrem Gaden und verriegelte die Tür. Als sie ihre tönerne Tranlampe anzünden wollte, bemerkte sie eine Bewegung in den tiefen Schatten des kleinen Wohnraums. Sie strengte die Augen an. Pierangelo Contini hockte in der Ecke auf dem Fußboden. Er sprang auf die Füße, sobald Gret ihn erkannt hatte.
»Was machst du denn schon wieder hier?« fragte Gret, erschrocken und verärgert zugleich.
»Ich habe dir erwartet«, sagte er sanft und zeigte sein überwältigendes Lächeln. »Ich habe lange gewartet, Margherita ... so lange.«
»Wie konntest du nur bei hellem Tageslicht dein Versteck verlassen?« schimpfte Gret mit gedämpfter Stimme, während sie den glimmenden Span des Feuerzeuges zur Flamme anblies und damit den Docht der Lampe in Brand steckte, »ich mühe mich ab, damit sie dich nicht kriegen, und du –«
Pierangelo tat einen langen Schritt auf sie zu, nahm ihr die

Lampe ab, stellte sie aufs Fensterbrett und schlang dann ganz unvermittelt die Arme um Gret. »Carissima«, flüsterte er, »ich konnte nicht aushalten ohne dir. Ich wollte dir sehen, sobald du kommst.«
Gret spürte, wie sich ihr ganzer Körper verkrampfte. Aber das Gefühl war ihr nicht unangenehm. Halbherzig befreite sie sich aus seinem Griff. »Ich hatte dich so gebeten, auf dem Dachboden zu bleiben«, sagte sie, »wie bist du überhaupt hier hereingekommen?«
Er lächelte. Ganz zart strich er mit seinem schlanken Zeigefinger über ein Löckchen an Grets Stirn. »Ich habe zwei Dachziegel weggeschoben«, sagte er und deutete an die Decke, » heruntergeklettert bin ich an die Seil.« Er näherte sich ihr so weit, daß seine Lippen fast ihr Ohr berührten. »Verzeihst du mir?« flüsterte er kaum hörbar.
Gret überlief ein neuer Schauer. Sie trat einen Schritt zurück. »Ich habe dir dein Essen mitgebracht«, sagte sie. Ihre Stimme klang belegt. »Wenn du willst, kannst du es hier bei mir verzehren, solange ich deine Sachen flicke. Aber dann verschwindest du wieder, Pierangelo – auf dem gleichen Weg, den du gekommen bist. Sieh bitte endlich ein, daß du –«
»Si, carissima, si«, unterbrach der Italiener. Seine melodische Stimme schien den ganzen Raum zu füllen, obwohl er flüsterte. »Ich danke dir für jede Minute, die du bei mich bist. Wenn du willst –«, er strahlte sie an, »dann singe ich für dich. Ich habe eine Lied gemacht, als ich alleine war ...«
»Ein Lied?« Gret bückte sich, nahm die Schüssel mit der Graupensuppe aus dem Korb und hielt sie Pierangelo hin. »Was denn für ein Lied?«
»Eine Canzone d'amore.« Seine schwarzen Augen glühten.
»Ach so.« Gret wandte ihm den Rücken zu. Sie angelte den Zinnlöffel, den sie aus der Küche mitgebracht hatte, aus ihrer Rocktasche. »Da«, sagte sie zu Pierangelo, »iß. Und viel lieber wäre es mir, wenn du erzählen würdest, was du im Hause Schwerdtfeger alles mitgekriegt hast. Du mußt doch einiges wissen – zum Beispiel, in welchem Verhältnis Ollmann und Anna Maria Schwerdtfeger miteinander stehen

und welche Rolle das Fräulein Elisabeth dort eigentlich spielt.«
Wenn Pierangelo Contini über Grets Antwort enttäuscht war, verbarg er es gut. Jedenfalls verloren seine Augen nicht den intensiven Glanz. »Zuerst ich spreche über die Liebe«, sagte er leise, »dann ich singe der canzone – für dich, Margherita.«
»Über die Liebe will ich nichts hören, Pierangelo!« Gret unterdrückte ihre Ungeduld und das sonderbare, sehnsüchtige Gefühl, das sie in Gegenwart des welschen Weiberhelden stets überkam. »Ich will lediglich einen Bericht über ...«
»Margherita«, unterbrach er sie lächelnd, »wenn ich soll sprechen über Ollmann und die Signora, dann ich muß sprechen über die Liebe. Ollmann und die Signora – die lieben sich.«
»Den Eindruck hatte ich auch ...«
»Si. Und es ist eine große, große Liebe.« Er öffnete die Augen weit. »So groß wie meine ...«
Gret ging nicht auf diesen kleinen Zusatz ein. Sie wandte den Blick von Pierangelo ab. »Du meinst, die beiden haben schon länger ein Verhältnis miteinander?«
»Ja. Aber keine von ihnen brechen die Ehe«, sagte er. Aus seinen Worten klang eine gewisse Verständnislosigkeit, gemischt mit Bewunderung. »Aber sie lieben sich ... certamente. Und jetzt ist die Signore Schwerdtfeger tot. Kein Hindernis mehr ...«
Was er da berichtete, entsprach Grets eigenen Vermutungen. Ollmann und Anna Maria Schwerdtfeger hatten beide ein starkes Motiv gehabt, Johann Schwerdtfeger umzubringen. Ob sie es auch getan hatten, blieb herauszufinden. »Und wie paßt das Fräulein dabei ins Bild?«
Pierangelo setzte eine unergründliche Miene auf. »Ich weiß nicht genau«, murmelte er, »es kann sein, daß Elisabetta und die Signore Johann –«, er räusperte sich unsicher, »ma no ... in die letzte Zeit ist die Signore ihr aus die Weg gegangen. Eine Streit vielleicht. Elisabetta macht auch schöne Augen für Ollmann ... und für mich.«

»In anderen Worten: sie tändelt mit jedem herum – so wie du.« Gret hatte sich hingesetzt und angefangen, Pierangelos Kleidung zu flicken. »Ihr beiden seid also aus dem gleichen Holz geschnitzt.«
Der Italiener schwieg. Er setzte sich mit der Suppenschüssel auf Grets kleinen Schemel und begann langsam zu essen. »Es ist wahr«, sagte er nach einer Weile, »ich habe keine schöne Frau stehen gelassen, ohne sie zu bemerken. Ma io non sono come la Signorina Elisabetta. Ich bin nicht so ...«
Gret konnte sich ein Kichern nicht verkneifen. »Wie kannst du denn so was behaupten? Du warst doch bis jetzt wirklich hinter jeder Schürze her, die dir begegnet ist ... soweit ich dich kenne und das überhaupt beurteilen kann.«
Pierangelo hob den Kopf. »Aber ich war immer nur verliebt«, sagte er, »und jetzt ... jetzt ich kenne l'amore.«
»Und diese Lamore ist anders als alle anderen Frauen«, konterte Gret lächelnd. »Aber Pierangelo, wenn du Lamore tatsächlich lieben würdest, dann hättest du wohl kaum noch ein Interesse daran, anderen Frauen nachzusteigen – mir zum Beispiel. Du siehst: Auch Lamore ist wieder nur eins von deinen Abenteuern. Kommt sie übrigens aus Welschland? Sie hat so einen komischen Nmen ...«
Pierangelos Augen leuchteten. »L'amore«, flüsterte er, »das bist du Margherita. Ti amo molto.« Sein Gesicht blieb völlig ernst. Nicht die leiseste Andeutung von Scherz oder Leichtherzigkeit zeigte sich in seinen makellosen Zügen. »In meine canzone ich habe beschrieben, was ich so liebe an dich. Ich bin deine ... con tutto il mio cuore, carissima.«
Gret begriff, daß sie seine welschen Worte wieder einmal falsch verstanden hatte. Aber sie konnte nicht darüber lachen. Was ihr Schützling alles vorbrachte, war viel zu beunruhigend. Sie mußte das Gespräch entweder sofort in andere Bahnen lenken oder es abbrechen. Denn mit einem Mal wurde ihr klar: sie war Contini nicht gewachsen. Wie er so vor ihr saß und sie mit Blicken liebkoste, übte er eine magische Kraft auf sie aus. Wie sehr hatte er sie sogar schon für sich eingenommen – sie, die doch wirklich nicht für

Schmeicheleien anfällig war, weil sie genau wußte, wie wenig diese Komplimente der Wirklichkeit entsprachen!
»Paß auf, Pierangelo«, sagte Gret energisch, »ich weiß nicht, woher du die Frechheit nimmst, mich ununterbrochen zu veralbern – aber jetzt ist es genug. Du wärst sicher der letzte, der meine wirklichen Vorzüge entdecken würde, weil du nämlich den Frauen immer nur ins Gesicht und auf die Figur schaust. Also bitte – hör auf, mir all diesen Unsinn zu –«
Er unterbrach. »Margherita«, seine Stimme vibrierte leidenschaftlich, »du bist die ganze Welt für mir ... die Jahreszeiten, bella ... Deine Augen, die sind November. Klar und grau, come l'aqua im Winter. Und deine Haare«, er breitete die feingliedrigen Hände aus, »sie sind wie ... wie eine Feld von Gerste, wenn Wind und Sonne es streicheln. Ich möchte sein der Wind in deine Haare ...« Er steigerte sich immer mehr in seine Begeisterung hinein. »Aber deine Haut – sie ist der Frühling. Weiß und rosa ... und zart wie Apfelblüten. Und deine Mund ist Sommer. Lachender Sonnenschein, rote Kirschen, Vogelsingen.« Er stand vom Schemel auf. »Du bist schön«, fügte er flüsternd hinzu, »viel, viel schöner, als du weißt. Jeder Mann, der Augen hat, kann es sehen!«
Gret begann unter seinem Blick zu glühen. »Ich hab' auch Augen im Kopf«, sagte sie trotzig, »ich sehe aus wie ein Spatz – ganz unscheinbar. Mir kannst du mit deinem Geschwafel doch nichts vormachen, Pierangelo. Gib auf – es wirkt nicht.«
»Spatz?« kam seine sanfte Antwort, »o nein, mia bella. Du hast einen Spiegel. Schau hinein. Du bist eine Königin – keine Dienstmagd.« Er stellte die Schüssel ab, streckte die Hände aus und nahm Gret die Haube vom Kopf. Dann zog er mit wenigen geschickten Handgriffen die Nadeln heraus, die ihr Haar im Nacken zusammenhielten. Die dicken Flechten lösten sich auf. Prachtvoll glänzende Wellen flossen über Grets Schultern.
Gret hatte wie angefroren dagestanden und stillgehalten. Sie fühlte sich der wohlklingenden Stimme des welschen Musikanten wehrlos ausgeliefert. Pierangelo ließ seine Finger-

spitzen über ihr dichtes Haar gleiten. »Pure Seide«, flüsterte er, »vermischt mit Gold ...«
Gret zitterte. In diesem Augenblick rettete sie ein Geräusch, das von draußen hereinklang. Schritte näherten sich dem Gaden. »Los«, wisperte Gret und gewann auf der Stelle ihre Kraft zurück, »du mußt sofort verschwinden! Auf das Dach, Pierangelo – beeil dich!«
Er atmete tief, als sei er jäh aus einem Traum aufgeweckt worden. Dann packte er das Seil, das aus der Lücke im Dach herabhing, und stieg flink wie ein Eichhörnchen daran empor. Sekunden später war er durch das Loch hinausgeklettert, hatte das Seil hochgezogen und die verschobenen Ziegel fast ohne Geräusch wieder an ihren Platz gebracht.
Es klopfte zaghaft an Grets Tür. Gret strich sich das Haar aus der Stirn und kämpfte ihre Erregung nieder. »Wer ist da?« rief sie. Ihre Stimme klang heiser.
»Ich«, kam eine verlegene Antwort. Hans!
»Was willst du?«
»Gretchen, mach auf! Ich muß noch mal mit dir reden. Bitte!«
»Aber ich wollte gerade schlafen gehen. Ich bin im Hemd – und es ist sowieso viel zu spät.« Gret brachte einfach nicht mehr die Kraft auf, sich jetzt auch noch mit Hans auseinanderzusetzen.
»Also hatte ich doch recht«, drang seine Stimme durch die geschlossene Tür, »du hast Heimlichkeiten vor mir. Ich könnte schwören, ich hätte dich vorhin mit jemandem reden gehört.«
»Du hörst und siehst Gespenster, mein Lieber«, gab Gret zurück. Ihr Herz pochte so laut, daß sie fürchtete, er könne es mitbekommen. »Das ist doch Unsinn, Hans. Ich will bloß meine Ruhe haben – das hab' ich dir doch vorhin schon gesagt.«
»Schön«, antwortete Hans, »dann geh' ich eben endgültig.« Er knallte die Faust gegen die Brettertür. »Schlaf gut – wenn du kannst!«
»Ach, mach doch nicht so ein Gewese drum«, gab Gret pat-

zig zurück, »gut' Nacht, Hans. Und reg dich ab!« Dennoch fühlte sie sich ziemlich elend, als er wortlos davonging – zum zweiten Mal an diesem Tag.
Sie wartete einem Moment, bis die Schritte nicht mehr zu hören waren. Dann schaute sie zum Dach auf und rief leise Pierangelos Namen. Augenblicklich schob sich ein Dachziegel beiseite, und der Italiener lugte zu Gret herunter. »Darf ich noch einmal zu dir, Margherita?«
»Das könnte dir so passen«, fauchte Gret ihn an. »Hier sind deine Kleider. Du wirst sie halbfertig tragen müssen, denn ich hab' einfach nicht mehr die Lust und die Zeit, sie fertigzuflicken.« Sie reichte ihm das zerknüllte Kleiderbündel hinauf und bot ihm dann die noch nicht völlig geleerte Suppenschüssel an. »Wenn du magst, nimm auch die mit auf den Speicher. Ich hole sie dann morgen ab, wenn ich dir neues Essen bringe,«
Pierangelo lächelte sein bezauberndes Lächeln. »Grazie tante«, sagte er und warf ihr eine Kußhand zu, »ich werde von dir träumen, bis ich dir morgen wiedersehe, carissima mia!«
Sein schwarzlockiger Kopf verschwand. Der Dachziegel wurde an seinen Platz geschoben. Leise, kratzende Geräusche sagten Gret, daß er jetzt im Schutz der sinkenden Nacht zur Bodenluke hinaufkletterte.
Es wurde still. Gret ertappte sich dabei, daß sie noch immer an die Decke starrte, obwohl es dort längst nichts mehr zu sehen gab. Sie schüttelte den Kopf. Ihre offenen Haare flogen.
Langsam trat sie vor ihren großen Messingspiegel. Zum ersten Mal in ihrem Leben gefiel ihr das Gesicht, das sie im milden Schein der Tranlampe aus der polierten Metallplatte anschaute. Novemberaugen ... klar und grau wie das Wasser im Winter, hatte Pierangelo gesagt. Und Haare, die seidig schimmerten wie ein Gerstenfeld in Sonne und Wind. Haut, so zart wie Apfelblüten. Und hübsche runde Lippen, so rot wie reife Kirschen ...
Gret lächelte ihrem Spiegelbild zu. Sonnenschein. Vogelzwit-

schern. »Du bist eine Königin«, wiederholte sie flüsternd die Worte des Italieners, »du bist viel, viel schöner, als du glaubst.«
Noch niemand hatte ihr das gesagt – wenigstens nicht in solchen Worten. Vielleicht hatte erst ein Pierangelo Contini kommen müssen, um das triste Bild ins Wanken zu bringen, das sie sich seit so vielen Jahren von sich selbst gemacht hatte.
Was, wenn dieses Bild tatsächlich falsch war? Was, wenn sie in den Augen anderer keineswegs so unscheinbar wirkte? Gret drehte noch einmal den Kopf, so daß die schweren, seidigen Wellen ihrer Haare über ihre Schultern wogten. Ja – das Mädchen im Spiegel war schön. Eine zarte Lichtgestalt ...
Plötzlich mußte Gret lachen. »Himmel – wie blöde kannst du dich eigentlich noch aufführen, Grundlin?« wies sie sich zurecht. »Vielleicht bist du ja wirklich ganz hübsch. Aber jetzt zurück auf die Erde – und zwar hurtig!«

8. KAPITEL

Die ersten Stunden des neuen Tages waren windschnell vergangen. Als es neun schlug, hatte Gret ihren Dienstherrn mit einem guten Frühstück auf den Weg zur Universität geschickt, die Hühner und das Schwein versorgt, den Stall ausgemistet, frische Streu aufgeschüttet und danach eine kleine Einkaufsliste gemacht. Aber in Gedanken war sie keineswegs bei dem, was sie auf dem Markt für Doctor Minutus' Haushalt erstehen wollte, sondern bei den anderen Tätigkeiten, die sie sich für heute vorgenommen hatte. Bis abends um acht mußte sie die Lage der Wirtschaft dieser ominösen Änni ausfindig gemacht haben. Punkt acht würde sie dann in dem Lokal sitzen und die Pärchen beobachten, die sich dort einfanden. Wie sie das ganz ohne männliche Begleitung anstellen wollte, wußte sie noch nicht. Ihr würde schon etwas einfallen. Vielleicht war es nötig, wieder einmal in Männerkleidung zu schlüpfen.
Das erste zuerst. Gret machte sich auf den Weg zum Markt. Vielleicht wartete Bätes ja schon heute morgen mit ersten Ergebnissen auf. Der Junge war schlau und schnell. Sicher hatte er um diese Zeit bereits jeden in seiner Umgebung. der eine solche Kneipe kennen konnte, ausgefragt.

Mit scharfem Blick suchte Gret den Alten Markt nach dem schmalen Kerlchen ab. Bätes wußte, daß sie hier sein würde. Möglicherweise wartete er bei den Ständen auf sie. Aber um diese Zeit – es ging auf zehn – wimmelte der ganze Platz von Menschen, die kauften oder verkauften. Da fiel es schwer, einen kleinen Jungen auf Anhieb auszumachen.
Bätes würde bald auftauchen – das hatte Gret im Gefühl. Auf ihn war unbedingt Verlaß. Also beschloß sie, zwischen den Ständen umherzuschlendern, vielleicht schon das eine oder andere einzukaufen und zu warten, bis der Kleine erschien. Junger Spinat war bereits in ihrem Korb, erstanden bei einer dicken Bäuerin, die mitten in der Nacht mit ihrem Warenkorb aus Roisdorf zum Markt nach Köln aufgebrochen war.
»Lohnt sich denn der weite Weg?« hatte Gret sich bei der Frau erkundigt. »Es muß doch schließlich was dabei herausspringen ...«
»O ja«, war die lachende Antwort gewesen, »Ich hab seit Jahren feste Kundschaft in Köln. Die meisten würden laut heulen, wenn ich nicht mehr kommen tät. Bei mir jibt et nämlich schon Spinat, wenn anderswo noch Frost ist.«
Das leuchtete ein. Reiche Haushalte konnten sich die gesalzenen Preise für Frühgemüse eben leisten – so wie Doctor Minutus. Und in Köln gab es viele reiche Haushalte ...
Gret spazierte weiter, immer aufmerksam nach Bätes Ausschau haltend. Sie steuerte auf einen Stand zu, der ihr Interesse geweckt hatte. Es handelte sich dabei um einen zweirädrigen Karren, offenbar einen Bauernwagen, in dessen Deichsel ein kleines, wohlgenährtes Pferd von seltsamer schmutziggraubrauner Farbe stand. Am wunderlichsten aber war die Art, wie das schlichte Gefährt herausgeputzt war. Von allen vier Ecken flatterten bunte Bänder herab, und an seiner dem Markt zugekehrten Seite hing ein Schild, auf dem in riesigen Lettern und in schreienden Farben das Wort »Theriak« gemalt war. Ein langer, dürrer Kerl in einem auffällig rot und blau gestreiften Mantel ordnete gerade auf einem vor dem Wagen aufgestellten Bocktisch eine Unzahl von bunten Döschen und Fläschchen.

Gret grinste, während sie sich dem Stand näherte. Wieder so einer, der mit Wundersalben, magischen Tränken und Allheilmitteln handelte. Solche Quacksalber reisten im ganzen Land umher, waren meist weit herumgekommen und konnten viel erzählen – Wahres und Unwahres. Gret hielt zwar nichts von den Mitteln, die diese Leute feilboten – nie im Leben hätte sie von einem fliegenden Händler Theriak gekauft, denn man konnte ja nie wissen, was die alles in ihre Wundpasten hineinmischten. Aber die Vorstellungen, die fahrende Wunderheiler immer boten, die liebte sie. Da gab es was zu lachen.
Sie trat an den Tisch heran und warf einen Blick auf die Tiegelchen und Döschen, die da zum Verkauf ausgelegt waren. »Quirinusöl« stand auf blauen Tonfläschchen, »Mithridat« auf einigen winzigen Schachteln aus knallrotem Papier. Das Übliche: Pferdesalbe, die lahme alte Gäule wieder munter machen sollte, und Pillen gegen Gifte aller Art ...
»Gelt – da werde d'Auge ganz groß und glänzend«, sagte eine sonore Stimme neben ihr, »Einmaligs und Wunderbarlichs hab' i z' biete. Wartet nur noch e Momentle – gleich führ' ich's Euch vor.«
Gret wandte sich um. Es war der Theriakverkäufer, der sie da mit diesen eigentümlich klingenden Worten ansprach. Der Mann, dem sie gerade bis an die Brust reichte, war überraschend jung, höchstens Mitte zwanzig, schätzte Gret, nicht viel älter als sie selbst. Seine braunen Augen hatten etwas Pfiffiges, vielleicht sogar Verschlagenes. Sie beherrschten das gutgeschnittene, recht langnasige Gesicht. Eingerahmt von schulterlangen, etwas ungepflegtem braunen Haar wirkte es verwegen und nicht besonders vertrauenerweckend.
Ein ganz Gerissener, urteilte Gret. »Leider hab ich für Theriak und die anderen Mittelchen gar keine Verwendung«, sagte sie zur Antwort, »sowas mach ich mir selbst – oder ich besorge es mir von einem eingesessenen Apotheker.«
»Ja, so ...« Der lange Kerl in dem buntscheckigen Mantel betrachtete Gret aufmerksam. »Ja, wenn das so isch ...« Er beugte sich zu ihr nieder. »Aber etwas hätt' i schon für Euch – etwas, wo kein Giftmischer net feilbietet«, sagte er mit ver-

traulich gesenkter Stimme. »I könnt' Euch d' Zukunft voraussagen – wenn Ihr mir verraten tätet, wann Ihr geboren seid. Das isch jetzt aber brauchbar, gelt?«

Gret rückte einen Schritt von ihm ab. Aufdringlich waren diese vagabundierenden Halsabschneider ja alle – aber dieser hier ... »Wie käme ich wohl dazu, Euch meinen Geburtstag zu verraten?« sagte sie spitz, »ich kenne Euch ja überhaupt nicht!«

Der Mann lachte. Sein Lachen war laut und fröhlich und schien aus dem Bauch zu kommen. »Um Vergebung«, gluckste er, »wenn ich mich vorstellen darf: I bin der Georg Fauscht aus Knittlinge – Doctor sämtlicher Künste und hochberühmt auf der ganzen Welt. Meinen Namen –«, er betonte überdeutlich die folgenden Worte, »meinen Namen nennt man bereits an vielen Fürschtenhöfen. I kenn mi aus –«, und wieder senkte er die Stimme, »besonders in der Alchemie und in der Magie!«

Gret ließ sich nicht beeindrucken. Dieser komische Mensch zog die gleichen Register wie alle fahrenden Quacksalber, die sie schon erlebt hatte. Doctor sämtlicher Künste, besonders der Magie! So sah der gerade aus mit seinen fünfundzwanzig Lenzen! »Ich wette, Herr Doctor Fauscht aus Knittlinge«, gab sie lächelnd zurück, »Ihr könnt mir nicht meine Vergangenheit erzählen – selbst wenn Ihr meinen Geburtstag wüßtet!«

»Da halt i dagege«, sagte der fahrende Wundermann. Seine Miene war wieder völlig ernst. »Um was soll d'Wette gehe? E Küßle wär' mir recht.«

Gret fühlte sich ganz sicher. »Gemacht«, sagte sie, »ich bin vor einundzwanzig Jahren geboren, eine Woche vor Heiligabend. Und nun, Herr Doctor Fauscht – was habe ich alles schon hinter mir? Sprecht frei heraus, aber posaunt nicht zu laut. Den Unsinn, der jetzt kommt, braucht ja nicht die ganze Stadt zu hören.«

Der Theriakhändler lächelte. Gleichzeitig runzelte er die Stirn. »Sehr gut«, murmelte er, »in dem Jahr bin i auch gebore ... aber nit im Sagittarius, sondern im Sommer, im Zeichen Gemini ...« Er grübelte einen Augenblick; sein Blick schien sich zu verschleiern. Dann begann er monoton murmelnd mit

einer verblüffenden Aufzählung von Ereignissen: »Bei der Geburt hättet Ihr eigentlich gestorben sein müssen. Aber Saturnus hat's verhindert. Ihr habt Eure Eltern nie gekannt. Bis zu Eurem vierzehnten Lebensjahr habt Ihr sehr behütet gelebt – abgeschieden sogar. Dann hat sich Euer Leben grundsätzlich verändert, Ihr seid sozusage in d'Welt hinausgange. Ihr habt vom ersten Tag bis heute immer mit kranke Leut' zu tun gehabt. Aber selbst seid Ihr niemals krank gewesen.« Er machte eine Pause, räusperte sich. »Jetzt käm' d'Zukunft«, beendete er seinen erstaunlichen Monolog, »war's richtig, soweit?«
Gret stellte fest, daß ihr der Mund offenstand. Sie schnappte nach Luft. »Aber das alles könnt Ihr gar nicht wissen«, sagte sie beeindruckt, »wie habt Ihr –«
»Erscht 's Küßle«, gab der Wundermann lakonisch zurück, »Ihr habt d'Wett' verloren – oder?«
»Aber –«
»Kein Aber. G'wett isch g'wett!« Der Theriakhändler beugte sich einfach nieder und küßte Gret genüßlich auf die Wange. »so«, sagte er dann, »jetzt sind wir quitt.«
»Ich will sofort wissen, woher Ihr meine Vergangenheit kennt!« Gret hob sie Stimme und stampfte aufgeregt von einem Fuß auf den anderen. »Seid Ihr ein Wahrsager – oder ein echter Zauberer?«
Über das Gesicht des langen Kerls im gestreiften Mantel zuckte ein Lächeln, das aber sofort wieder verschwand. »Jedem anderen hätt' ich jetzt genau das weisgemacht«, sagte er nüchtern, »aber Euch kann ich das nicht verkaufen. Ihr tätet's net glaube – weil Euer Verstand zu scharf ist.« Er neigte sich wieder über Gret. »Im Vertrauen – wäre ich nicht zufällig im gleichen Jahr geboren wie Ihr, ich hätt'auf die Schnelle wirklich nur Blödsinn schwafle könne ...«
»Aber was kann ein gemeinsames Geburtsjahr Euch über meine Vergangenheit sagen?« fragte Gret verständnislos, »das begreife ich nicht. Denn außer dem gleichen Geburtsjahr haben wir nichts gemeinsam.«
»Wohl wahr«, murmelte der Theriakverkäufer, »wir sind

sogar Gegensätze, wie sie krasser gar nicht sein könnten. Aber schaut – ich kenn' mich aus in der Astrologia, und natürlich hab ich den Stand der Gestirne meines Geburtsjahres genau im Kopf. Deshalb –«

»Ach, Blödsinn!« Gret wurde ärgerlich. »Ihr wollt mich nur zum Narren halten. Die Planetenleser sind doch allesamt Lügner und Betrüger. Gott allein kennt die Herzen der Menschen, ihre Eigenarten, ihr Schicksal – und damit auch die Zukunft!«

Das Lächeln des Wunderheilers wurde spöttisch. »Gott allein?« Er zwinkerte Gret zu. »Ihr seid mutig, stark und eigensinnig. Ihr habt fünf Sinne, die ausgezeichnet entwickelt sind, dazu einen scharfen Verstand – aber auch einen fatalen Hang zur Gerechtigkeit. Nicht ganz nach meinem Geschmack. Ihr seid sentimental, aber nicht rührselig, und Ihr könnt sehr stark lieben. Nur Euch selbst liebt Ihr nicht. Ihr seid treu, verläßlich und grauenhaft ehrlich – viel zu ehrlich, wenn Ihr mich fragt. Ihr neigt dazu, Euch selbst und anderen zuviel abzuverlangen. Soll ich weiterreden – oder reicht Euch das schon?«

Gret fühlte sich verunsichert wie nie zuvor. »Woher zum Kuckuck nehmt Ihr diese Kenntnisse? Es kommt mir vor, als hättet Ihr mich über Jahre beobachtet! Und als nächstes erzählt Ihr mir jetzt noch, die Astrologie könne auch das Wesen eines Menschen offenbaren!«

»Genau das kann sie«, sagte der Theriakverkäufer trocken, »natürlich nur in den richtigen Händen.«

»Ihr behauptet also, Ihr kennt die Eigenschaften jeder x-beliebigen Person, sobald Ihr wißt, wann sie geboren ist?«

Georg Faust aus Knittlingen nickte. Sein Lächeln hatte etwas Schlitzohriges.

»Widerlich«, sagte Gret und schüttelte sich. »Diese Kunst müßt Ihr mir unbedingt beibringen!«

Der Buntscheckige lachte laut auf. »Das sieht Euch ähnlich«, gab er zurück, »ich denk' drüber nach. Jetzt allerdings verdiene ich mir erst einmal mein täglich Brot. Also zurücktreten, holdes Fräulein – ich muß werben!«

Er ließ mit wildem Schwung seinen bunten Mantel wirbeln, wandte sich dem belebten Markt zu und begann mit dem Ausschreien seiner Ware: »Schöne Damen, werte Herren – geht nicht weiter! Ihr könntet sonst achtlos am Glück eures Lebens vorbeilaufen! Hier, nur bei mir, dem Doctor Faustus, findet ihr ...«

Gret hatte zugehört, ohne die Worte wirklich in sich aufzunehmen. Ihre Gedanken waren mit dem beschäftigt, was der Wunderverkäufer ihr Erstaunliches gesagt hatte. Und nun zupfte sie auch noch jemand sachte am Ärmel. Bätes, erhitzt vom schnellen Laufen, schaute sie mit seinen glänzenden Knopfaugen an. »Gret ...?«

»Ja!« Sie riß sich von Doctor Faustus los und konzentrierte sich auf den Jungen. »Gibt's was zu berichten? Hast du Ännis Wirtschaft etwa schon gefunden?«

Bätes schüttelte langsam den Kopf. Er wirkte enttäuscht und bedrückt. »Nein«, antwortete er, »und ich glaub',« wir kriegen es auch nicht raus. Überall bin ich gewesen – unten am Rhein und am Katharinengraben und auf der Schmierstraß' ... jeden, aber auch jeden hab' ich gefragt. Keiner wußte was von 'ner Änni. Nicht mal der alte Suffkopp, der Matthes, der im Haus Farrenschildt die Senkgruben saubermacht – und der kennt jede Drecksspelunke in der ganzen Stadt. Ich glaub'«, er zog die Nase hoch, »die Änni, die jibt et jar nit.«

Wenn das stimmte – wenn Änni keine Kneipenwirtin, sondern eine Privatperson war –, dann waren die Chancen, sie zu finden, gleich null. Und Gret würde nichts mehr über das Verbrecherpärchen erfahren, dessen Gespräch sie belauscht hatte. Aber es war sicher, daß diese beiden unmittelbar mit dem Mord an Johann Schwerdfeger zu tun hatten. Unbedingt mußte aufgedeckt werden, wer sie waren – koste es, was es wolle!

»Bist du jetzt bös auf mich?« fragte Bätes traurig. »Ehrlich, Jriet – ich hab' mir wirklich 'n Bein ausjerissen!«

»Aber Hubertus!« Gret fuhr dem Jungen tröstend durch das dunkle Strubbelhaar. »Wie könnte ich! Ich glaube dir jedes Wort. Wenn nicht mal der alte Suffkopp ... wie heißt er doch

gleich ... 'ne Ahnung hatte, dann besitzt Änni auch keine Wirtschaft.«
»Ja – nich'?« Bätes war erleichtert. »Aber was machen wir jetzt?«
»Weiß ich noch nicht«, antwortete Gret nachdenklich. »Ich werde mir was anderes einfallen lassen. Und für dich gibt es erst mal nichts mehr zu tun.«
»Schade.« Bätes zupfte seine sackigen roten Hosen zurecht, die ihm zu rutschen drohten. »Übrigens«, fügte er im Verschwörerton hinzu, »die Klocken sind dem welschen Lautenschläger auf der Spur! Er ist bei dem Haus gesehen worden, wo du wohnst, Gret. Jetzt wird die ganze Gegend noch mal durchkämmt. Hoffentlich paßt der Kerl gut auf – sonst kriegen sie ihn doch noch.«
»Was«, stieß Gret erschrocken hervor, »sie haben ihn gesehen ... bei Doctor Minutus' Haus?«
»Ja. Unser alter Hausmann sagt, es wäre sogar mehrmals passiert. Und der muß es wissen. Er ist der Schwager vom städtischen Schwertträger – vom Bubenkönig!«
»Lieber Himmel!« Gret war entsetzt. Pierangelo, dieser unvorsichtige Bruder Leichtfuß! Sie würde ihn zwingen müssen, im sicheren Versteck zu bleiben. Sonst waren all ihre weiteren Bemühungen überflüssig. Man würde den Italiener einfangen. Aber was nützte es ihm noch, daß Gret den Fall aufklärte, wenn er tot war?
»Schlimm, was?« Bätes' Marderaugen blitzten. »Es wäre gut, wenn wir wüßten, wo der Lautenschläger sich versteckt – nicht? Dann könnten wir ihn warnen ...«
»Er wird gewarnt«, murmelte Gret, »verlaß dich drauf. Und wehe, dieser Windbeutel verläßt sein Schlupfloch noch mal! Wie soll ich seinen Kopf retten, wenn er sich selbst dauernd in Gefahr bringt!«
»Er ist also bei dir«, stellte Bätes schlicht fest. »Ich hab' mir die ganze Zeit so was gedacht.«
»Keinen Ton zu anderen Leuten«, zischte Gret, »großes Ehrenwort, Hubertus!«
»Großes Ehrenwort.« Bätes schaute Gret ernst an.

„»Ich vertraue dir« erwiderte Gret. »Jetzt ab nach Hause. Wenn du magst, komm gegen Mittag in der Glockengasse vorbei und iß mit mir.«
»Tu ich!« Das klang wie ein Jubelschrei. Und schon sauste der kleine Kerl davon. Sekunden später war er im Gewühl des Marktes untergetaucht. Gret packte ihren Einkaufskorb und arbeitete sich durch die Menschentraube, die sich um den Stand des Theriakverkäufers gebildet hatte. Sie würde zum Schwerdtfegerschen Haus gehen, in der Küche vorsprechen und sich von Gertrud den Lohn für die gestern geleistete Hilfe zahlen lassen. Möglicherweise konnte sie dann auch ein Wort mit Klara, dem Hausmädchen, wechseln. Klara mußte ihr erzählen, was sie am Todestag des Johann Schwerdtfeger dem Geschäftsführer Ollmann hatte ausrichten sollen. Ollmann war mehr als verdächtig. Wo er sich zur Tatzeit aufgehalten hatte, galt es unbedingt zu klären, und zwar so schnell wie möglich.

Klara hielt sich nicht im Haus auf. Das erfuhr Gret, als die Köchin ihr das Geld in die Hand zählte. Das Mädchen war in die Stadt geschickt worden, um allerlei Besorgungen zu machen. Unter anderem sollte sie Kleider der Gnädigen zum Blaubach bringen, damit sie schwarz gefärbt würden. Schließlich hatte man ja Trauer zu tragen.
Gret verabschiedete sich schnell wieder. Es konnte Stunden dauern, bis Klara zurück war. Später würde sich hoffentlich eine Gelegenheit ergeben, das Gespräch nachzuholen. Unschlüssig ging Gret die Marspfortengasse entlang. Sie kam mit ihren Nachforschungen einfach nicht weiter, und die Zeit drängte. Sie hatte die Mordwaffe, wußte aber nicht, was sie vorstellte, woher sie stammte und wem sie gehörte. Es gab zwei Personen, die ein Motiv gehabt hatten, Johann Schwerdtfeger zu töten. Aber Beweise für ihre Schuld hatte Gret noch nicht gefunden.
Sie wußte auch nicht, wo sie suchen sollte. Die beiden Leute, die das verräterische Gespräch im Verschlag geführt hatten, würden wohl nicht zu identifizieren sein. Denn ihr Treff-

punkt – bei Änni – war nicht herauszubekommen. »Verdammt«, murmelte Gret, während sie ziellos weiterstapfte, »verdammt, verdammt, verdammt!«
Was blieb zu tun? Sie würde noch ihre restlichen Einkäufe tätigen und dann wohl oder übel nach Hause gehen müssen. Es hatte keinen Sinn, sich über Tatsachen zu ärgern, die nicht zu ändern waren.
Jetzt, kurz vor Mittag, hatte sich der Alte Markt merklich entvölkert. Hausfrauen, Köchinnen und Dienstmägde waren längst dabei, die eingekauften Gemüse, Eier, Würste und anderen Lebensmittel zu Mahlzeiten zu verarbeiten. In der Zeit vom Mittagsläuten bis Schlag zwei herrschte Ruhe auf dem Markt. Die Händler, wenn sie nicht bereits ihre Stände abgebaut hatten, machten Essenspause. Verdienen konnten im Augenblick nur die kleinen Garküchen, die zum Markt gehörten wie die Gemüsestände. Da wurden aus dampfenden, mit Feuerkörben beheizten Eisenkesseln heiße Würste angeboten, oder es gab frische Bratfische oder Pfannkuchen mit Pflaumenmus ...
Gret sah sich um. Ihre Butter- und Käselieferantin, die Ursel aus Brauweiler, war noch da. Sie blieb immer bis Marktschluß – es sei denn, sie hatte ausverkauft. Ohne Eile hielt Gret auf Ursels Stand zu. Auf halbem Weg dorthin tippte ihr plötzlich jemand auf die Schulter. »Schön's Fräulein«, sagte eine Stimme, die Gret bekannt war, »darf ich anbieten, Euch's Körble zu tragen? Und i tät Euch gern einladen – auf einen Pfannkuchen oder e Würschtle.«
Es war der Theriakhändler. Diesen Akzent hätte Gret jederzeit wiedererkannt. Gret wandte den Kopf nach ihm um. »Ich bin kein Fräulein«, sagte sie kurz angebunden, »und schön schon gar nicht. Und meinen Korb krieg ich immer noch allein getragen.«
Der Wunderheiler lachte. »Euren Korb könnt Ihr gern am Arm behalten«, sagte er und zwinkerte sie mit einer bemerkenswerten Frechheit an, »ich hätt' eh nur was mit Euch essen wollen. Also – wie wär's? Wonach wässert Euch 's Göschle?«

Gret war sprachlos. Aber irgend etwas faszinierte sie an diesem buntscheckigen Kerl. War es seine charmante Unverschämtheit, oder fesselte sie der Blick seiner unschuldig-durchtriebenen braunen Augen? »Hört mal«, gab sie zurück, »woher wißt Ihr überhaupt, ob Ihr Euch ein Essen mit mir leisten könnt? Habt Ihr schon so reichlich verdient mit dem Verkauf Eurer wirkungslosen Pillen?«
Georg Faust lachte aufs neue. »Gelt – da habt Ihr's mir aber gegeben!« Er legte vertraulich die Hand auf Grets Arm. »Nun – allzu teuer darf mich der Spaß net komme. Ich weiß zwar viel, und ich kann auch viel. Aber d'Leut zahlen's mir nicht. Für einen Gelehrten, den die Armut zwingt, bei Änni zu übernachten, wäre ein kleiner Imbiß gerade noch erschwinglich.«
Änni ...? Bei diesem Namen spitzte Gret die Ohren. Der bunte Vogel logierte bei einer Änni? Wenn das die gesuchte war ... »Schön«, sagte Gret, »ich nehme die Einladung an. Ehe ich mich schlagen lasse ...«
Georg Faust aus Knittlingen lächelte. Aber es lag eine Spur Enttäuschung darin. »Das hätt' ich nicht gedacht, daß Ihr Euch so leicht von mir abschleppen laßt«, sagte er und zog einen Mundwinkel schief, »ich hätt' Euch für standhafter gehalten.«
»So?« Gret kicherte. »Und wer sagt Euch, daß Ihr mich abschleppt? Könnte es nicht auch andersherum sein?«
Er zeigte Überraschung. »Warum solltet Ihr das wohl tun? Ach –«, er stieß einen Schnaufer aus, »wegen der Astrologie!«
»Auch«, sagte Gret trocken. »Kaufen wir uns ein paar Pfannkuchen. Einverstanden?«
Sie schlenderten zu der Bude hinüber, wo eine hagere, ältliche Frau, über einem Feuerkorb schwitzend, eimerweise goldgelben Teig zu knusprigen Pfannkuchen brutzelte. Gret kannte die Frau. Else ernährte mit ihrer Arbeit einen ganzen Stall voll Kinder und einen todkranken Mann. Jeden Tag betrieb sie hier ihre Pfannkuchenbäckerei. Elses Pfannkuchen waren die besten. Sie hatte sich damit einen Namen gemacht, aber auch mit ihren mäßigen Preisen.

Georg Faust bestellte vier Pfannkuchen – zwei für jeden. Else machte sich ans Werk. Dabei warf sie Gret äußerst mißbilligende Blicke zu. Offenbar gefiel ihr die Gesellschaft nicht, in der Gret sich befand. Gret konnte das verstehen – dieser wunderliche, wahrscheinlich auch liederliche Kerl war wirklich keine Begleitung für eine ehrbare junge Frau. Aber andererseits brauchte sie die Informationen, die dieser Faust aus Knittlingen ihr vielleicht geben konnte.
Sie schlug vor, die Pfannkuchen bei seinem Stand zu verzehren, wo Else sie nicht so böse anschauen konnte. Georg Faust lächelte verständnisvoll. Zusammen setzten sie sich auf die Kante der Ladefläche des kleinen Bauernwagens, ließen die Beine baumeln und aßen schweigend aus der Hand das leckere Gebäck, das die Else ihnen verkauft hatte.
Als Gret mit ihren Pfannkuchen fast fertig war, stellte sie die Frage, die ihr auf den Nägeln brannte: »Ihr sagtet, Ihr seid so arm, daß Ihr bei Änni übernachten müßt. Was ist denn das für eine Absteige?«
»Absteige?« Er grinste. »So würde ich es nicht gerade nennen. Ännis Haus ist sehr ehrenwert – wenigstens tagsüber.«
»Eine Wirtschaft oder ein Gästehaus?«
»Keins von beiden. Warum wollt Ihr das wissen?« Georg Faust wischte sich die fettigen Finger an einem leinenen Sacktuch ab, das er aus dem Ärmel zog. »Ihr seid recht neugierig, mein schönes Fräulein.«
Gret ließ nicht locker. »Wenn es kein öffentliches Lokal ist – was ist es dann?«
Der Theriakhändler betrachtete Gret aufmerksam und etwas mißtrauisch. »Es ist schon ein öffentliches Haus«, meinte er langsam, »aber bei Eurem fanatischen Hang zu Ordnung und Moral weiß ich nicht, ob ich Euch mehr verraten sollte. Warum interessiert es Euch überhaupt?«
Gret blickte ihm voll in die Augen. »Nun weiß wieder ich nicht, ob ich Euch das preisgeben kann«, sagte sie listig, »könnt Ihr ein Geheimnis für Euch behalten?«
Georg Faust schwieg einen Augenblick. Seine linke Braue hob sich langsam, seine Miene verriet höchste Aufmerksam-

keit. »Ich könnte schon«, murmelte er, »aber ob ich will ...«
»Dann nicht«, sagte Gret und rutschte vom Wagen. Sie spielte ihren letzten Trumpf aus. »Danke für den Imbiß – und gehabt Euch wohl. Weiterhin ein schlechtes Geschäft wünsch' ich!«
»Halt«, Georg Faust hielt sie am Ärmel fest. Seine Neugier hatte gesiegt. »Seid doch nicht so schnell beleidigt! Natürlich kann ich ein Geheimnis bewahren. Ich hab' nur Spaß gemacht!«
»Hoffentlich«, sagte Gret. Sie setzte sich wieder. »Also – Ihr zuerst. Alles über Änni. Dann verrate ich Euch auch, warum ich's wissen will. In Ordnung?«
Der Theriakhändler gab sich geschlagen. »Nun«, begann er zögernd, »Änni besitzt eine Seidenweberei. Und weil ihr Haus so viele Zimmer hat –«
»Beherbergt sie manchmal auch Gäste«, ergänzte Gret auf gut Glück. »Aber daran ist doch nichts Besonderes! Wo liegt ihr Haus – im Seidmachergäßchen?«
»Nein, in der Trankgasse«, murmelte Georg Faust, »und ganz so gewöhnlich ist es nicht. Da arbeiten viele hübsche Mädchen – tagsüber als Seidenweberinnen, und des Nachts ...« Er hielt inne. »Das ist kein Thema für eine anständige Frau, wie Ihr eine seid.«
»Ach, ich verstehe«, sagte Gret. Änni betrieb also eines der vielen illegalen Freudenhäuser der Stadt. In solchen Etablissements waren Schlupfhuren zu finden – Frauen, die das Gewerbe in aller Heimlichkeit ausübten, während sie offiziell einer ehrenwerten Beschäftigung nachginge. Schlupfhuren waren fast immer von bedeutend besserer Herkunft und Bildung als die gewöhnlichen Huren, die sich ihre Freier auf den Straßen oder am Hafen suchten.
»Ihr werdet Änni doch nicht verraten?« wollte Georg Faust besorgt wissen. »Ich hätte dann keine Unterkunft mehr. Bei Änni kann ich nämlich mit Horoskopen bezahlen.«
»Ihr könntet auch im Hospiz zur Weiten Tür unterkommen«, stichelte Gret, »oder im Haus Ipperwald. Das wäre ganz kostenlos und ungefährlich.«

»Nicht für mich«, kam seine Antwort, »ich hab' nämlich keinen Geleitbrief für diese schöne Stadt!«
»Ach – ich verstehe«, wiederholte Gret. Änni nahm es mit der Auswahl ihrer Gäste offenbar nicht so genau. Sie gewährte wohl auch Leuten Unterschlupf, die vom Gesetz bedroht waren. Darum also gab dieser fahrende Taugenichts so zögernd Auskunft. Ännis Haus schien ein Geheimtip für Lichtscheue aller Art zu sein. »Nein – ich hab' versprochen, nichts zu verraten«, beruhigte sie ihn, »daran halte ich mich bis auf weiteres.«
Der sorgenvolle Ausdruck auf Georg Fausts Gesicht verschwand. »Danke«, sagte er, »ich weiß, ich kann Euch trauen. Aber jetzt seid Ihr dran mit Eurem Geheimnis. Erzählt. Es ist bei mir in guten Händen – i schwör's!«
Gret überlegte einen Augenblick. »Ich bin hinter einem Mörder her«, sagte sie dann ganz ohne Einleitung, »er und seine Komplizin wollten sich heute um acht bei Änni treffen und etwas besprechen. Es hat mit dem Verbrechen zu tun. Aber leider werde ich jetzt nicht erfahren, um was sich das Gespräch drehen wird. Zu Ännis Haus kann ich mir wohl kaum Zutritt verschaffen. Es sei denn –«, sie machte eine eine kleine Pause, »es sei denn, Ihr helft mir.«
Der Mann neben ihr antwortete nicht sofort. Er ordnete müßig die Falten seines auffälligen Mantels. Nach mehreren langen Atemzügen schaute er Gret an. »Es ist sonst nicht meine Art, dem Gesetz auf die Sprünge zu helfen«, sagte er, »jeder soll für sich selbst sorgen – das ist meine Meinung. Andererseits, schön's Fräulein – Mörder sind auch nicht mein Geschmack. Wie könnte ich Euch von Nutzen sein?«
Gret hatte eigentlich nicht erwartet, daß dieses Schlitzohr auf ihre Bitte eingehen würde. Sie seufzte erleichtert. Ganz so abgebrüht, wie sie ihn eingeschätzt hatte, war dieser Georg Faust aus Knittlingen also doch nicht. Er mochte ein durchtriebener Nichtsnutz sein, versiert in Betrügereien aller Art – aber ein ausgekochter Verbrecher war er nicht.
»Ich habe keine Ahnung, wie die beiden aussehen, die sich heute bei Änni treffen wollen«, erklärte sie sachlich, » wenn

Ihr dort wärt und die Augen offenhalten würdet, könntet Ihr mir eine Beschreibung von ihnen geben. Noch besser wäre es, wenn Ihr das besagte Gespräch des besagten Pärchens mithören und mir den Inhalt schildern könntet.«

Georg Faust lachte hell heraus. »Das ist alles?« Der Mutwillen blitzte aus seinen Augen. »Ich soll für Euch den Spitzel spielen?«

»Ja, so ist es.« Gret blieb nüchtern. »Wenn ich erst die Identität des Verbrecherpaares kenne, habe ich wahrscheinlich auch den Mörder und kann ihn zur Strecke bringen. Die hiesigen Büttel jagen nämlich einen Mann, der absolut unschuldig ist.«

Das Lächeln des Theriakkrämers wurde breit und sehr verständnisvoll. »Und dieser Unschuldige ist natürlich Euer Bräutigam. O ja – dann kann ich Euren Eifer gut verstehen.«

»Ihr versteht überhaupt nichts«, spuckte Gret. Sie spürte, wie sie blutrot anlief, und ärgerte sich wieder einmal ganz schrecklich über diese dumme Eigenschaft, die ihr immer wieder das Leben schwermachte. »Mein Bräutigam ahnt nicht einmal, daß ich mich mit dem Fall beschäftige! Der Verdächtige ist vielmehr ein italienischer Lautenschläger mit einem Hang zum Taschendiebstahl. Aber Pierangelo ist kein Mörder. Er darf nicht für etwas gehängt werden, das er nicht getan hat!«

»Pierangelo.« Georg Faust schmunzelte. »So also heißt der Junge, der Euch den Kopf verdreht hat. Italiener, sagt Ihr? Oh, die verstehen es!«

Gret schnaufte. Sie wurde jetzt doch wütend. »Ich verbitte mir solche Unterstellungen«, fauchte sie den Wunderdoktor an, »helft Ihr mir nun – oder bestätigt Ihr mir den Eindruck, den ich von Euch habe?«

Er räusperte sich. »Heute abend um acht«, sagte er, »ein Mann und eine Frau, die bei Änni verabredet sind und wahrscheinlich zusammen oder kurz hintereinander dort auftauchen werden. Ihr wollt wissen, wie die beiden aussehen und was sie bereden.« Er sah Gret an. »Ihr sollt es wissen – mein Wort.«

Gret schluckte ihren Ärger hinunter. »Danke«, sagte sie besänftigt, »das wäre mehr, als ich erhofft hatte.«
Georg Faust aus Knittlingen grinste wieder. »Und wo kann ich an Euch weitergeben, was ich erfahren werde?« fragte er, »ich kenne ja nicht einmal Euren Namen. Das Wichtigste habt Ihr vergessen, schönes Fräulein.«
Gret errötete ein zweites Mal unter dem unverschämten Blick des Quacksalbers. »Spart Euch das schöne Fräulein«, sagte sie bissiger als beim ersten Mal, »mein Name ist Grundlin – Margarete Grundlin. Und ich wohne in der Glockengasse bei Doctor Minutus. Aber wagt es ja nicht, dort zu erscheinen, hört Ihr? Ich komme morgen, wenn der Markt eröffnet wird, bei Euch am Stand vorbei. Dann könnt Ihr's mir berichten. Und –«, sie gab ihrer Stimme einen weicheren Ton, »vielleicht auch ein bißchen mehr über die Astrologie ...«
Georg Faust grinste noch immer. Er zwinkerte ihr zu. Plötzlich wischte er sich über die lange Nase, runzelte die Augenbrauen und schaute zum Himmel. »Verflixt – es wird Regen geben!«
Gret begriff nicht, wie er so schnell vom Thema abkommen konnte. Sicher, der Himmel hatte sich inzwischen zugezogen, und die ersten Tropfen eines kleinen Schauers klatschten auf das Pflaster des Alten Marktes, aber ...
»I muß mich beeile«, sagte der Theriakverkäufer und rutschte vom Wagen. »Der Gaul muß in den Stall – aber schleunigst! Am besten, wir treffen uns morgen wie besprochen, Margarete Grundlin, weder Fräulein, weder schön. Jetzt hab' i keine Zeit mehr!«
Er raffte die Döschen und Fläschchen auf seinem Verkaufstisch zusammen, stopfte sie unter die Plane, die im Wagen lag, und hievte Tischplatte und Böcke auch hinauf. Dann griff er dem kleinen graubraunen Pferd in die Zügel und zog es hastig samt Wagen an den Rand des Marktes unter die Arkaden.
Gret wunderte sich kopfschüttelnd über die Eile, mit der Georg Faust den Platz verlassen hatte. Aber die Tropfen begannen jetzt dichter zu fallen, und so machte auch sie sich

mit schnellen Schritten auf den Heimweg. Es war ja nicht weit bis in die Glockengasse. Wenn sie kräftig ausschritt, konnte sie ihren Gaden erreichen, ehe sie durchnäßt war.

9. KAPITEL

Als Gret beim Doctorhaus ankam, hatte sich der kleine Aprilschauer bereits ausgeregnet. Es waren nur ein paar Tropfen gefallen – nicht der Rede wert –, und jetzt lachte sie Sonne schon wieder vom leicht bewölkten Himmel.
Bätes wartete auf den Stufen vor der Haustür. »Da bist du ja«, rief er und sprang hoch. Die Vorfreude auf das versprochene Mittagessen brachte sein spitzes Mardergesichtchen zum Leuchten.
Und Gret belohnte seine Geduld. Sie kochte für den Jungen eine dicke Milchsuppe mit Backpflaumen und aß einen Teller mit, obwohl sie eigentlich satt war. Der übriggebliebene, reichlich bemessene Rest sollte für Pierangelo Contini sein. Nachdem Bätes seinem Hunger für diesmal den Garaus gemacht hatte, nahm Gret den Jungen mit auf den Dachboden. Erstens würde Bätes nicht verraten, was er dort oben sehen würde. Und zweitens nahm die Anwesenheit des Kleinen dem Italiener die Möglichkeit zu neuen Anzüglichkeiten. Auf der Treppe nach oben kam ihnen die Schusterin entgegen. »Gut, daß du mal nachschaust, Gret«, sagte sie, »entweder auf dem Dach sind ein paar Ziegel lose – oder wir

haben Eulen auf dem Speicher. Ich höre immer so komische Geräusche ...«
Gret beruhigte Trin. Sie zeigte die Käfigfalle, die sie zur Tarnung mit in den Essenskorb gepackt hatte. »Ich glaub', es ist 'ne Katze«, sagte sie, »aber ich stell' mal 'n paar Fallen auf. Da werden wir schon sehen, was für ein Viehzeug sich da oben rumtreibt. Sei sicher – ab morgen ist Ruhe!«
Die Schusterin ging. Aber sie schaute skeptisch drein. Gret würde Pierangelo noch einmal einschärfen müssen, daß er mit seinem Leben spielte, wenn er sich weiterhin so unvorsichtig verhielt.
Der Italiener hatte Grets Strafpredigt schweigend zugehört und schaute sie nun mit müden, dunkel umschatteten Augen an. »Ich verstehe dir ja«, antwortete er schließlich, »aber ich brauche etwas zu tun. Gib mir Tinte und Papier, Margherita. Dann kann ich schreiben, wenn ich nicht reden darf.«
Gret versprach es ihm. Sie würde, wenn es dunkel war, das Schreibzeug in den Korb legen, so daß er es durch die Dachluke zu sich heraufziehen konnte. Dazu sollte er noch eine Lampe bekommen, und einen kleinen Krug Öl. »Aber daß du mir ja nicht vergißt, das Speicherfenster zuzuhängen, wenn die Lampe brennt«, mahnte sie, »der Lichtschein würde die Klocken anziehen wie die Motten!«
»Si, carissima«, flüsterte Pierangelo Contini.
»Und leg keinen Brand, hörst du?«
Der Italiener schüttelte den Kopf. »Amore mio«, wisperte er, »es brennt ja schon längst ...«
Gret vermied seinen Blick. Sie machte, daß sie mit Bätes schnell wieder nach unten kam. »Übrigens«, sagte sie, als sie wieder in der Küche waren, »ich hab' durch Zufall doch herausgefunden, was das für eine Änni ist.«
»Und?« fragte der Junge gespannt.
»Sie betreibt eine Seidenweberei in der Trankgasse. Und sie vergibt Zimmer an Fremde.«
»Dann weiß ich, welches Haus es ist«, sagte Bätes und lachte Gret an, »in der Trankgasse gibt es nur diese eine Seidenweberei – im dritten Haus rechts, vom Dom aus gesehen. Auf

der anderen Straßenseite ist 'ne Wirtschaft. Das Haus zum Hörnchen. Ziemlich übles Lokal.«
»Hmmm.« Gret überlegte.
»Wer hat's dir denn gesagt?« wollte Bätes wissen.
»Der Theriakkrämer«, informierte Gret den Jungen. »Jetzt hör zu, Hubertus –«
Bätes richtete sich auf und spannte die schmalen Schultern. Immer, wenn Gret ihn »Hubertus« nannte, sagte sie als nächstes etwas Wichtiges. Da mußte er genau aufpassen. »Ja?«
»Du gehst für mich zum Hause Schwerdtfeger und bestellst dem Hausmädchen Klara, sie soll heute abend um sechs beim Brunnen auf dem Alten Markt auf mich warten. Ich muß sie dringend sprechen.«
»Klar – mach' ich!« Bätes nickte begeistert. Er freute sich darüber, daß er wieder eine Aufgabe bekam. »Aber erzähl mir später, was dabei rausgekommen ist!«
Gret versprach es. Bätes war nur bei der Stange zu halten, wenn er in alles eingeweiht war. Und Gret nahm an, daß sie seine Hilfe noch brauchen würde. Ein Straßenkind war, wenn es um Beobachtungen ging, weit unauffälliger als eine erwachsene Frau, die zudem vielen Leuten in der Stadt persönlich bekannt war – die Magd des Doctor Minutus.

Klara war nicht da. Das sah Gret schon von weitem, als sie sich beim Sechsuhrläuten dem Brunnen auf dem Alten Markt näherte. So gut wie alle Stände waren um diese Stunde abgebaut. Die letzten Händler schafften noch Stangen und Zeltplanen und Reste ihrer Waren fort. Ein weiterer Blick sagte Gret, daß auch der Theriakhändler nicht da war. Entweder er hatte sich frühzeitig entfernt, oder er hatte nach dem kleinen Schauer seinen Platz erst gar nicht mehr eingenommen.
Gret ärgerte sich. Nicht über Bätes – der Junge hatte seinen Auftrag sicher richtig ausgeführt und die Nachricht an Klara übermittelt. Aber es machte Gret zornig, daß das Hausmädchen, diese kleine »Hungsfresserin«, einfach nicht erschienen war – obwohl die Angelegenheit doch so drängte.

Was tun? Gret machte auf dem Absatz kehrt. Sie würde persönlich im Hause Schwerdtfeger in der Marspfortengasse nach Klara verlangen und sie notfalls herbeizitieren lassen. Klara mußte ihr verraten, wo Ollmann am Mordtag um die Mittagszeit gewesen war.
Ein kurzer Fußweg, dann stand Gret vor dem prächtigen Kaufmannshaus mit dem Treppengiebel. Sie bediente den Klopfring an der Tür. Pitter öffnete.
»Ich war mit Klara verabredet«, sagte Gret, »kannst du sie mir herausschicken?«
Pitter machte ein dummes Gesicht. Aus dem Hintergrund fragte eine Frauenstimme: »Klara? Was ist mit dem Mädchen?«
»Ich weiß et nit«, sagte Pitter blöde und drehte den Kopf um. »Hier is die Magd von dem Doctor ... die will wat von der ...«
»Ach nein«, sagte die Frauenstimme spöttisch. Hinter Pitter tauchte das Fräulein Elisabeth aus der Diele auf. »Da kann ja jeder kommen«, sie musterte Gret mit kaltem Blick, »Klara hat noch sehr viel Arbeit. Sie kann nicht einfach alles stehen- und liegenlassen, bloß weil sie mit einem anderen Domestiken ein Schwätzchen halten will. Dafür wird sie nicht bezahlt.«
Gret hatte zwar Verständnis dafür, daß das Hausmädchen – aus welchem Grund auch immer – noch keinen Feierabend machen durfte. Aber der Ton, in dem die Hausdame ihr das klargemacht hatte, gefiel ihr ganz und gar nicht. Diese Elisabeth maßte sich mehr an, als ihr zustand. Sie war regelrecht unfreundlich und beleidigend geworden, obwohl Gret ihr keinen Grund dafür geboten hatte.
Sie straffte sich. »Zu den Domestiken gehört Ihr ja wohl auch«, schleuderte sie der Hausdame entgegen, »und deshalb würde Euch etwas Höflichkeit besser zu Gesicht stehen. Eine einfache Auskunft hätte mir vollauf gereicht. Was gute Manieren betrifft, so solltet gerade Ihr Euch doch eigentlich auskennen – oder?«
Elisabeth preßte die Lippen zusammen. Grets Hieb hatte gesessen. »Du bist wohl kaum die Richtige, um mich über

Anstand und Sitten zu belehren«, zischte sie wütend, »selbst wenn du bei einem Doctor den Schweinestall ausmistest!«
Gret lächelte kalt. »Seht Ihr«, säuselte sie, »da habt Ihr Euch schon wieder im Ton vergriffen. Außerdem hatte ich Euch keineswegs das Du angeboten. Andererseits – was soll's? Ihr seid zwar nicht mehr ganz jung – aber vielleicht besteht ja doch noch Hoffnung, daß Ihr eines Tages begreifen werdet, was man überhaupt unter guten Manieren versteht. Einstweilen wünsche ich Euch einen ruhigen Abend ... Fräulein ...«
Sie schritt davon. Aber bei einem letzten kurzen Blick über die Schulter stellte sie fest, daß Pitter ihr bewundernd nachschaute und daß Elisabeth ihre Wut kaum beherrschen konnte. An ihrem verzerrten Gesicht war dies deutlich zu erkennen.
Je weiter Gret sich vom Hause Schwerdtfeger entfernte, desto ratloser und zorniger wurde auch sie. Was konnte sie in ihrer Sache heute noch unternehmen, nachdem Klara nicht zu sprechen war? Sie kam so langsam voran, daß es zum Auswachsen war!
Am Ende der Marspfortengasse blieb sie stehen. Natürlich konnte sie einmal ganz unauffällig durch die Trankgasse spazieren – an Ännis Haus vorbei. Möglicherweise ergab sich dabei etwas ... was es allerdings sein sollte, wußte Gret auch nicht. Zumindest würde sie vielleicht sehen können, was für Leute bei Änni ein und aus gingen. Und ihre Neugier auf das zwielichtige Etablissement würde in jedem Fall befriedigt.
Gret marschierte los. Die Trankgasse lag im Viertel von Sankt Martin und führte direkt zur Trankgassenpforte und zum Rhein. Sie gehörte nicht zu den angesehenen Straßen der Stadt; aber jetzt war es ja noch hell. Sollte Gret dort gesehen werden, konnte niemand Anstoß daran nehmen. Auch belästigen würde sie zu dieser frühen Abendstunde sicherlich noch niemand.
Der Alte Markt lag verlassen. Nur ein Klocke patrouillierte gemessenen Schrittes Richtung Heumarkt und warf Gret im Vorübergehen einen gleichgültigen Blick zu. Gret überquerte den Platz. Als sie die Arkaden auf der anderen Seite

erreicht hatte, überkam sie plötzlich das Gefühl, jemand folge ihr von weitem.
Sie drehte sich um. Nichts zu sehen. Langsam ging sie weiter, nach links, unter den Gewölbebögen entlang. Wieder meinte sie Schritte zu hören. Aber das Geräusch verstummte sofort, als sie zum zweiten Mal stehenblieb. Nichts. Ihre Ohren mußten sie getäuscht haben. Was sie gehört hatte, war wohl das Echo ihrer eigenen Schritte gewesen. Sie war ja auch viel zu angespannt.
Gret atmete tief durch und setzte ihren Weg fort. Sie hatte die Einmündung zur Trankgasse fast erreicht, als sie zwei Leute bemerkte, die sie auf der anderen Straßenseite schnellen Schrittes überholten. Die beiden – ein Mann und eine Frau – waren vermummt. Um Kopf und Schultern der Frau lag ein voluminöser, alles verhüllender Schal, während der Mann den Behang seines weichen Hutes aus Haarfilz wie ein Tuch um Mund und Nase geschlungen hatte. Auch sein Gesicht war dadurch nicht zu erkennen.
Grets Herz begann zu klopfen. Instinktiv beschleunigte sie ihren Gang. Die beiden vermummten Personen gingen in ihre Richtung und bogen vor ihr in die Trankgasse ein!
Gret rannte jetzt fast. Gerade noch rechtzeitig kam sie an der Einmündung der Gasse an, blickte um die Ecke und sah, wie die zwei Vermummten in dem Lokal gegenüber Ännis Haus verschwanden – dem Gasthaus zum Hörnchen.
Unschlüssig bewegte sich Gret auf die Wirtschaft zu. Das Haus, dessen Erdgeschoß sie einnahm, sah sehr verwahrlost aus. Die Gefache des schwarzweißen Fachwerks bröckelten, und überall krümelte der weiße Kalkanstrich der Felder zwischen den Balken. Die Fenster, mit einigen kleinen Butzenscheiben verglast, waren schmutzblind. Das Wirtshauszeichen, ein an Ketten über der Eingangstür aufgehängtes Jagdhorn aus Messing, hatte reichlich Grünspan angesetzt. Ziemlich übles Lokal, hatte Bätes gesagt. In dieses Loch konnte sich eine unbegleitete Frau nicht hineinwagen. Aber zum Fenster hineinschauen mußte Gret wenigstens – es gab nichts, was sie davon abhalten konnte.

Gret trat an das verstaubte Fenster des Wirtshauses heran und spähte durch die trüben Scheiben. Drinnen, in einem verräucherten, ziemlich engen Schankraum, hockten unter einer blakenden Tranfunzel einige zottig und zerlumpt aussehende alte Männer am Tresen. Sie wurden von einer fetten Frau in einer schmuddeligen weißen Bluse bedient, während die übrigen Gäste an den beiden Tischen ihr Bier von einem ausgemergelten Jungen vorgesetzt bekamen. Die beiden Vermummten, die das Lokal gerade betreten hatten, legten im Hintergrund ihre warme Kleidung ab.
Gret heftete den Blick auf diese beiden Leute. Im trüben Dämmerlicht der Kneipe fielen deren verhüllende Kopfbedeckungen. Ihre Gesichter waren jetzt klar zu sehen – trotz des schwachen Lampenscheins. Gret erkannte Ollmann und Anna Maria Schwerdtfeger!
»Lieber Himmel!« entfuhr es ihr.
»Was hast du denn, Mädchen?« sagte eine dunkle, rauhe Stimme hinter ihr. »Wieso drückst du dich hier draußen herum? Geh doch einfach rein!«
Gret fuhr erschrocken herum. Die Stimme gehörte einer großen, grobknochigen und sehr vollbusigen Frau. »Ich wollte nur sehen, ob mein Verlobter da drin ist«, erfand Gret auf Anhieb eine passende Notlüge, »ich glaub', der Kerl geht fremd.« Die Frau mußte von der anderen Straßenseite herübergekommen sein. Hätte sie sich von der Seite her genähert, Gret hätte sie aus dem Augenwinkel bedeutend früher bemerken müssen – da war sie ganz sicher.
Die Frau stieß ein rollendes Lachen aus. »Und? Is er dabei?« Sie deutete mit dem Daumen in die Gaststube.
»Ich weiß es nicht genau«, führte Gret ihre Lügengeschichte fort, »ich kann die Leute bei der winzigen Funzel da drinnen so schlecht erkennen. Vielleicht kommt der Schuft ja auch erst noch ...«
»Na – dann leg dich noch 'ne Weile auf die Lauer«, sagte die Grobknochige und lachte ein zweites Mal. »Ich wünsch' dir, daß du ihn erwischst.« Sie drückte die Tür zur Gaststube auf und ging hinein.

Gret atmete tief, um sich zu beruhigen. Sie spürte instinktiv, daß sie soeben die berüchtigte Änni kennengelernt hatte. Sie mußte es gewesen sein, und jetzt setzte sie sich drinnen im Schankraum zu Ollmann und der Witwe Schwerdtfeger – das sah Gret durch die ungeputzten Scheiben.
Die drei begannen sofort ein lebhaftes Gespräch. Besonders Ollmann schien sehr erregt, während Anna Maria Schwerdtfeger bleich und verwirrt aussah. Die grobknochige Frau aber schien alle Fäden in der Hand zu halten, denn ihre Gesten drückten Entschlossenheit und Energie aus.
Eine Zeitlang sah Gret zu. Sie wünschte sich dringend, die Worte verstehen zu können, die drinnen gewechselt wurden. Zu dumm, dachte sie. Hoffentlich kriegt dieser Georg Faust wenigstens später, wenn die drei in Ännis Haus hinüberwechseln, noch etwas von den dort geführten Gesprächen mit!
Sie trat vom Fenster zurück. Es hatte wenig Zweck, hier stehenzubleiben, sich die Nase an der Scheibe platt zu drücken und zuzusehen, wie in der Schankstube drei Leute die Lippen bewegten. Außerdem wurde es jetzt rasch dunkel – höchste Zeit, diese Straße zu verlassen und nach Hause zu gehen, solange das noch ungefährlich war.
Sie ging los. Was sie vermutet hatte, stimmte also. Ollmann und die Witwe waren in den Mord an Johann Schwerdtfeger verwickelt. Das war soeben bestätigt worden. Sie waren demnach auch diejenigen gewesen, die im Verschlag miteinander geflüstert hatten. Gret reckte sich. Schon morgen würde sie mit etwas Glück erfahren, welche Schandtat sie neben dem bereits ausgeführten Mord noch geplant hatten. Gret lächelte zufrieden. Heute war sie sehr erfolgreich gewesen – trotz aller Hemmnisse. Ihre Verdächtigen waren mit an Sicherheit grenzender Wahrscheinlichkeit die Mörder. Nun mußten sie noch überführt werden. Die letzten, schlagenden Beweise waren zu finden.
Über diesem kniffligen Problem nachgrübelnd, kreuzte Gret den Alten Markt. Plötzlich hatte sie wieder das Gefühl, als gehe sie nicht allein hier entlang – obwohl nirgends eine Menschenseele zu entdecken war.

Komisch. Es konnte doch nicht sein, daß sie sich schon zum zweiten Mal an diesem Abend täuschte! Gret hielt an und spähte angestrengt nach allen Seiten. Nichts, absolut nichts Ungewöhnliches fiel ihr auf.
Mit leisem Unbehagen ging sie weiter. Von jetzt an konzentrierte sie all ihre Sinne und behielt ihre Umgebung scharf im Auge. An der Ecke Unter Goldschmieden hörte sie wieder leise, aber deutlich die Schritte, die ihr nachkamen.
Gret beschloß einen Umweg zu machen. Sie würde kreuz und quer durch die Gassen am Domhof gehen. Hörte sie nach diesem Irrlauf die Schritte immer noch, war tatsächlich jemand hinter ihr her. Und dann würde sie einfach den ersten besten Leuchtemann anhalten und sich von ihm nach Hause bringen lassen. Auch wenn das ein Fettmännchen kostete.
Zügig marschierte sie zur Straße an der Goldwaage weiter. Noch immer war sie sicher, daß leise Schritte ihr folgten. Sie ging die Straße ein Stückchen hinunter, bog dann auf den Kirchplatz von Sankt Columba ab. Die Schritte waren weiterhin zu hören.
Gret spürte, wie sie Angst bekam. Um diese Zeit waren kaum noch Leute unterwegs. Längst waren die Straßen durch Ketten gesperrt und die Fensterläden der Häuser für die Nacht geschlossen. Die sinkende Dunkelheit verwischte alle Konturen und ließ jeden Schatten bedrohlich erscheinen.
Gret drückte sich an die Mauer von Sankt Columba, hinter einen der Stützpfeiler. Sie wartete mit klopfendem Herzen. Richtig, jetzt näherten sich die Schritte, die sie die ganze Zeit gehört hatte. Augenblicke später erschien in ihrem Blickfeld eine dürre, leicht gebückte Gestalt – ein Mann, dessen Kopf und Schultern von einer altmodischen, fahlroten Gugel mit ausgebogtem Koller bedeckt waren. Der Mann hatte die langschwänzige Kapuze tief ins Gesicht gezogen, seine Züge waren deshalb nicht auszumachen.
Gret hielt den Atem an. Der Mann blieb stehen, sah sich um, wanderte zögernd ein Stückchen weiter. Dann kam er zurück und ging in die andere Richtung.
Jetzt war klar: Der Kerl verfolgte sie tatsächlich. Es konnte

kein Zufall sein, daß er den gleichen Irrweg gelaufen war, den Gret bis jetzt genommen hatte. Ein Dieb, Beutelschneider, Frauenschreck? Was auch immer dieser Unbekannte von ihr wollte – geheuer war er nicht. Sie mußte zusehen, daß sie heil nach Hause gelangte, und das würde nicht einfach sein. Auch wenn die Glockengasse nur ein paar Schritte entfernt war.
Gret bückte sich und löste die Brettchen, die sie zum Schutz gegen den Straßenkot untergeschnallt hatte, von den Schuhen. So würde sie beim Gehen weniger Geräusche machen, auch wenn die Schuhe anschließend verdorben waren. Vorsichtig schob sie sich aus der Deckung des Stützpfeilers auf den Kirchplatz, vergewisserte sich, daß niemand zu sehen war, und bog auf die Straße ab.
Diesmal ging sie nicht mehr im Zickzack. Sie steuerte auf direktem Wege die Glockengasse an. Am Anfang der Herzogstraße fühlte sie sich noch sicher. Aber schon nach wenigen Schritten merkte sie, daß ihr Verfolger irgendwie die Spur wieder aufgenommen hatte und ihr dicht auf den Fersen war. Sie konnte ihn zwar nicht sehen, denn er blieb immer in Deckung hinter Hausecken oder in Toreingängen. Aber sie hörte seine Schrite. Und ihre Angst stieg.
Sie rannte jetzt. Ohne Rücksicht auf die Schäden lief sie in ihren guten Schuhen durch den Unrat und die stinkenden Pfützen, mit denen die Gassen bedeckt waren. Der Dreck spritzte hoch, durchweichte und verunreinigte den Rock ihres Kleides fast bis zu den Knien. Gret fluchte beim Laufen. Gleichzeitig schickte sie Stoßgebete zum Himmel: »Heilige Margarete, liebe Schutzpatronin – halt den Halunken von mir ab ... laß ihn hinfallen! Heilige Margarete – laß mich bloß nicht stolpern! Himmel noch mal ... so 'ne Schweinerei ...!«
Die Schuhbrettchen fest an die Brust gepreßt, hetzte Gret vorwärts, den unheimlichen Verfolger in der Gugel immer hinter sich. Der rannte auch, hielt sich aber weiterhin gut in Deckung, so daß Gret ihn auch jetzt, als sie über die Schulter zurückschaute, nicht sehen, geschweige denn erkennen konnte. Nur seine hastenden Schritte waren unüberhörbar.

Die Ecke zur Glockengasse war erreicht. Gret stürzte mit pfeifenden Lungen auf das Doctorhaus zu, nestelte in fliegender Hast den Schlüssel zu ihrem Gaden vom Gürtel los, rannte in den engen Durchlaß zwischen dem ersten Anbau und dem Zaun hinein ...
Hier saß Jost der Fuhrmann, der diesen Gaden bewohnte, mit lang ausgestreckten Beinen auf der Bank vor seinem Häuschen und genoß noch einen letzten Krug Bier. Gret stolperte über Josts Füße und schlug lang hin.
Bier spritzte. Der Krug zerschellte. »Himmel, Arsch ...«, stieß Gret hervor und rappelte sich wütend auf, »jetzt bin ich erst so richtig eingesaut! Was zum Kuckuck hast du um diese Zeit denn noch draußen zu suchen?«
»Jriet ...?« Josts Stimme klang undeutlich. Er hatte offenbar ganz schön geladen. »Dat ... dat ... dat ... k-könnt ich dich aber auch fragen ...«
»Dat, dat, dat«, äffte Gret ihm nach, »dat jeht dich jar nix an!« Sie kam langsam wieder zu Atem. »Hilf mir lieber meinen Schlüssel suchen – der ist mir hingefallen!«
Jost stand schwankend von der Bank auf und torkelte in seine Bude. Mit einer brennenden Tranlampe kam er wieder heraus. »I ... ich leu ... leuchte dir«, lallte er, »k ... k-k-kein Problem.«
Im schlingernden und schleudernden Lichtkreis des Lämpchens hatte Gret die größte Mühe, etwas zu erkennen. Dennoch fand sie nach einigen Augenblicken der Anstrengung ihren Schlüssel wieder. »Danke, Jost«, sagte sie, »da ist er. Du kannst die Funzel wieder wegbringen.«
»Wat ... wat b-biste denn so schnell j-jerannt?« erkundigte sich Jost mit mühsamem Zungenschlag, »sonst ... sonst jehjehste doch immer janz jesitt ... jesittet ... I-im Dunkeln, da kann-kann mer leicht in't Stolpern jeraten. Dat ... dat hahaste ja jesehen.«
»Nächstes Mal, wenn ich wieder in den Dreck falle«, gab Gret ärgerlich zurück, »sag' ich dir vorher Bescheid. Dann kanst du mich auffangen.«
»I-is jut, Jriet«, stotterte Jost, ganz ernsthaft in seiner

Betrunkenheit, »da-dat mach ich! K ...kannst dich auf-auf mich verlassen.«
»Genau«, sagte Gret, »und jetzt, jetzt jeh-jehste in't Bett und schläftst deinen Rausch aus. Damit du morgen früh wieder einen klaren Kopf hast.«
Jost war schon auf dem Weg. Mit schwerer Schlagseite schaffte er es, unbeschadet über seine Türschwelle zu steigen. Knallend zog er die Tür hinter sich zu und ließ Gret im Dunkeln stehen.
Gret huschte, ihren Schlüssel fest in der Hand, zu ihrem eigenen Gaden. Sie schloß hastig auf, trat erleichtert ein und sperrte wieder ab. Als ihre eigene Lampe brannte, hatte sie sich einigermaßen beruhigt.
Sie blickte an sich hinunter. Das blaue Werktagskleid samt Schürze war fast taillenhoch voller nasser Dreckspritzer und Schmieren. Kein Zweifel: Es war schon wieder reif für die Wäsche. Und dabei hatte Gret es erst vor zwei Tagen blitzsauber und frisch geplättet aus ihrem Kasten genommen. Die Schuhe, ebenfalls durchweicht und kotig, würden nach dem Trocknen ebenfalls gründlich gereinigt und neu eingefettet werden müssen.
Mist – im wahrsten Sinn des Wortes. Nur gut, daß sie noch ein zweites, wenn auch älteres Arbeitskleid und eine weitere Schürze besaß! Sie zog die nassen Sachen aus, kleidete sich um, schlüpfte in ihre Holzpantinen und stellte die Schuhe zum Trocknen an den Rand der kleinen Feuerstelle. Dann packte sie das Schreibmaterial zusammen, das sie für Pierangelo Contini aus dem Arbeitszimmer ihres Brotherrn entwendet hatte – vier Blatt dickes Papier, ein Töpfchen Tinte, zwei noch gut gespitzte Federkiele –, und ging noch einmal hinaus. Hinter ihrem Gaden stand der Henkelkorb. Pierangelo hatte ihn am Seil herabgelassen. Gret legte die Sachen hinein und zupfte sachte an dem dicken Strick.
Der Korb setzte sich augenblicklich in Bewegung. Geräuschlos glitt er nach oben, hinauf zur Dachluke. Der Aufzug funktionierte – genau so, wie Gret es mit Pierangelo abgesprochen hatte. Beruhigend.

10. KAPITEL

Es wurde eine fast schlaflose Nacht für Gret. Kaum hatte sie sich auf ihrem bequemen Strohsack ausgestreckt, als ihre Gedanken zu arbeiten begannen. Sie durchdachte alles, was sich bisher an Hinweisen, Andeutungen und theoretischen Überlegungen ergeben hatte, wälzte sich hin und her und kam nicht zur Ruhe.

Johann Schwerdtfeger war ein überaus angesehener und beliebter Bürger der Stadt gewesen – Mitglied der Gaffel Himmelreich, einer der großen Kaufmannsgilden. Soweit Gret wußte, hatte er mehrmals ein städtisches Amt innegehabt. Nur Bürgermeister war er nie gewesen. Menschen, die seine Feinde waren, hatte Gret nicht gefunden – im Gegenteil: Auch seine Angestellten und Dienstboten hatten ihn sehr geschätzt – ja, regelrecht verehrt. Nur zwei Personen – Ollmann, sein Prokurist, und Anna Maria, seine Witwe – konnten verdächtigt werden, diesen ehrenwerten und freundlichen Mann umgebracht zu haben. Denn Ollmann liebte Anna Maria, und seine Liebe wurde von ihr erwidert.

Auf diese beiden hatte Gret sich konzentriert. Viele Indizien wiesen in ihre Richtung. Und heute hatte sich der Verdacht, den sie erregt hatten, als berechtigt erwiesen. Oll-

mann und die Witwe hatten sich in der Trankgasse mit der großen, vollbusigen Frau getroffen, von der Gret mutmaßte, daß sie Änni war. Höchstwahrscheinlich würde sich auch diese Annahme als richtig herausstellen, wenn Gret morgen den Theriakhändler wiedersah und der ihr berichtete, was er gehört und gesehen hatte.
Aber wie konnte sie Ollmann – denn Anna Maria Schwerdtfeger kam für die Tat selbst wahrscheinlich nicht in Frage – den Mord an seinem Dienstherrn nachweisen? Wichtige, ausschlaggebende Informationen fehlten. Gret brauchte dringend Auskunft von Klara. Wo war Ollmann am Mittag des Mordtages gewesen? Gab es Zeugen, die ihn gesehen hatten auf dem Weg zu seinem blutigen Treffen mit Johann Schwerdtfeger? Fanden sich Leute, die ihn als Besitzer der sonderbaren Mordwaffe kannten oder wußten, wie er an das Ding gekommen war?
Lieber Gott, dachte Gret, hoffentlich kriege ich all das heraus, bevor die Klocken am Ende doch noch Pierangelos Aufenthaltsort entdecken und den Italiener erneut verhaften! Viel zuviel Zeit war schon verstrichen ... unbegrenzt konnte sich das Versteck des welschen Lautenspielers nicht geheimhalten lassen.
Erst tief in der Nacht fiel Gret in einen unruhigen Schlaf, aus dem sie schon beim ersten grauen Morgenlicht wieder erwachte – schweißgebadet. Denn im Traum hatte sie ein krummrückiger alter Kerl in einer verschossenen roten Gugel durch die ganze Stadt gehetzt.

Als Doctor Minutus zum Frühstück in der Küche erschien, stand sein Essen schon bereit. Gret beantwortete ihm kurz und knapp seine Fragen nach den Rattenfallen und beruhigte ihn, als er noch einmal die Befürchtung äußerte, die Geräusche könnten auch von Poltergeistern hervorgerufen worden sein. »Ich gehe noch heute zum Pfarrer«, flunkerte sie ihn an, »und besorge geweihte Kerzen und einen heiligen Spruch. Damit sollte dann allen Möglichkeiten Rechnung getragen sein. Ihr könnt Euch drauf verlassen.«

Mit wiedergewonnener innerer Ruhe zog Doctor Minutus gegen acht Uhr ab. Und Gret machte sich, nachdem sie in Windeseile ihre Stallarbeiten erledigt hatte, auf den Weg zum Markt. Heute würde sie nichts einkaufen, vielmehr fieberte sie danach, zu erfahren, was Georg Faust in der vergangenen Nacht bei Änni beobachtet und belauscht hatte.
Es regnete leicht, als Gret auf dem Alten Markt ankam. Der Platz war deshalb nicht sehr belebt. Buden- und Standbesitzer hockten griesgrämig unter ihren Planen. Diejenigen, die kein wasserdichtes Dach über dem Kopf hatten, saßen in Umschlagtüchern und Kapuzen neben ihren Warenkörben und hatten schlechte Laune.
Gret hatte ihr Umschlagtuch ebenfalls über die Haube gezogen. Sie wanderte auf dem Markt umher. Aber so genau sie sich auch überall umschaute – der Karren des Theriakhändlers war nirgends zu sehen. Nach vergeblicher Suche sprach Gret einfach die Pfannkuchen-Else an, die gerade ihren Feuerkorb aufstellte. »Sagt mal – der Kerl, der mir gestern bei Euch das Mittagessen spendiert hat, ist der heute schon aufgetaucht?«
Else schüttelte den Kopf. Sie musterte Gret mit Blicken, die mindestens ebenso mißbilligend waren wie die vom vergangenen Tag. »Ich begreif' nit, wat Ihr mit so 'nem Rumtreiber zu schaffen habt«, sagte sie, »nä, Jriet – dat hätt' ich nit von Euch jedacht. Und dat Ihr dem Halunken auch noch nachlauft ...«
Gret überhörte die Bemerkung. »Er war also bis jetzt noch nicht da«, bohrte sie weiter, »kann es sein, daß er heute auf dem Heumarkt seinen Stand aufgeschlagen hat?«
»Wat weiß ich«, antwortete Else zugeknöpft. »Mir is dat egal, wo so 'ne Windbeutel sein Jewerbe treibt. Aber dat Ihr –«
»Danke, Else«, brach Gret das Gespräch ab. Sie drehte sich um und war bereits auf dem Weg zum Heumarkt.

Aber auch hier fand sich keine Spur von Georg Faust aus Knittlingen. Und keiner der Markthändler hatte ihn gesehen.

Wo zum Kuckuck mochte er sein? Wieso hatte er sich nicht an die Abmachung gehalten? Gret ärgerte sich, ballte die Fäuste, fluchte leise vor sich hin. Immer, wenn sie eine Möglichkeit hatte, mit ihren Nachforschungen weiterzukommen, stellten sich unvorhergesehene Hindernisse in den Weg – es war wie verhext.

Während Gret dastand und sich überlegte, was sie jetzt tun sollte, entdeckte sie auf einmal Klara, die kleine »Hungsfresserin«, die, einen Henkelkorb am Arm, mit einer Fischhändlerin um einen dicken Aal feilschte.

Klara! Die kam jetzt wie gerufen! Gret steuerte auf das Hausmädchen zu. Also war der Vormittag doch nicht vertan, und ihr Gang zum Markt nicht völlig für die Katz gewesen!

Klara strahlte auf, als Gret sie begrüßte.

»Treff ich dich doch noch«, sagte sie fröhlich, »jestern jing et ja nit. Wie mich der kleine Jung zu dir bestellen wollt, da hat mir die blöde Elisabeth alles versaut. Ich mußt' die janze Trepp schrubbe – un dat nach dem Abendessen! Wo ich doch eijentlich Ausjang jehabt hätt!«

»Tja, so kann es gehen«, sagte Gret, »da machst du nichts dran. Aber dafür können wir ja jetzt ein Schwätzchen halten. Hast du schon gefrühstückt?«

Klara schüttelte den Kopf. »Die blöde Elisabeth hat mich um sechs aus dem Bett jeschmissen, Wasser holen, Feuer machen. Und wie ich damit fertig war, mußt ich der jnä Frau wat zu essen in die Schlafkammer bringen. Un dann war et schon acht. Da hatt' die Trin drei Hühner zu rupfen und auszunehmen, für heute mittag. Ich hab' mich wirklich beeilt, aber wie dat jetan war, jab et kein Brot mehr. Dat hatten die anderen alles selber jefressen und mir keinen Krümel übrig jelassen. Aber warte – die kriegen dat wieder. Da laß ich mir wat einfallen!«

»Es kommt noch so weit, daß du dir 'nen Hund braten mußt«, flaxte Gret.

»Dat darfste aber nit sagen!« Klara schmollte. »Sowat darfst zu mir nit sagen. Wir Rodenkircher – wir fressen keine Hunde. Ehrlich nit!«

Gret lachte. »Und du darfst nicht immer wieder auf den Blödsinn reinfallen, Klara«, sagte sie, »so was meint doch kein Mensch ernst – ich am allerwenigsten!« Sie nahm das Mädchen in den Arm. »Komm, ich geb' dir'n Stück Bratfisch aus.«
Klara war sofort getröstet. Sie konnte wieder lächeln. Schnell bezahlte sie der Fischersfrau den ausgehandelten Preis für den Aal, ein wahres Prachtexemplar von der Dicke eines Männerarms, packte ihn ein und wanderte dann mit Gret zu einer Bude am Rande des Heumarkts hinüber, wo eine Garküchenbesitzerin eben die ersten gebratenenen Fische auslegte.
Gret kaufte für sich und Klara je einen knusprigen Weißfisch und kam dann sofort zu ihrem Anliegen. »Klara – welche Nachricht hattest du Ollmann am Todestag vom seligen Johann Schwerdtfeger zu bringen, und wo ist Ollmann um die Mittagszeit gewesen?«
Klara machte runde Augen. »Wieso fragst du mich dat? Wat hast du denn mit dem Ollmann zu tun, dem fiesen Möpp?«
Gret überlegte. Sollte sie dem Hausmädchen reinen Wein einschenken und ihm alles erzählen, was sie wußte oder vermutete? Klara schien so unüberlegt zu handeln, und sie trug das Herz auf der Zunge spazieren. Konnte sie auch dichthalten, wenn es darauf ankam?
»Sag bloß', du bist hinter dem Ollmann her«, flüsterte Klara gerade mit gesenkter Stimme, »da haste kein Glück. Der klebt nämlich an der jnä Frau, als ob die Honig am Hintern hätte. Und die jnä Frau hat dat auch noch jern – stell dir vor! Ich persönlich komm da nit mit. Wie man den Ollmann leiden kann – dat is mir zu hoch.«
Gret grinste. Sie würde Klara doch einweihen, auch wenn sie damit ein Risiko schaffte. »Hör zu, Kind«, sagte sie und zog das Hausmädchen ein Stückchen von dem Fischstand weg, »ich muß dir jetzt verschiedene Dinge erzählen, die unbedingt unter uns bleiben sollten. Kannst du sie für dich behalten?«
Klara sah Gret erschrocken an. Sie nickte.
»Beschworen?«fragte Gret.

»Bei meiner Mutter selig«, murmelte Klara, »ich will tot umfallen, wenn ich den Mund nit halte.« Sie schien zu ahnen, daß das, was sie hören würde, wichtig und schwerwiegend genug war, um es keinem Außenstehenden preiszugeben. Und Gret erzählte ihr alles, was sich im Mordfall Johann Schwerdtfeger bis jetzt ergeben hatte.
»Jetzt kapier' ich dat Janze erst richtig«, sagte Klara, als Gret ihren kurzen Bericht beendet hatte. »Damit du den Ollmann festnageln kannst, mußt du wissen, wo der an dem Tag um die Mittagszeit gewesen ist. Aber –«, sie sah Gret mit großen, aufgeregten Augen an, »wenn der jnä Herr wirklich schon vor zwölf um de Eck jebracht worden is, dann kann et der Ollmann nit jetan haben – bestimmt nit!«
»Aus welchem Grund?« Gret faßte Klara am Ärmel. »Mensch, Mädchen – laß hören!«
»Dat war nämlich so«, sagte Klara mit plötzlich bedächtiger Stimme, »an dem Tag hatte mich der jnä Herr selber in 't Kontor jeschickt. Der Ollmann sollte sich ein bestimmtes Jeschäftsbuch ansehen.«
»Weiter«, drängte Gret. »was dann?«
»Dann hat der Ollmann ne Wutanfall jekregt«, fuhr Klara fort, »dat war um zwölf. Ich weiß et noch jenau – weil da die Jlock anjefangen hat zu läuten.«
»Einen Wutanfall? Warum?« Gret wurde ungeduldig. »Warst du wieder diejenige, die er angeschrien hat?«
»Nein«, Klara blies in nachträglicher Empörung die Backen auf, »der Ollmann war wütend, weil er dat Buch nit finden konnt'. Und da hat er den Lehrjungen zur Schnecke jemacht und ihn im janzen Kontor rumkriechen lassen. Aber dat Buch, dat war weg. Wahrscheinlich hat er 't selber verschlunzt.«
»Wie lange hat die Suche gedauert?«
»Fast bis zwei.« Klara seufzte. »An dem Tag hab ich deswegen kein Essen jekriegt. Aber der arme Benedikt – der hat mir wirklich leidgetan. Am Ende hat der Ollmann ihn richtig verdroschen.«
»Das war sicher ungerecht«, meinte Gret. »Und warum bist

du die ganze Zeit im Kontor geblieben? Du konntest doch zum Essen nach Hause gehen ...«
Klara schnaufte. »Ich durfte nit eher wiederkommen, bis der Ollmann in dat Buch gekuckt hatte. So wollte dat der jnä Herr.«
»Aha.« Gret stellte fest, daß sie auf der Unterlippe kaute. Was Klara eben von sich gegeben hatte, warf alle Überlegungen über den Haufen, die sie sich bis jetzt gemacht hatte. »Und du bist ganz sicher, daß Ollmann das Kontor nicht zwischendurch – zwischen zwölf und zwei – mal verlassen hat?«
»Janz sicher«, sagte Klara. »Ich seh' den jemeinen Kerl noch vor mir, wie er den armen Benedikt drangsaliert. Dabei konnte der Lehrjung' doch nix dafür, dat dat Buch weg war. Der darf ja überhaupt noch nit an die Bücher dran mit seinen zwölf Jahren ...«
»Und um drei warst du also wieder im Hause Schwerdtfeger«, überging Gret Klaras Bemerkungen. »Hatte sich da das Buch gefunden?«
»Nä.« Klara schüttelte verneinend den Kopf. »Ich sollte dem Herrn nur vom Ollmann bestellen, dat dat Buch verlegt wär'. Und er würde et sich ansehen, sobald et wieder jing.«
»Hmmm.« Gret räusperte sich angespannt. Also Ollmann persönlich kam demnach als Mörder nicht in Frage. »Weißt du zufällig. was die gnädige Frau am gleichen Mittag gemacht hat, Klara? Und warum niemand vom Personal wußte, daß der Herr sich mittags im Garten aufhielt?«
»Doch«, sagte Klara, »ich hab' dat jewußt. Der Herr wollte 'n paar Jeschäftspapiere durchlesen, hat er mir jesagt, als er mich zum Ollmann in't Kontor jeschickt hat. Dat war so um halb zwölf.« Sie legte den Finger an die Nase und dachte einen Augenblick nach. »Und die jnä Frau – die war in ihrer Kammer. Hatte sich hinjelegt. Kopfschmerzen. Und die dicke Jertrud hat ihr die Supp an 't Bett bringen lassen – vom Pitter. Der mußte dat tun, weil ich ja weg sollte.«
Gret war ratlos. Das kunstvolle Gebilde aus Indizien, das sie so mühsam aufgebaut hatte, war soeben vollständig in sich zusammengebrochen. Sie stand wieder ganz am Anfang. »Ich

verstehe gar nichts mehr«, murmelte sie, »Ollmann und Anna Maria Schwerdtfeger haben sich also nicht selbst die Hände blutig gemacht – aber ich habe sie gestern zusammen in einer üblen Spelunke gesehen, wo ehrenwerte Leute wirklich nicht verkehren sollten!«

Klara riß die Augen auf. »In 'ner Spelunke? Wat haben die denn da jemacht?«

»Keine Ahnung«, antwortete Gret. »Sie haben sich mit einer Frau unterhalten. Leider konnte ich kein Wort von dem verstehen, was gesprochen wurde.«

»'ne Frau?« fragte Klara aufmerksam, »wie sah die aus? War dat so 'ne jroße, dicke?«

»Ja, genau. Woher weißt du?«

»Menschenskind, Jriet«, Klara hüpfte fast vor Aufregung, »kam die etwa auch noch aus der Trankjass?«

»Ja! Mädchen – sag endlich, worauf du hinauswillst!« Gret packte ebenfalls die Aufregung.

»Die dicke, jroße Frau aus der Trankjass – die hat mir schon öfter Zettel für die Jnädije oder für den Ollmann mitjejeben«, sagte Klara, »jestern morgen hat se mir schon wieder einen zujesteckt, als ich einkaufen war. Und de jnä Frau, die hatte janz rote Augen, als se den Zettel jelesen hatte.«

»Weißt du, was draufstand?«

Klara schüttelte bedauernd den Kopf. »Ich kann ja nit lesen. Du etwa?«

»Und ob«, sagte Gret, »Gott sei Dank!« Sie packte Klara so fest am Arm, daß das Mädchen das Gesicht verzog. »Klara – du mußt mir jetzt helfen. Du mußt einfach!«

»Ja, wie denn?« fragte Klara verwirrt.

»Du hast doch Zutritt zur Schlafkammer der Witwe Schwerdtfeger. Ja oder nein?«

»Ja. Ich putz' immer da drin.«

»Dann durchsuch den Raum – wenn's sein muß, auch die anderen Privatzimmer.« Gret redete eindringlich und beschwörend auf das Hausmädchen ein. »Du mußt diese Zettel finden, die du Anna Maria Schwerdtfeger überbracht hast. Wenigstens einen brauche ich. Sobald du ihn hast,

bringst du ihn mir – notfalls schickst du irgendein Kind damit. Es könnte ja sein, daß du wieder nicht abkömmlich bist. Hast du mich verstanden?«
Klara stand mit offenem Mund da und gaffte Gret staunend an. »Nä«, hauchte sie voller Bewunderung und Ehrfurcht, »wie du dich immer so jewählt ausdrückst, Jriet – einfach toll ...«
»Klara«, fiel Gret ihr unwillig in die Rede, »hast du mich verstanden?«
»Ja – hab' ich.« Das Hausmädchen kam wieder zu sich. »Wenn du meinen Arm losläßt, jeh ich sofort dran. Ich jlaub, die Zettel sind im Nähkasten von der Jnädijen. Weil sie vielleicht keiner sehen soll ...«
»Und du würdest sie wiedererkennen, auch wenn du sie nicht entziffern kannst?«
»Klar. Die Dinger waren aus blauem Papier, an den Rändern ausjefranst, als ob einer dat Papier jerissen hätte, statt zu schneiden.«
Gret ließ Klara los. »Danke«, sagte sie, »ohne dich wäre ich keinen Schritt mehr weitergekommen. Aber zusammen bringen wir vielleicht doch noch Licht in die Sache ...«
» ... und den fiesen Ollmann vor Jericht«, ergänzte Klara mit Genugtuung. »Dann kann er mich nie mehr Hungsfresser schimpfen, der jemeine Leuteschinder!«

Mit einem Glitzern in den Augen war das Hausmädchen abgezogen. Gret hatte lächeln müssen. Es war deutlich zu erkennen gewesen, daß Klara sich nichts mehr wünschte, als Ollmann, ihren persönlichen Feind und Widersacher, aus dem Weg zu schaffen.
Gret konnte das nur recht sein. Ollmann oder die Witwe hatten zwar den Mord nicht eigenhändig begangen, soviel stand fest. Aber die beiden waren nach wie vor die einzigen, auf denen der Verdacht ruhte, Johann Schwerdtfeger ermordet zu haben. Sie mußten einen Schurken gedungen haben, der die schmutzige Arbeit für sie getan hatte. Wie anders sollte es zugegangen sein? Klara konnte bei der Beantwortung

der neuen Fragen, die sich aufgetan hatten, weiterhin bestens behilflich sein.
Gedankenverloren schlenderte Gret vom Heumarkt zurück zum Alten Markt. Auch wenn Ollmann und die Witwe sich nicht selber die Hände mit Blut befleckt hatten – sie waren schuldig am Tod Johann Schwerdtfegers. Waren die blauen Zettel vielleicht Botschaften aus der Welt der Berufsverbrecher? Hatte Änni, die Seidenweberin mit dem zweifelhaften Ruf und den undurchsichtigen Beziehungen, Ollmann und Anna Maria Schwerdtfeger einen Mörder vermittelt?
Das war eine Möglichkeit, die unbedingt in Betracht zu ziehen war. Genaueres würde Gret wissen, sobald Klara ihr einen der geheimnisvollen Zettel brachte – oder sogar alle. Blieb nur zu hoffen, daß sie noch da waren und unbemerkt aus dem Haus geschmuggelt werden konnten.
Mit Hilfe dieser Botschaften, die handfest und vorzeigbar waren, würden Ollmann und seine Komplizin vielleicht sogar zu überführen sein. Gret sog die frische Aprilluft tief in die Lungen. Waren die Täter gefaßt, konnte Pierangelo Contini endlich sein Versteck verlassen und sich wieder frei bewegen – reingewaschen von dem Verdacht, ein Mörder zu sein. Dieses Ziel war es doch wert, bis zum Ende verfolgt zu werden, auch wenn der Italiener ein Langfinger und Leichtfuß war!
Die Pfützen trockneten bereits ab, und die Sonne brach wieder durch die Wolken. Auf den Markt strömten jetzt endlich die Kunden, und die Laune der Händler hellte sich mit dem Himmel auf. Es sah alles gar nicht so trübe aus, sagte sich Gret. Nur noch ein paar kleine Informationen, dann hatte sie genügend Beweise zusammen, um dem Turmherrn glaubhaft zu machen, daß Johann Schwerdtfeger nicht von Contini, sondern von Ollmann und seiner eigenen Frau umgebracht worden war – und zwar mit Hilfe eines zu diesem Zweck angeheuerten professionellen Mörders.
Der Form halber ließ Gret den Blick noch einmal über den Markt schweifen. Von dem Theriakhändler Georg Faust aus Knittlingen nach wie vor keine Spur. Nun ja. Vielleicht brauchte sie seine Auskünfte gar nicht mehr – obwohl es

sicher aufschlußreich und interessant gewesen wäre, zu erfahren, was Ollmann und die Witwe gestern abend bei Änni beratschlagt hatten.
Gret wollte sich eben auf den Heimweg machen, als sie Bätes eilig auf sich zukommen sah. Der Junge schleppte einen großen Weidenkorb, in dem weißes Leinzeug säuberlich aufgestapelt lag.
»He, Jriet«, rief Bätes, »warte mal!«
Gret lächelte ihm entgegen. »Wo will denn der große Korb mit dir hin?«
»Ich muß Wäsche austragen«, gab der Kleine ernsthaft zurück, »meine Mutter arbeitet für mehrere feine Häuser. Jede Menge Bettlaken.« Er zog die Nase hoch. »Gibt es schon Neues?«
»Ja und nein«, sagte Gret und dämpfte die Stimme. »Ich hoffe, ich kriege noch heute die Beweise, mit denen ich die Täter überführen kann.«
»Ah.« Bätes wischte sich die Nase am Ärmel ab. »Erzählst du mir, was das für Beweise sind?«
»Komm bei mir vorbei, wenn du das Weißzeug verteilt hast«, lud Gret den Jungen ein, »dann haben wir Zeit zum Reden und machen es uns gemütlich. Es gibt Linsen mit Speck.«
Bätes strahlte. »Übrigens«, sagte er, während er den schweren Korb, den er abgestellt hatte, wieder hochwuchtete, »der Pillenkrämer von gestern – du weißt doch, der mit dem komischen Pferd – der sitzt! Heute morgen ganz früh haben die Klocken ihn abgeführt. Wat der wohl anjestellt hat ...?«
»Keine Ahnung«, gab Gret zurück. Darum also war er nicht auf dem Markt anzutreffen gewesen! »Wieso findest du sein Pferd komisch?«
»So 'ne Farbe wie bei dem Jaul hab ich noch nie gesehen. Und von Pferden versteh' ich wat.« Bätes warf sich in die Brust. »Ich komm' nach meinem Vater, sagt meine Mutter immer. Der versteht auch wat von Pferden. Is sein Leben lang damit umjejangen. Jenau wie ich.«
»Es war graubraun«, erinnerte sich Gret, »etwas fleckig. Aber so was kommt doch vor – oder?«

»Nit, dat ich wüßt'.« Bätes schob langsam mit seiner Bürde ab. »Könnte höchstens 'ne seltene Rasse sein, die in Köln nicht gehalten wird.«
Gret nickte. Lächelnd blickte sie dem Jungen nach. Was diesem kleinen Burschen alles auffiel ... Georg Faust aus Knittlingen war also verhaftet worden. Wahrscheinlich hatte er schlechtes Zeug verkauft – die breiartige Masse, die er als Theriak anbot, enthielt wohl zuviel Schlafmohnsaft, um als schmerzstillende Wundsalbe ungefährlich zu sein. Oder es war zu wenig Wirkstoff darin – dann war das Zeug ganz unbrauchbar.
Es war nicht das erst Mal, daß ein Heilmittelhändler vom Markt verhaftet wurde. So etwas geschah fast immer auf Betreiben der ansässigen Apotheker, die nur sehr ungern fremde Konkurrenz duldeten. Den reisenden Zahnbrechern, Steinschneidern und Starstechern ging es gewöhnlich ebenso. Ein einziger bekanntgewordener Mißerfolg, und die Bader und Chirurgi der Stadt liefen Sturm. Strafgeld und Ausweisung lautete dann gewöhnlich das Urteil für die Beschuldigten.
So war es sicher auch Georg Faust aus Knittlingen ergangen. Schade, fand Gret, daß sie nicht vorher noch Gelegenheit bekommen hatte, ein letztes Mal mit ihm zu reden – besonders über die Astrologie.
Gemächlich wanderte sie zum Doctorhaus zurück. Unterwegs beschleunigte sie ihre Schritte mehr und mehr. Denn auch heute – am hellichten Tag – hatte sie plötzlich das Gefühl, verfolgt zu werden. Und tatsächlich: Kurz bevor sie die Herzogstraße erreichte, sah sie mit einem Blick über die Schulter den dürren, gebeugten Mann in der verblichenen roten Gugel. Er sprang in eine Toreinfahrt, als er erkannte, daß Gret ihn bemerkt hatte. Aber an der Ecke zur Glockengasse sah Gret ihn noch einmal. Er ging, alle Möglichkeiten zur Deckung nutzend, die Herzogstraße hinunter und verschwand in einer Seitengasse.
Gret beeilte sich, nach Hause zu kommen. Ganz offensichtlich wurde sie schon über längere Zeit von diesem Unbe-

kannten beobachtet. Der Mann in der roten Gugel hatte sich wie ein Schatten an ihre Fersen geheftet. Und Gret ahnte nicht im entferntesten, warum er hinter ihr herschlich. Das Herz schlug ihr auf einmal bis zum Hals.

11. KAPITEL

Zu Hause erwartete Gret eine Überraschung. Rosa, die hochtragende Muttersau, kam ihr vor der Haustür entgegen. Das Tier grunzte freudig und schubste Gret mit dem feuchten Rüssel. »Ja – was machst du denn hier auf der Straße, Schätzchen?« redete Gret auf Rosa ein, »wie hast du es bloß geschafft, die Stalltür aufzukriegen?«
Sie trieb die Sau mit leichtem Händeklatschen zum Gartentor, das sperrangelweit offenstand. »Schnell wieder in den Koben, mein Mädel. Oder willst du deine Ferkel hier draußen werfen?«
Rosa schien zu verstehen. Sie trottete durch das Pförtchen. Gret folgte ihr. Und dann erstarrte sie mitten im Gehen. Vor dem Schuppen am hinteren Ende des Gartens standen zwei städtische Büttel!
Noch nie waren Gret die Klocken mit ihren langen Dienstmänteln, die ihnen den Spitznamen eingebracht hatten, bedrohlich erschienen. Aber heute fand sie die fröhlich rotweiß gestreiften Stadtfarben ihrer Montur zum Fürchten. Was wollten die Gesetzeshüter hier? Hatte wirklich irgendein Nachbar Pierangelo bei seinen Eskapaden beobachtet und Meldung gemacht?

Gret fühlte sich in die Enge getrieben. Deshalb entschied sie sich für den Angriff, der sich – verglichen mit der Verteidigung – in gefährlichen Situationen immer als wirksamer erwiesen hatte. »Das ist ja die Höhe«, polterte sie los, »anständigen Leuten unangemeldet auf die Pelle zu rücken! Ich mußte schon das Schwein einfangen, das Ihr rausgelassen hattet – wehe, Ihr zertrampelt mir auch noch die Beete!«
Wie an Schnüren gezogen, drehten sich die beiden Klocken um. Sie gafften Gret erst einmal an und wußten in ihrer Überraschung nichts zu sagen. Nach einen Augenblick räusperte sich der eine – es war der Mann, der schon einmal an Grets Tür gewesen war – und sagte entschuldigend: »Also ... dat mit der Sau, dat war nit anders zu machen, Jungfer ... äh ... Hmm. Weil ... wir moßten dr Stall inspizeere. Un dat Beest ... dat is einfach eraus.«
»Tut uns leid«, fügte der andere hinzu und senkte schuldbewußt den Blick.
»Ävver et moßt ja sein«, fuhr der erste Klocke mutiger fort, »das Jelländе ist zo durchsuchen. Hät dr Turmherr anjeordnet. Und deshalb –«
»Und was hofft der Turmherr auf dem Gelände zu finden?« Gret spielte weiter die Zornige. »Die Möhren und Radieschen sind noch lange nicht soweit. Und junge Ferkel können wir auch noch nicht bieten. Was zum Kuckuck wollt Ihr also hier?«
Die Klocken waren von Grets Vorstellung sichtlich beeindruckt. Diesmal brauchten sie mehrere Atemzüge, bis sie wieder Worte fanden. »Ja ... ähmmm ...«, versuchte der Redegewandtere der beiden sich einen Rest Autorität zu bewahren, »wir sind anjewiesen, hier för Recht und Ordnung zo sorjen. 'ne Mann aus der Nachperschaft hat Unjereimtheiten jemelldt. Un weil mr jerad' 'ne Mörder zo arreteere han, da haben mir uns jedacht, dat dä Hundsfott vielleicht in Eurem Schoppen ...«
»So 'nem Jerücht muß unter allen Umständen nachjejangen werden«, unterbrach und ergänzte der zweite Klocke die Rede seines Amtskollegen, »dat is Jesetz.«

Gret tätschelte der Sau, die sich neben ihr auf den Weg gelegt hatte, den prallen Nacken. Dann sah sie den beiden Klocken streng in die Augen. »Worauf wartet Ihr dann noch«, fragte sie betont barsch, »sucht weiter! Ich bin die letzte, die dem Gesetz im Wege steht!«
Der erste Ordnungshüter räusperte sich noch einmal. »Im Schoppen und im Stall waren mr schon«, sagte er würdevoll in seiner wunderlichen Mischung aus Schriftsprache und heimischer Mundart, »Nix gefunde.«
Gret drehte den Kopf zur Seite, um ein Grinsen der Belustigung zu verbergen. Es bestand keine Gefahr mehr – das spürte sie. Plötzlich fiel ihr Blick auf die Wand des Doctorhauses. Aus dem Giebelfenster hing das Seil herab. Daran angebunden war der Essenskorb, der bei der Mauer am Boden stand. Pierangelo mußte ihn bei hellem Tageslicht heruntergelassen haben. Verräterischer ging es wirklich nicht mehr!
Gret brach der Schweiß aus. Wenn die Klocken das Seil bemerkten, war Contini verloren. Unweigerlich würden die Gesetzeshüter den Speicher besichtigen wollen, und dann ...
Geistesgegenwärtig wandte sich Gret wieder zu den städtischen Bütteln um. »Habt Ihr auch schon hinter dem Schuppen gesucht?« fragte sie. »Der Hühnerstall könnte ebenfalls als Versteck in Frage kommen – groß genug für eine Person wäre er.«
Die beiden rot-weiß Gewandeten sahen sich an. Sie nickten. Dann marschierten sie geschlossen Richtung Hühnerstall und verschwanden hinter dem Schuppen.
Mit flinken Fingern band Gret den Korb vom Seil los und rückte an seine Stelle einen großen Gartenkorb, in dem tönerne Pflanztöpfe aufgestapelt lagen. Sekunden später war dieses Behältnis an das Seil angeknotet, und der verräterische Essenskorb stand unauffällig hinter der Hausecke.
Das aufgeregte Hühnergegacker war inzwischen auch schon wieder verstummt. Die Klocken kehrten zurück in den Gemüsegarten. »Nix«, sagte der Redegewandte.
»Vielleicht sollte mr mal et Haus durchsuchen«, schlug sein

Kollege mit einem Blick auf das an der Wand herabhängende Seil vor, »et wär doch möglich, dat dä Sauhund über et Dach op dr Speicher –«
»Da ist keiner« unterbrach Gret und unterstrich ihre Worte mit einer energischen Handbewegung, »da bin ich nämlich gerade noch selbst gewesen.« Sie deutete auf das Seil und auf den Gartenkorb. »Ich hab' endlich die Blumentöpfe zusammengepackt und vom Speicher heruntergelassen. Es wird Zeit. Die Pflänzchen müssen eingepottet werden. Sonst blüht hier im Sommer kein einziges Blümchen.«
»Ach«, sagte der weniger gesprächige Klocke.
»Ja«, erwiderte der andere, »ich hab Rittersporn so jern. Mein' Frau is jetzt auch am Pflanzen.« Er trat an den Korb heran und hob ihn ein Stückchen vom Boden hoch. »Schwer«, meinte er, »dat is schlau, so wat Schweres einfach am Strick aus 'm Fenster zo lasse. Da braucht Ihr't nit de janze Trepp' erunterzoschleppe.«
»Hatte ich mir auch gedacht«, sagte Gret. Gleichzeitig schickte sie ein stummes Gebet zum Himmel: Bitte – laß den leichtsinnigen Kerl jetzt nicht noch mit etwas anderem auffallen – bitte, lieber Gott!
Aber die beiden Klocken hatten genug gesehen. Sie verabschiedeten sich auf ihre unnachahmliche Weise: »Mir jehen dann mal widder. Wenn dä Drecksack hier nit is, dann moß er anderswo sein – nit, Hennes?« Und vorsichtig, um Gret nicht doch noch die sorgfältig bearbeiteten Beete zu zerstören, stiefelten sie zurück auf die Straße. Gret atmete erleichtert auf.
Sie blieb noch ein Weilchen im Garten, sperrte Rosa wieder in ihren Koben, gab ihr und den aufgestörten Hühnern eine zusätzliche Portion Futter und ging dann, nachdem sie sich wieder völlig beruhigt hatte, ins Haus. Pierangelos Essenskorb nahm sie mit. Sie würde die leergegessene Schüssel, die darin stand, abspülen und neu für ihn füllen. Um die Mittagszeit konnte sie ihm vielleicht das Essen unbemerkt auf den Boden tragen. Sollte es aber nicht möglich sein, mußte er eben warten, bis es dunkel war.

Sie heizte das Herdfeuer an und setzte den Topf mit den Linsen auf, die sie am vergangenen Abend zum Einweichen ins Wasser geschüttet hatte. Während die Suppe kochte, wischte sie Staub in Doctor Minutus' Heiligtum, dem Studierzimmer, und brachte etwas Ordnung in das Durcheinander, das dort immer herrschte. Sie machte sein Bett, sah seine Leibwäsche auf schadhafte Stücke durch, ärgerte sich wie immer darüber, daß alle seine Hemden ihre besten Tage bereits hinter sich hatten. Der alte Geizkragen weigerte sich mit bemerkenswerter Sturheit, die Lumpen durch neue Kleidungsstücke zu ersetzen. Gret würde wieder einmal mahnen müssen ...

Pünktlich Schlag zwölf – in dem Augenblick, als die Linsen gar waren – klopfte Bätes an die Haustür. Gret ließ ihn ein, und der Junge hockte sich erwartungsvoll auf die Bank hinterm Küchentisch. »Mensch – dat riecht immer so jut, wenn du jekocht hast«, freute er sich. »Is die Suppe janz für uns allein?«

»Ich glaube kaum, daß du den leergegessen kriegst«, sagte Gret und deutete auf den Kochtopf. Es war der größte, den es in diesem Haus gab. »Was da drin ist, reicht auch noch für Doctor Minutus, wenn er heute abend heimkommt – und natürlich für unseren Schützling.«

»Mal sehen«, sagte Bätes und grinste spitzbübisch.

Gret tischte auf. Beim Essen erzählte sie dem Jungen, was sie am vergangenen Abend und heute vormittag erfahren hatte. »Und deshalb«, schloß sie, »brauche ich das, was mir der Theriakhändler berichtet hätte, eigentlich gar nicht mehr. Ollmann und die Witwe haben den Mord an Johann Schwerdtfeger eingefädelt – das ist wohl eindeutig. Anna Maria wollte frei sein, um Ollmann zu heiraten. Außerdem ist sie Alleinerbin. Schwerdtfeger hat keine Nachkommen. Seine Witwe kriegt also alles – das ganze Vermögen und das Geschäft.«

Bätes nickte verständig. »Sieht ganz so aus. Und der Ollmann hat sich nit selber de Finger dreckig jemacht, sondern –«

»Genau. Änni hat ihm einen gedungenen Mörder vermit-

telt.« Gret erhob sich und räumte den Tisch ab. »Ich kann mir vorstellen, daß sie genügend Halunken kennt, die auf Bestellung und gegen Bezahlung einen Mord begehen würden. Die Zettel, die Klara für mich herschaffen will, werden es beweisen.«
»Kommt mir auch so vor«, meinte Bätes altklug. »Dann brauchst du wohl nicht mehr hinzugehen.«
»Hingehen?« Gret drehte sich zu dem Kleinen um. »Wo sollte ich denn hingehen?«
Bätes dehnte sich satt und wohlig auf der Bank. »Na – ich hab' den Pillenkrämer noch mal jetroffen«, sagte er, »am Griechenmarkt. Da hat er mich anjehalten.«
»Und wieso?«
»Sie hätten ihn rausjelassen aus dem Turm. Und ich sollte dir bestellen, er wäre um zwei am Hahnentor. Du solltest unbedingt kommen, falls du wissen möchtest, was er rausjekriegt hat.« Bätes machte eine wegwerfende Handbewegung. »Aber das is ja jetzt überflüssig. Du weißt ja schon alles. Brauchste dich also nicht mehr mit dem komischen Kerl abzugeben.«
Gret stellte den eisernen Kochkessel auf den Rand der Feuerstelle. Sie reckte sich. »Doch, Hubertus«, sagte sie, »ich werde auf jeden Fall hingehen und noch mal mit ihm reden. Es könnte ja sein, daß er etwas von dem Gespräch zwischen Änni und den beiden Verbrechern mitbekommen hat. Ganz sicher sind Ollmann und die Witwe Schwerdtfeger aus der Wirtschaft zum Hörnchen in Ännis Haus hinübergegangen und haben da vielleicht etwas besprochen, was ich wissen muß. Und der Theriakhändler kann es mir sagen.«
»Aber wenn dich einer mit dem sieht«, meldete Bätes Bedenken an, »wat dann die Leute von dir denken ...«
»Das ist mir egal«, gab Gret zurück, »hier geht es darum, einen Unschuldigen zu retten. Da kann ich auf Kleinigkeiten wie meinen guten Ruf keine Rücksicht nehmen, Hubertus!«
Der Junge machte runde Augen. »Aber wenn du doch schon genug Beweise in der Hand hast«, wandte er ein, »du brauchst doch nur noch auf die Zettel zu warten, die du von Klara kriegst!«

»Mag sein, daß die ausreichen. Trotzdem gehe ich hin. Es interessiert mich einfach, was der Mann mir zu sagen hat.«

Und dabei blieb es. Bätes brachte zwar noch allerhand Bedenken vor, warum Gret sich nicht mehr mit den fahrenden Wunderverkäufer treffen sollte, aber Gret konnte über die Bemühungen, mit denen der Knirps ihren guten Ruf zu schützen suchte, nur lachen. Ganz wie ein gewisser Hans Stellmacher, dachte sie amüsiert. Der würde sich genauso aufführen, und es würde ihm genausowenig gelingen, mich von meinem nicht alltäglichen Rendezvous mit diesem Landfahrer abzubringen ...
Bätes mußte bald wieder gehen. Seine Mutter brauchte auch am Nachmittag die Arbeitskraft ihres Jungen. »Dann sorg' aber wenigstens dafür, daß dich keiner mit dem Kerl sieht«, sagte er beim Abschied an der Haustür. Gret versprach es ihm. Einigermaßen beruhigt trollte er sich.
Gleich nachdem sie abgespült und die Küche wieder auf Glanz gebracht hatte, hüllte Gret sich in ihr großes Wolltuch und brach zum Hahnentor auf. Die Straße, die durch dieses Tor aus der Stadt hinausführte, ging nach Westen, Richtung Aachen. Gut möglich, daß Georg Faust aus Knittlingen tatsächlich ausgewiesen worden war und diese Stadt als nächste heimsuchen wollte.
Gret sah ihn schon, als sie den Neumarkt überquerte. Er stand in der Nähe der mächtigen Torburg. Sein auffällig gestreifter Mantel leuchtete. Neben ihm wartete ein gesatteltes Reitpferd.
Wo mochte sein Wagen sein? Das Tier, das er jetzt bei sich hatte – ein strammer Brauner – wies jedenfalls nicht die geringste Ähnlichkeit mit dem kleinen, stämmigen, schmutzig-graubraunen Arbeitspferd auf, das vor seinen Wagen gespannt gewesen war.
Grets Verwunderung mußte sich auf ihrem Gesicht gezeigt haben, denn der Theriakhändler grinste ihr breit entgegen. »Was schaut Ihr denn so großäugig drein?« fragte er gutgelaunt, als sie an ihn herantrat, »i bin doch kein Gespenst!«

»Natürlich nicht«, erwiderte Gret, »bildet Euch nur keine Schwachheiten ein! Ihr habt mich schlicht und einfach versetzt heute morgen!«
»Leider hab i net anders könne«, sagte Georg Faust. »Es gab einige kleine Mißverständnisse mit den Bütteln.«
»Eure Ware hat nichts getaugt, wie?«
Er lachte. »Falsch. Ich hatte keinen Geleitbrief – wißt Ihr noch? Hatte einfach vergessen, mir einen ausstellen zu lassen.« Er zwinkerte Gret an. »Oft ist es nämlich besser, so was zu vergessen. Ihr versteht.«
Gret verstand. Dieser Mensch mußte triftige Gründe haben, sich die Durchreise durch die Stadt nicht auf dem Rathaus genehmigen zu lassen. Vielleicht war er dem Rat schon einschlägig bekannt – wegen Gaunereien vermutlich, die er früher einmal hier begangen hatte.
»Sie haben mich selbstverständlich sofort rausgelassen«, fuhr Georg Faust fröhlich fort, »nicht ohne mir ein saftiges Bußgeld aufzubrummen. Aber die Geschäfte sind in letzter Zeit recht gut gegangen – so konnt ich 's mir leischte ...«
»Na ja«, lenkte Gret auf ihr Anliegen über, »wie auch immer. Ihr habt mir den Jungen geschickt, um mich hierher zu bestellen. So kann ich Euch doch noch fragen, was Ihr gestern bei Änni bemerkt habt. Ist das Verbrecherpärchen tatsächlich gekommen?«
»O ja«, sagte der Theriakhändler.
»Und was hat sich dann abgespielt?« drängelte Gret. »Erzählt doch – ich bin sehr gespannt!«
Wieder lachte Georg Faust. »Es war interessant, den beiden zuzuhören«, sagte er mit einem Unterton der Selbstgefälligkeit, »aber Neues konnte ich nicht von ihnen lernen.«
»Was meint Ihr damit?« Gret begann sich über das Versteckspiel zu ärgern, das der Wunderverkäufer mit ihr trieb.
»Nun«, sagte Georg Faust milde, »sie sprachen über einen Betrug von recht üppigen Ausmaßen. Aber ich kannte die Methode schon, mit der sie ihre unsauberen Transaktionen bewerkstelligten – und die sie noch auf einige Zeit fortzuführen gedenken.«

»Was für Transaktionen? Was für einen Betrug?« Gret war laut geworden. Sie senkte sofort wieder die Stimme. »Ging es um die Aufteilung eines Erbes?«
»Nein, keineswegs.« Georg Faust gab es endlich auf, Gret zum Spaß hinzuhalten. »Es ging darum, ein Vermögen zu unterschlagen, und zwar mit Hilfe von gefälschten Wechseln.«
Gret kannte diesen Begriff nicht. Und sie sagte es auch. Sie verstand nicht, was Georg Faust damit meinte.
»Stellt Euch vor, Ihr seid ein Kaufmann«, erklärte er geduldig, »und Ihr kauft Ware von einem anderen Kaufmann. Nun habt Ihr aber im Moment kein bares Geld, um die Ware zu bezahlen. Also zieht Euer Lieferant einen Wechsel auf Euch. Ihr unterschreibt ein Papier, in dem Ihr Euch verpflichtet, in drei Monaten die Summe zu zahlen, die Ihr ihm schuldet. Habt Ihr das verstanden?«
Gret nickte. »Ein Wechsel ist also ein Schuldschein«, sagte sie, »ich gebe meinem Lieferanten einen Schuldschein.«
»Nicht ganz«, widersprach Georg Faust. »Ihr habt einen Wechsel unterschrieben. Und dieser Wechsel ist wie bare Münze. Euer Gläubiger kann damit seinerseits zahlen. Wenn also der Tag kommt, an dem Eure Schuld fällig wird, steht vielleicht ein Mensch vor Eurer Tür, den Ihr noch nie gesehen habt, und präsentiert Euch den Wechsel.«
»Ach«, sagte Gret. »Recht praktisch. Das Papier wechselt sozusagen von Hand zu Hand, und –«
»Richtig«, unterbrach Georg Faust, »und der Wechsel hat auch noch eine andere Eigenschaft. Man kann ihn einem Bankhaus oder Geldwechsler überlassen – gegen Bares.«
»Dann würde am Tag der Fälligkeit der Bankier das Geld einfordern«, zog Gret den richtigen Schluß, »verstanden. Und nun sagt mir endlich, wie der Betrug aussah, den das Verbrecherpärchen ausgeheckt hat.«
Georg Faust lächelte hintersinnig. »Es ist kompliziert und simpel zugleich«, sagte er. »Man legt sich einen falschen, aber wohlklingenden Namen zu. Dann zieht man einen Wechsel auf den Kaufherrn, bei dem man angestellt ist, fälscht dazu dessen Siegel und Unterschrift und legt als der Phantasie-

kaufmann, den man vorstellt, das falsche Papier bei einem Bankhaus vor – möglichst in einer entfernten Stadt, wo aber die Firma, die man betrügen will, dennoch gut bekannt ist. Man kassiert den Wechselbetrag und deponiert ihn auf das eigene Konto. Und bei Fälligkeit des Wechsels zahlt man als Angestellter, ohne daß der Arbeitgeber es bemerkt, die Summe aus den Mitteln des Brotherrn an die Bank aus. Nun muß man nur noch die Ausgabe geschickt falsch verbuchen ...«
Es dauerte einen Moment, bis Gret das Muster der Aktion durchschaut hatte. »Ihr meint, der betrügerische Angestellte hat ohne das Wissen seines Herrn Gelder mit Hilfe gefälschter Wechsel in seinen eigenen Beutel hinübergeleitet«, murmelte sie nach einigen Atemzügen, »er hat sich eine falsche Identität ausgedacht ... die eines Lieferanten sozusagen, der Ware gegen Wechsel abtritt, in diesem Fall an die Firma seines Herrn. Ist das richtig?«
Georg Faust nickte.
»Dann hat er die Wechsel mit dem Siegel und der Unterschrift seines Brotherrn versehen und sie in der Verkleidung des falschen Kaufherrn einer Bank vorgelegt ...?«
»Sehr richtig.«
»Die Bank hat gezahlt, weil ihr die Firma, auf die die Wechsel gezogen waren, bekannt war. Und bei Fälligkeit hat der ungetreue Angestellte vom Guthaben seines Herrn die Bank ausgezahlt – ohne daß sein Herr es merkte.« Gret atmete tief ein. »Oh, sehr schlau, in der Tat.«
Georg Faust stimmte zu. »Leider war mir diese Methode, wie gesagt, schon recht geläufig. Ich habe nichts Neues dazulernen können. Um auf die beschriebene Weise Geld abzuzweigen, muß man lediglich ein bißchen schauspielern können. Und eine Unterschrift zu fälschen – das ist auch kein Kunststück. Reine Übungssache.«
Gret blitzte den Theriakhändler empört an. »Habt Ihr etwa selbst schon einmal eine solche Schurkerei begangen?«
Georg Faust grinste verschmitzt. »Noch nie«, sagte er, »aber das liegt daran, daß ich bis jetzt noch bei keinem Handels-

haus angestellt gewesen bin. Sollte mir allerdings einmal nichts anderes mehr einfallen, dann könnte ich vielleicht –«
»Oh!« Gret schnitt ihm mit einem erschrockenen Schnaufer das Wort ab. »Ihr seid tatsächlich ein Mensch, den man nicht kennen sollte! Wenn Ihr so weitermacht, endet Ihr eines Tages auf dem Schafott!«
Georg Faust aus Knittlingen kicherte belustigt. »Keine Gefahr, schönes Fräulein«, sagte er und schenkte Gret ein entwaffnendes Lächeln. »Ich werde wohl nie ein Handelskontor von innen sehen. Ich habe ganz andere Ziele – glaubt mir.«
»Und welche könnten das sein?« Gret fühlte sich verspottet und irritiert. Sie verstand das Benehmen dieses Landfahrers einfach nicht. »Ihr betrügt die Leute wohl lieber mit unbrauchbaren Mixturen und wirkungslosen Wunderkuren?«
»Im Augenblick ja«, gab Georg Faust unumwunden zu. »Die Menschen sehnen sich doch regelrecht danach, genasführt zu werden. Sie lieben es, an Wunder zu glauben ...«, sein Grinsen vertiefte sich, »und da muß man ihnen auch welche bieten – meint Ihr nicht? Besonders viel Spaß macht es, wenn man gut dafür bezahlt wird.«
Gret hatte den Drang zu lachen. Gleichzeitig merkte sie, wie sie über diesen unverschämten Gauner in Harnisch geriet. »Genau so hatte ich Euch eingeschätzt«, sagte sie ärgerlich, »auf den ersten Blick und von Anfang an!«
Georg Faust hob die Hand und strich Gret mit dem Zeigefinger ein Löckchen aus der Stirn. »Es stecken noch viel mehr Talente in mir«, sagte er gelassen, ohne auf ihre verächtlichen Worte einzugehen, »ich hab' vor, mich auf die Suche nach dem Stein der Weisen zu begeben. Gold aus Blei – das wär's! Ohne die Magie wird das freilich nicht gelingen, fürchte ich. Und ich müßte zuerst herausfinden, ob an der Magie was dran ist. Überhaupt – das Gebiet lockt mich. Es sind die Wissenschaften, zu denen ich mich hingezogen fühle.«
»Die Magie gehört meines Erachtens nicht zu den Wissenschaften, mit denen ein anständiger Mensch sich befassen sollte«, warf Gret ein. »Laßt die Finger davon.«
»Aber gerade da liegen ja meine Interessen«, erwiderte Georg

Faust unbeeindruckt, »ich will wissen, was es mit der Schwarzkunst auf sich hat. Bis jetzt war nämlich alles, was mir als Magie geboten wurde, nur fauler Zauber. Taschenspielerei ...«

»Aber wenn es doch eine Magie gibt, die wirksam ist«, wandte Gret betreten ein, »dann ...«

»... dann könnte mir als Schlimmstes passieren, daß mich der Teufel holt«, ergänzte Georg Faust und lachte. »Auch solch eine Höllenfahrt wäre bestimmt sehr interessant. Findet Ihr nicht?«

»Lieber Himmel«, stieß Gret erschrocken hervor, »wenn Ihr so denkt, ist Euch nicht zu helfen. Obwohl ...«

Georg Faust kicherte. Er gab Gret einen spielerischen Knuff an den Arm. »Gesteht es,« zog er sie auf, »Ihr würdet genauso gern wie ich hinter ein paar Geheimnisse blicken. Wißt Ihr, wie ich Euch eingeschätzt habe – von Anfang an? Ihr seid kaum weniger neugierig als ich, schönes Fräulein. In diesem Sinne«, er reckte sich, »nehme ich nun meinen Abschied von Euch. Mir brennt nämlich langsam der Boden unter den Füßen. Die Wachmänner«, er warf einen vorsichtigen Seitenblick zu den Stadtsoldaten hinüber, die am Hahnentor auf Posten standen, »die schauen schon die ganze Zeit mißtrauisch zu uns herüber. Gott befohlen!«

Er faßte sein Reittier am Zügel, hob grüßend die Hand und schwang sich in den Sattel.

»Halt«, sagte Gret, »wir waren noch nicht fertig mit unserem Gespräch! Über ein paar letzte Einzelheiten müßt Ihr mir noch Auskunft geben!«

»Und die wären?« Georg Faust schaute unsicher zum Tor hinüber. »Macht es kurz – jetzt drängt die Zeit wirklich!«

»Wie sahen der Mann und die Frau aus, die bei Änni waren? Was waren es für Leute?«

Der Theriakhändler zuckte die Achseln. »Sie waren jung«, sagte er zögernd, als habe er Mühe, sich zu erinnern, »so an die Dreißig vielleicht – wahrscheinlich eher jünger. Er war untersetzt, kräftig gebaut, mit braunem, kurzgeschnittenem Haar. Die Frau hatte schönes kastanienbraunes Haar, war recht zierlich und trug am kleinen Finger der linken Hand einen schmalen Goldring mit einem Rubin. Sonst ist mir nichts in Erinnerung.«

»Überlegt genau«, verlangte Gret, »ich brauche mehr Anhaltspunkte. Schließlich muß ich sie ja wiedererkennen.«

»Auweh! Das wird schwer werden«, seufzte Georg Faust. »Die beiden waren völlig unauffällig – sie sahen aus wie jedermann.« Er warf abermals einen unsteten Blick zum Tor hinüber. »Ich muß weg, kleines Fräulein ... das einzige, was ich Euch noch sagen kann, ist, daß der Mann in einem hiesigen Handelshaus die Bücher führt. Er hat Zugang zu den Siegeln und kennt sich bei allen Geschäften seiner Firma bestens aus. Außerdem erwähnte er, daß seine alte Mutter irgendwo in einem kleinen Ort am Niederrhein wohnt. Den Namen hab i vergesse ... Kirschenbruch oder so ähnlich. Jetzt lebt wohl – ich rede mich um Kopf und Kragen, wenn ich noch länger bleibe!«

Gret schüttelte den Kopf. Warum hatte der Kerl es bloß auf einmal so eilig? Er trieb sein Reittier heftig an, und das Pferd setzte sich in Bewegung. »Wo habt Ihr eigentlich Euren Wagen und Euer Zugpferd gelassen?« fragte Gret und lief ein paar Schritte nebenher.

Georg Faust drehte sich lachend im Sattel zu ihr um. »Beides verkauft«, erklärte er mit einem nichtsnutzigen Funkeln in den Augen, »Karren und Gaul. Hat mir genug eingebracht, um die Buße zu zahlen und dieses Pferd zu erstehen, damit ich schnell von hier wegkomme. Die Walnuß hat mir bestens gedient.«

»Die Walnuß?« Gret verstand nicht.

Georg Faust ließ ein maliziöses Kichern hören. »Der Bauer, der meinen Gaul gekauft hat, wird sich wundern«, sagte er hinter vorgehaltener Hand, »nach dem nächsten Schauer besitzt er einen Schimmel, der vor drei Tagen einem Bauern in Sülz abhanden gekommen ist – samt Wagen!«

Damit setzte er seinem strammen Braunen die Hacken in die Weichen. Das Tier begann zu traben, und Georg Faust aus Knittlingen ritt durch das Hahnentor aus der Stadt.

Dieser gerissene Halunke hatte das gestohlene Zugpferd mit dem Saft von Walnußschalen gefärbt, damit niemand das Tier wiedererkannte! Der nächste Regen würde ihm die Farbe aus dem Fell spülen. Georg Faust mußte also sehen, daß er sich beizeiten davonmachte, ehe sein Betrug aufflog. Fassungslos schaute Gret ihm nach. Impulsiv bekreuzigte sie sich – und gleichzeitig mußte sie lachen.

12. KAPITEL

Auf dem Weg vom Hahnentor zur Glockengasse fiel Gret auf, daß der Mann mit dem krummen Rücken und der verschossenen roten Gugel ihr wieder von weitem folgte. Heute empfand sie ihn aber nicht mehr als Bedrohung, sondern als störendes Ärgernis. Was wollte der Kerl von ihr? Gefährlich schien er nicht zu sein, denn er kam nicht nahe genug an sie heran, um ihr etwas antun zu können. Seine Anwesenheit riß sie lediglich immer wieder aus ihren Überlegungen heraus.

Zu Hause angekommen, schlug Gret unwillig die Tür ihres Gadens hinter sich zu. Der lästige Schatten war, wie am Vormittag, bis zum Anfang der Glockengasse hinter ihr hergeschlichen und hatte sich dann sang- und klanglos davongemacht. Was hatte dieses sonderbare Verhalten zu bedeuten? Für Gret sah es allmählich so aus, als sei der Mann mit der roten Gugel nur daran interessiert, zu wissen, wohin sie ging. Deshalb lief er ihr nach, und weiter schien er nichts zu wollen.

Eigenartig, aber unerheblich. Gret schob den Gedanken an den Verfolger beiseite. Sie hatte wichtigeres, womit sie sich befassen mußte. Noch einmal rekapitulierte sie, was sie von

Georg Faust erfahren hatte. Bei dem Gespräch mit Änni war es um ein raffiniertes Betrugsmanöver gegangen, das Ollmann und die Witwe offenbar schon vor einiger Zeit eingefädelt hatten und bis heute betrieben. Riesige Summen waren aus dem Besitz des Johann Schwerdtfeger in Ollmanns Schatulle übergeleitet worden und flossen immer noch.
Aber warum? Anna Maria Schwerdtfeger erbte doch den ganzen Besitz. Wieso gingen die Betrügereien weiter, obwohl dazu kein Anlaß mehr bestand? Johann Schwerdtfeger war schließlich tot. Sein Nachlaß gehörte den Mördern ohnehin. Er mußte nicht mehr darum betrogen werden …
Gret fand die Angelegenheit, wie sie sich jetzt darstellte, äußerst verwirrend. Sie ergab keinen Sinn. Ollmann und die Witwe hatten es doch absolut nicht mehr nötig, das Schwerdtfegersche Vermögen auf diese Weise zu verlagern. Sie mußten lediglich das Trauerjahr abwarten und konnten dann einfach heiraten. Bis dahin aber wäre es vollkommen unverdächtig, daß Ollmann die Geschäfte führte. Schließlich hatte er das als Prokurist in Vertretung seines Herrn ja sowieso getan …
Gret nahm die Keule aus Eichenholz von der Fensterbank und drehte sie nachdenklich in den Händen. Damit war Johann Schwerdtfeger erschlagen worden. Weil er Ollmann und Anna Maria im Weg gestanden hatte.
Sie stutzte. Konnte es nicht auch sein, daß er seinem ungetreuen Prokuristen auf die Schliche gekommen war und deshalb sterben mußte? War es nicht möglich, daß Ollmann …
Gret sprang von ihrer Truhe auf und begann aufgeregt im Zimmer hin und her zu gehen. Was, wenn Ollmanns Komplizin gar nicht Anna Maria Schwerdtfeger war? Wie hatte doch Georg Faust die Frau beschrieben? Zierlich – mit schönem kastanienbraunem Haar. Die Beschreibung paßte jedenfalls nicht zu Anna Maria Schwerdtfeger. Deren Haar war tiefbraun. Man nannte eine solche Farbe hierzulande Schwarz. Die Witwe war auch nicht zierlich, sondern vielmehr groß und schlank …
Ollmann hatte seinen Arbeitgeber betrogen – und betrog

jetzt dessen Witwe! Offenbar wollte er sein schändliches Spiel noch einige Zeit weitertreiben, bis ihm der ergaunerte Gewinn reichte. Dann würde er sich mit der noch unbekannten, aber ohne Zweifel existierenden Komplizin aus dem Staub machen und die Witwe mittellos zurücklassen.
Gret stieß einen Schnaufer aus. Das Bild hatte sich innerhalb kürzester Zeit wieder völlig verändert. Die Komplizin mußte gefunden werden. Und es galt, hieb- und stichfeste Beweise gegen Ollmann zu sichern. Die blauen Zettel, die Klara bringen würde, hatten vielleicht nicht die geringste Beweiskraft gegen ihn. Sie waren ja in erster Linie an die Witwe gerichtet gewesen ...
Wieder stutzte Gret. Die Zettel! Warum hatte Anna Maria Schwerdtfeger in Begleitung Ollmanns das Wirtshaus zum Hörnchen aufgesucht, um dort mit Änni zu sprechen? Gret hatte die Witwe zweifelsfrei erkannt, so zweifelsfrei wie Ollmann. Wie paßte das zusammen?
Gret schüttelte den Kopf. »Es geht nicht«, murmelte sie vor sich hin, »die Sache ist so durchsichtig wie Milchsuppe und so leicht aufzurollen wie ein Knäuel Wolle, mit dem die Katze gespielt hat!«
Zornig legte sie die hölzerne Keule zurück auf die Fensterbank. Was konnte sie noch unternehmen? Welcher Weg versprach am ehesten neue Ergebnisse? Wie ließ sich der Täter weiter einkreisen? Gret atmete tief, um sich zu beruhigen. Sie konnte natürlich versuchen, mehr Informationen über die Betrügereien einzuholen. Auch wenn sie im Augenblick nicht sah, wie sie das in der Sache weiterbringen sollte – es war immerhin möglich, daß sich zufällig neue Aspekte ergaben. Klara hatte diesen Lehrjungen erwähnt, diesen Benedikt. Über ihn war vielleicht Einblick in die Geschäftsabläufe des Handelshauses zu gewinnen. Benedikt konnte unter Umständen wichtige Beobachtungen kundtun, die er in seiner Firma gemacht hatte und die am Ende dazu führten, daß Ollmann der Mord an seinem Arbeitgeber doch nachgewiesen werden konnte.
Ja, das versprach Erfolg. Gret räusperte sich. Sie würde –

Es klopfte zaghaft an die Tür. Gret brach ihre Überlegungen für den Augenblick ab. »Wer ist da?«
»Ich«, kam die Antwort, »et Klara ...«
»Komm rein – es ist offen.«
Die kleine Magd schnaufte, als sie eintrat. Sie schien schnell gelaufen zu sein. »Da sind die Zettel«, keuchte sie atemlos und hielt Gret mit einer hastigen Bewegung ein paar zerknüllte Blätter Papier hin, »aber ich hab' mich von der Arbeit wegjeschlichen. Muß sofort wieder zurück – eh' einer wat merkt!«
»Moment«, sagte Gret, »komm doch erst mal zu Atem. Ich muß dich nämlich verschiedenes fragen.«
»Wat denn?« Klara sah gehetzt aus. »Mach schnell – ich kann nit lang bleiben. Die blöde Elisabeth hat sich in dr Kopp jesetzt, dat et janze Haus vom Speicher bis in dr Keller aufjeräumt werden soll. Und wer muß die janze Sauarbeit wieder machen? Ich ärm Dier ...«
Gret verstand. Das »arme Tier« hatte offenbar nicht nur bei Ollmann einen schweren Stand. »Gut«, sagte sie, »ein paar kurze Fragen, dann laß ich dich wieder sausen. Erstens: Ist der Ollmann Kölner Bürger?«
»Ich glaub 'nit«, antwortete Klara verdutzt, »aber er is einjesessen. Muß er ja wohl – weil er für dr selije Herr arbeitet ...«
»Ah. Und zweitens: Weißt du, ob Ollmanns Mutter am Niederrhein wohnt?«
»Keine Ahnung.« Klaras Verwirrung war vollständig. »Am Niederrhein? Nä – sicher nit. Sonst wär er doch bestimmt mal hinjefahren. Aber der is immer hier – der fiese Möpp.«
Gret lächelte über Klaras Erbitterung, aber sie stellte sofort ihre nächste Frage: »Drittens – kannst du mich mit dem Lehrling aus dem Kontor bekannt machen? Dieser Benedikt wäre vielleicht eine Hilfe.«
Klaras Miene drückte auf einmal Mitleid aus. »Der Benedikt? Der is jenauso arm dran wie ich«, sagte sie sanft, »klar kann ich dich mit dem zusammenbringen. Dem steck ich immer schon mal 'n Stück Brot zu oder wat anderes zum Essen. Obwohl – ich seh' den jetzt kaum noch, weil ich ja nit mehr

in 't Kontor komm'« seit der Herr tot is.« Sie bekreuzigte sich flüchtig.
»Wann, Klara?«
Das Hausmädchen überlegte einen Moment. »Heut'abend kommt der Jung im Haus vorbei«, murmelte sie dann, »ich hatte versprochen, ihm wat von meinem Essen aufzusparen. Der kriegt ja nit mehr satt, der Klein', – seit der Herr –«
»Dann schick ihn zu mir«, unterbrach Gret Klaras Redefluß. »Hier kriegt er einen dicken Nachschlag. Aber wenn du mit ihm drüber redest, sieh zu, daß der Ollmann nichts davon mitbekommt. Das ist ganz wichtig!!«
»Mach' ich«, sagte Klara. »Da wird der Benedikt sich freuen. Du bist 'ne jute Mensch, Jriet ...«
»Flott zurück in die Marspfortengasse«, fiel Gret ihr in die Rede, bevor Klara sich in weiteren Lobpreisungen ergehen konnte. »Damit du keinen Ärger kriegst. Wir sehen uns morgen auf dem Markt.«
»Wieder um zehn? Ich freu' mich schon drauf. Dat ich mit dir jut Freund bin, dat is ... dat is ...«
»Los, Klara«, drängte Gret jetzt, »die reißen dir den Kopf ab, wenn du nicht aufzufinden bist! Und danke für die Zettel – du bist mir eine große Hilfe.«
Klaras braune Augen strahlten. »Mach et jut, Jriet«, sagte sie, bereits an der Tür, »un et versteht sich doch von selbst, dat ich dir helf', wo du so jut zu mir –«
Gret faßte das Mädchen sanft am Arm und schob es zur Tür hinaus. »Morgen, Klara«, sagte sie freundlich, aber bestimmt, »da haben wir mehr Zeit füreinander. Jetzt mach, daß du wegkommst. Meinetwegen sollst du keinen Ärger kriegen – dafür muß ich sorgen!«
Klara lief los – nicht ohne Gret noch einmal den Blick eines treuen Haushundes zuzuwerfen. Betroffen schloß Gret die Tür. Klara hatte sicher in ihrem jungen Leben noch nicht viel Aufmerksamkeit erhalten, daß sie für freundliche Worte derart dankbar war!
Gret beschloß, das Mädchen aus Rodenkirchen auch in Zukunft zu bemuttern. Nachdenklich setzte sie sich wieder

hin und nahm das Bündel blauer Papierbögen zur Hand, das Klara ihr übergeben hatte. Es waren vier. Gret entfaltete und glättete den zuoberst liegenden Zettel. In ungeschlachter, krakeliger Handschrift stand darauf geschrieben:
»Swerdtfegersche:
ich loß mich auff sollichen Onfug nit ein. Wann du nit zahlungk vonn 60 Margk leistenn willst, krigkt esz de gantze stad ze hoiren van dem hermann unt dir!
Gelt in seckel wie imer. Kein wortt an den Rath.«

Ein Erpresserbrief? Gret las die wenigen Zeilen noch einmal. Es hörte sich ganz so an. Das Blatt trug kein Datum. Es schien hart zerknüllt worden zu sein und wies mehrere runde Flecken auf, unter denen die Tinte zerlaufen war. Tränen? Wer mochte das geschrieben haben? Und wer war Herrmann? Gret legte das Blatt beiseite und öffnete das nächste. Dieses trug ein Datum – den 14. März. Das war fast vier Wochen her. Der Text lautete:

»den 14. marts.
Annemie Swerdtfeger! Zhalst du nit die 100 margken, dan stek ich esz dingem Eeheren, wat er fuir en Minsch hat ingestelt in singem kontoir. Unt sol de gantze stad esz erfaren. Dasz gelt solst du in ein peutel afgeven im hoerntgen. Klock siben. morgigen tagsz.«

Gret las auch diesen Zettel noch einmal. Anna Maria Schwerdtfeger wurde darin aufgefordert, eine Geldsumme zu zahlen – genau wie im ersten Brief. Hier aber war die Wirtschaft zum Hörnchen genannt, und der Schreiber drohte, Johann Schwerdtfeger etwas über einen Menschen zu verraten, der in seinem Kontor arbeitete. Ollmann? Er mußte es sein …
Aufgeregt nahm Gret den dritten Zettel zur Hand. Darauf stand mehr:
»Erenwerte frouw. Mir is ze oren gekomen, dat ir sit langem beszer alz gut bekandt mit H.O. Ir wiszet wol, wer dat iszt.

Wan ir nit wolt, dat de gantze stad et wijs, wil ich ijn schweigegelt 50 margk. Den 12. iuno zalen im hoerntgen in der tranckgas. Vergeszt esz nit.«

Der Zettel war schmutzig und kaum noch zu lesen, so oft mußte er gehandhabt worden sein. Offenbar besaß die Witwe ihn schon seit dem vergangenen Sommer, jedenfalls sah er von allen vier Briefen am ältesten aus. Und der letzte noch verbleibende schien der jüngste zu sein – der Zettel, den Anna Maria Schwerdtfeger erst vor ein paar Tagen erhalten hatte. Gret las:
»Swerdtfegersche!
Wag es nit, ouf et rathus ze gehen! Uir man iszt todt – lijcht felt der verdacht ouf H.O. unt Uich selver, inn todt gemacht ze han. 500 margk zalt ir mir dat ich sweige. Oder esz ist ales ous. Im hoerntgen klock siben, tagk nach morgen. Nit vergesen.«

Gret ließ die Hand mit dem Papier in den Schoß sinken. Einen Beweis, mit dem sie Ollmann zur Strecke bringen konnte, boten ihr diese Blätter nicht. Das einzige, was sie darlegten, war die Tatsache, daß die Witwe von Änni erpreßt wurde – und zwar schon seit geraumer Zeit. Im vergangenen Juni spätestens hatte die Seidenweberin mit dem zweifelhaften Nebengewerbe von Ollmanns betrügerischen Machenschaften gewußt und ihre Kenntnis der Dinge durch Erpressung in bare Münze umgesetzt. Sie hatte mit kleineren Beträgen angefangen. Im letzten Brief allerdings – dem, den Gret gerade in der Hand hielt – forderte sie die stolze Summe von fünfhundert Mark.
Das war sehr viel Geld – in der Tat. Dennoch schien es Gret nicht verwunderlich, daß Änni ihre Forderungen auf einmal so deutlich erhöht hatte. Anfangs hatte sie ja lediglich damit drohen können, Ollmanns Betrügereien aufzudecken. Aber nun hatte die Situation sich verändert: Ollmann war zum Mörder geworden. Und die Witwe konnte um so leichter erpreßt werden, weil sie Ollmann zugetan war.

Aus den Zetteln ging auch hervor, daß Anna Maria Schwerdtfeger sich gegen die Erpresserin hatte wehren wollen, indem sie auf dem Rathaus Anzeige erstattete. Sie mußte aus Angst vor Änni davon Abstand genommen haben. Diese Angst schien wohlbegründet, denn Änni wußte ganz offensichtlich allzu gut Bescheid. Einen gedungenen Mörder schien sie Ollmann allerdings nicht vermittelt zu haben. Ollmann hatte ihn wohl persönlich engagiert.
Gret seufzte. Je mehr sie erfuhr, desto verwirrender und komplizierter wurde die Suche nach schlüssigen Beweisen gegen Ollmann. Da war auch noch die andere Frau – die zierliche mit dem kastanienbraunen Haar, die mit Ollmann bei Änni die weiteren Wechselschiebereien besprochen hatte. Wußte Anna Maria Schwerdtfeger von dieser Frau? Waren die Betrüger vielleicht sogar von Anfang an ein Kleeblatt gewesen?
Nein. Unmöglich. Daß Ollmann zwei Eisen im Feuer hatte, konnte Anna Maria Schwerdtfeger nicht wissen. Sie hatte vielleicht Kenntnis von seinen früheren Betrugsgeschäften – aber daß er diese immer noch fortführte, davon ahnte sie sicher nichts.
Es war wohl wirklich so, daß Ollmann das Geschäft seines ermordeten Arbeitgebers ausnehmen und dann mit der anderen Frau, seiner Komplizin, verschwinden wollte. Änni als Ollmanns Mitwisserin zog, solange es ging, noch ihren Nutzen aus der Notlage der armen, betrogenen Witwe des Johann Schwerdtfeger. Gret legte die Zettel zusammen und steckte sie in die Rocktasche. Wie sie ihre Beobachtungen jetzt geordnet hatte, ergab sich ein nur leicht verändertes Bild. Ollmann hatte den Mord an seinem Brotherrn arrangiert, weil Johann Schwerdtfeger ihm auf die Schliche gekommen war. Und die Witwe führte er dadurch, daß er ihr Liebe vorgaukelte, so lange hinters Licht, bis er genug erbeutet hatte. Dann würde er, skrupellos wie er war, die Ahnungslose hilflos in den Klauen einer Erpresserin zurücklassen, die Anna Maria Schwerdtfeger auch das Letzte abknöpfen würde.
Es war zum Verzweifeln. Wo konnte Gret jetzt noch ansetzen,

um den Mörder dingfest zu machen und das zu verhindern, was passieren würde, wenn er auf freiem Fuß blieb? Derjenige, den die Hüter des Gesetzes für den Täter hielten – Pierangelo Contini –, schwebte ebenfalls weiterhin in Lebensgefahr, solange der wahre Verbrecher frei herumlief. Wie aussichtslos die ganze Situation doch war! Nichts, aber auch gar nichts von den vielen Hinweisen und Indizien schien Gret brauchbar, um dem Schuldigen einen Strick daraus zu drehen.
In ihrer Hilflosigkeit klammerte sie sich an Nebensächlichkeiten fest. Es gab noch einige kleine Fragen zu klären. Sie würde feststellen, aus welcher Stadt Ollmann nach Köln eingewandert war – wie unwichtig das am Ende auch sein mochte. Er war vor etwa drei Jahren gekommen, das wußte sie von Klara. Aus dem Ort Kirschenbruch oder so ähnlich, hatte der Theriakhändler gesagt. Dort wohnte jedenfalls seine Mutter …
Gret stand auf. Listen der in letzter Zeit eingewanderten Neubürger gab es auf dem Rathaus, im Archiv, wo auch die Gerichtsakten lagerten. Dort kannte Gret einen jungen Schreiber, den sie bitten konnte, ihr heimlich Einsicht in die Bürgerlisten zu ermöglichen. Wenn sie ihre Bestätigung hatte, würde sie versuchen, an Änni heranzukommen – vielleicht, indem sie sich zum Schein bei der Seidenweberin um Arbeit bewarb. Ollmanns Komplizin mit dem kastanienbraunen Haar stand höchstwahrscheinlich in engem Kontakt mit Änni. Vielleicht war auf dem Umweg über sie der Täter festzunageln.
Da öffnete sich doch noch ein Weg. Grets Energie kehrte zurück. Nur der Form halber würde sie jetzt aufs Amt gehen und sich bestätigen, was ihr bereits bekannt war – nämlich Ollmanns Herkunft. Der nächste wichtige Schritt war der Besuch bei Änni in der Trankgasse. Gret hatte das vorsichtige Herumtasten satt. Sie würde angreifen.

Auf dem Weg zum Rathaus stellte Gret fest, daß ihr ständiger Begleiter mit der roten Gugel wieder hinter ihr war. Aber das kümmerte sie überhaupt nicht mehr. Sie ging zügig und widmete der sonderbaren Gestalt keinen Gedanken. Auf dem Rückweg würde sie versuchen, den Kerl zu stellen und ihn geradeheraus zu fragen, was er andauernd in ihrer Nähe zu suchen hatte. Jemand mußte ihn auf sie angesetzt haben – jemand, der über all ihre Schritte informiert sein wollte. Gret war nicht besonders neugierig zu erfahren, wer das war. Sie hatte im Moment viel Wichtigeres im Kopf. Der Verfolger in der roten Gugel konnte warten.

Am Portal des Rathauses stand wie gewöhnlich ein Amtsdiener und bewachte den Eingang. »Halt«, sagte er, als Gret den Versuch wagte, einfach durchzugehen. »Zu wem – und in welcher Sache?«
Gret hob den Kopf, schaute den Zerberus an und setzte ihre freundlichste Miene auf. »Ich hätte gern –«
»Also ohne Vorladung«, fiel der Amtsdiener ihr ins Wort. Er straffte sich. »Zu wem?«
»Ihr seid aber ein ganz Schneller«, flötete Gret und ließ sich durch das martialische Gehabe des amtlichen Wachhundes nicht beeindrucken. »Daß Ihr sofort erkannt habt, daß ich sozusagen inoffiziell hier erscheine ... großartig!«
Die bärbeißige Miene des Zerberus wurde zusehends milder. »Inoffi ... so. Ja. Also, wenn Ihr einen der Herren vom Rat aufsuchen wollt – dat jeht nit. Der Rat is in Sitzung. Da müßt Ihr später wiederkommen.«
Gret schenkte dem Amtsdiener ein strahlendes Lächeln. »O nein«, sagte sie, »den Rat würde ich doch nie mit meinen kleinen, unwichtigen Angelegenheiten belästigen! Ich möchte gern ein paar Worte mit dem Sekretarius Buschelmann wechseln ... inoffiziell, versteht Ihr?«
»Inoffi ...« Der Zerberus war unter Grets Lächeln zu einem Lamm geworden. »Den Sekretari ... Ja. Ihr meint wohl einen von den Schreibern? Wir haben da einen Buschelmann. Protokolle und so ...«
»Genau den, lieber Herr«, säuselte Gret.
Dem Amtsdiener war es gewiß noch nie passiert, daß jemand

ihn mit »lieber Herr« angesprochen hatte. Der Stolz blähte ihn regelrecht auf, so daß die Hefteln an seiner schwarzen Dienstjacke sich straffzogen.
»Wenn Ihr mir den Sekretarius Buschelmann einmal herausschicken würdet«, fuhr Gret schmeichelnd fort, »ich könnte ja solange den Eingang im Auge behalten.«
Der Wachmann räusperte sich rauh. »Nä, dat is janz unmöglich. Aber Ihr dürft den Buschelmann jerne sprechen, wenn es nicht zu lange dauert. Der is nämlich 'ne Amtsperson und darf nit von der Arbeit abjehalten werden.«
»Sehr liebenswürdig!« Gret bedankte sich mit einem tiefen Knicks und wollte gleich in die Eingangshalle.
»Moment«, sagte der Amtsdiener und hielt sie am Ärmel fest, »die Schreibstube ist im ersten Stock – hinten janz links«, erklärte er. Dann, sinnend, fügte er hinzu: »Sagt – kenn ich Euch nit irjendwie? Ihr kommt mir so bekannt vor ...«
Aber Gret war schon auf der Treppe. Sie wußte genau, wohin sie gehen mußte. Schließlich kannte sie inzwischen die Korridore und Räumlichkeiten des Rathauses fast so gut wie das Haus des Doctor Minutus. Dreimal war sie bereits hier gewesen – und immer in wichtigen Angelegenheiten. Genau wie heute.
Buschelmann hielt sich ganz allein in der Schreibstube auf. Mit schnellen, entschlossenen Schritten steuerte Gret auf den dürrbeinigen, schwarz gekleideten Sekretarius zu, der wie ein wunderlicher Vogel an seinem Pult hockte, zwei Gänsekiele hinter das linke Ohr geklemmt.
»Guten Tag«, sagte Gret.
Buschelmann blickte auf. Seine fischblauen Augen weiteten sich. »Ja?« fragte er unsicher. Dann sprang er auf. Sein blasses Bücherwurmgesicht begann sich mit leichter Röte zu überziehen. »Ihr ...?«
Gret nickte und verbiß sich ihre Belustigung über den schüchternen Schreiber. »Ich hätte Euch gern um einen Gefallen gebeten, lieber Herr Sekretarius«, sagte sie und kam ohne Umschweife zur Sache. »Dafür müßtet Ihr allerdings befugt sein, die Bürgerlisten einzusehen. Seid Ihr das?«

»J … ja natürlich!« Buschelmann war puterrot geworden. »Ich … ich habe Zugang zu allen Akten. Ich leite sogar das Archiv – seit drei Monaten!«
»Oh, dann könntet Ihr mir ganz leicht helfen!« Gret trat nah an ihn heran. »Würdet Ihr mir wohl erlauben, einen Blick in die Listen der letzten drei, vier Jahre zu werfen?«
»A …aber das ist ja eben nur den Befugten erlaubt.« Buschelmann lockerte seine weiße Halsbinde. »Ich darf Euch da nicht dran … «
»Ach bitte, Buschelmännchen«, unterbrach Gret, »wem würde es denn schaden? Eine ausländische Spionin bin ich ja nicht!« Sie zwinkerte ihm zu.
Buschelmann verging fast vor Verlegenheit. »Ich … ich weiß nicht«, stammelte er, »wenn das rauskommt, daß ich Unbefugte –«
»Es ist sehr wichtig«, fiel ihm Gret noch einmal ins Wort. Sie änderte ihre Taktik. »Ihr würdet dem Rat damit dienen, wenn Ihr mich die Akten einsehen laßt«, sagte sie drängend, »es könnte am Ende sogar eine Beförderung für Euch rausspringen, weil Ihr mir weitergeholfen habt.«
»Wozu braucht Ihr denn überhaupt die Akteneinsicht?« wagte der Sekretär zu fragen.
»Ich bin hinter einem Mörder her«, flüsterte Gret verschwörerisch, »aber sagt es um Gottes willen nicht weiter!«
»O Gott!« Buschelmann preßte die Hand auf den Mund. Etwas Tinte von seinem rechten Zeigefinger blieb als Streifen an seiner Oberlippe haften. »Na gut – weil Ihr es seid«, murmelte er, »kommt mit. Aber unauffällig – ich flehe Euch an! Ich komme in Teufels Küche, wenn wir erwischt werden!«
Er ging auf dem Flur voraus. Dabei trat er übertrieben vorsichtig auf und sah sich immer wieder ängstlich nach allen Seiten um. »Wenn Ihr so deutlich schleicht«, kicherte Gret, »wird jeder Aktenbote Verdacht schöpfen – sollte uns einer begegnen!«
Gott sei Dank war der Raum, in dem die Bürgerlisten lagerten, nur zwei Türen von der Schreibstube entfernt.

Buschelmann schob Gret hastig hinein, kam nach und versicherte sich noch einmal, daß niemand in der Nähe war. Dann zog er sachte die Tür hinter sich zu.
Die Wände des kleinen Zimmers waren mit deckenhohen Regalen zugestellt, und am Fenster gab es ein kleines, hochbeiniges Stehpult. Darauf plazierte der Sekretarius einen dickleibigen, in Leder gebundenen Folianten, dessen letzte Seiten er aufschlug. »Hier sind die Einträge der Zugewanderten aus den letzten Jahren. Soll ich sie Euch vorlesen?«
»Danke, nicht nötig«, erwiderte Gret, »ich sehe selbst nach.«
Sie blätterte einige Seiten zurück, 1500 ...1498 ... 1497 ...
Buschelmann stand mit offenem Mund da und starrte. »Jetzt erzählt mir nicht, Ihr beherrschtet die Schrift«, stammelte er, »das kommt mir bei einer Frau Eures Standes zu unglaublich vor ...«
Gret lachte leise. »Unglaubliches geschieht immer wieder, mein lieber Buschelmann«, sagte sie trocken. »Jetzt laßt mich nachsehen. Ich suche einen ganz bestimmten Namen, wißt Ihr.«
Der Sekretarius antwortete nicht. Er staunte Gret nur an. Schließlich murmelte er: »Sie sind chronologisch geordnet ... nach der –«
»Ja, ich sehe es.« Gret fuhr mit dem Finger die Spalten des Jahres 1497 hinunter. »Meyer«, murmelte sie, »Kugler, Mathias ... Ollmann, Hermann Josef.«
Da stand er, säuberlich in schwarzer Tinte eingetragen. »Ollmann, Hermann Josef. Ein kouffmans gehüllffe aus Rodenkirchen ingewandert. Son von Hinner Ollmann, schmitt. und syner housfrouw Sibilla us Rodenkirchen, gemein S. Maternus – beyde verstorbenn. Vermelldter ist ingetreden in die G. Himelreich, lefft in der gemein S. Adreas.«
Gret klappte das Buch zu und blickte auf. Ihr schwirrte der Kopf. Sie mußte schlucken. »Bitte, lieber Buschelmann«, sprach sie den zur Salzsäule erstarrten Sekretarius an, »ich brauche noch die Liste der ordentlichen Bürger von Köln – derjenigen mit Bürgerrecht. Johann Schwerdtfeger.« Ihre Stimme klang rauh und belegt.

Mechanisch stellte Buschelmann den Folianten wieder an seinen Platz und holte ein anderes dickes Buch vom Regal. »Die Bürger sind alphabetisch geordnet«, wisperte er, »nach dem –«

»Ich weiß, ich weiß!« Gret schlug den Band auf, suchte hastig den Buchstaben S. Palmen ... Palm ... Quadt ... Rink – ein langer Eintrag mit allen Angehörigen der weitverzweigten Familie. Jetzt endlich kam das S. Schwerdtfeger ...

Der Eintrag war nur klein. »Joannes Schwerdtfeger«, stand da, »kouffherr und mitglied der gafel Himelreich. Gertruid, syn housfrouw, starb den 17. novembris ann. 1492.

Anna Maria, in zwyter eh, dochter von Albert Boettiger und Hiltgart us Rodenkirchen, gemein S. Maternus – den 7. iuno anno 1496.«

Es folgte eine Aufzählung der Ämter, die Johann Schwerdtfeger innegehabt hatte. Aber Gret las den Rest nicht mehr durch. Sie sah nur eine Zeile: »Anna Maria, dochter von Albert Böttiger und Hiltgart us Rodenkirchen, gemein S. Maternus ...«

Schritte klangen auf dem Korridor. »Beeilt Euch, um Gottes willen«, hauchte Buschelmann schreckensstarr, »da kommt einer!«

»Schon fertig«, sagte Gret und ließ das Buch mit einem leisen Knall zufallen. »Wir können wieder gehen. Und ich danke Euch sehr.« Sie nahm die dünne, kalt-feuchte Hand des Sekretarius und drückte sie heftig. »Buschelmann – ich werde mich für Euch verwenden!«

Er fing regelrecht an zu zittern. Von neuem errötete er bis in die Haarwurzeln. »Ich weiß ja gar nicht, ob es rechtens war, was ich »

»Das ist doch das mindeste,« schnitt Gret ihm die Rede ab, »gute Dienste sollten auch belohnt werden.«

»Aber –«

»Und jetzt gehabt Euch wohl«, sprach Gret einfach weiter, »ich muß weg. Wenn ich Euch noch mal brauche, melde ich mich.«

»Aber –«

Sie war schon aus der Tür. Sprachlos, verwirrt und voller anbetender Bewunderung schaute der Sekretarius ihr nach, wie sie den Flur hinunterlief.

13. KAPITEL

Es war notwendig, Klara noch einmal zu befragen. Gret legte das Stück Weg bis zur Marspfortengasse im Laufschritt zurück. Auf ihr Klopfen an der Tür öffnete Gertrud, die Köchin. »Et Klara willste besuchen?« fragte sie verwundert, als Gret ihren Wunsch vorgebracht hatte, »wie kommste denn andauernd dazu? Wo käme mr hin, wenn dat Mädchen jeden Tag, den der liebe Jott werden läßt, de Zeit verschwätzen tät?«

»Es dauert nur einen Moment«, bat Gret.

»Ich würd' dir et Klara ja rausschicken«, gab Gertrud zurück, »aber uns Frollein Elisabeth regelt jetzt hier alles, weil et der jnä Frau nit jutjeht. Und uns Frollein Elisabeth hat jesagt: Dat mir keiner de Zeit verplempert! Du siehst, Jriet – et jeht nit.«

»Na schön«, sagte Gret enttäuscht. Wieder einmal mußte sie ein wichtiges Gespräch mit Klara verschieben. »Nichts für ungut, Gertrud.« Sie drehte sich um und ging.

»Tut mir wirklich leid«, rief die Köchin ihr nach.

Der Himmel zog sich zu, und erste Tropfen fielen. Der Verfolger in der roten Gugel war nirgendwo mehr zu sehen. Gret

machte, daß sie nach Hause kam. Während sie schnell dahinschritt, rief sie sich die überraschenden und aufschlußreichen Entdeckungen ins Gedächtnis, die sie im Archiv des Rathauses gemacht hatte.
Ollmann und Anna Maria Schwerdtfeger – beide stammten aus Rodenkirchen, genau wie Klara. Daß die kleine Magd Ollmann trotzdem nicht gekannt hatte, war begreiflich. Ollmanns Eltern waren beide tot. Und Ollmann selbst hatte seine Lehrzeit sicher nicht in Rodenkirchen verbracht. Aber Anna Maria Schwerdtfegers Eltern konnte Klara kennen. Es würde interessant sein, mehr über die Familie Böttiger zu erfahren ...
Zu Hause angekommen, warf Gret Umschlagtuch und Schuhbrettchen ab und schürte ihr Feuerchen. Ollmann und die Witwe mußten sich seit ihrer Kindheit kennen – zwei, die im gleichen Dorf aufgewachsen waren. Gret kicherte. Zwei weitere »Hungsfresser«. Klara würde sich kaputtlachen über die Tatsache, daß gerade Ollmann absolut keinen Grund hatte, sie mit diesem Spitznamen zu verspotten.
Das Feuer brannte. Gret setzte sich. Ollmann hatte keine Mutter am Niederrhein. Ollmanns Haar war auch nicht braun, sondern eindeutig blond. Und man konnte ihn kaum als untersetzt bezeichnen. Jetzt, wo Gret ihn sich vorzustellen versuchte, fiel ihr nicht einmal mehr ein, wie er eigentlich ausgesehen hatte. Fades Mehlsüppchen, dachte sie, keinerlei Besonderheiten ...
Der Mann, der das Handelshaus Schwerdtfeger ausplünderte, war nicht Ollmann. Und die Frau, die mit im Komplott steckte, war nicht Anna Maria Schwerdtfeger.
Herrgott.
Gret stand vom Feuer auf und wanderte in ihrer kleinen Behausung hin und her, wie sie es immer zu tun pflegte, wenn sie ratlos war und nach einer Lösung suchte.
Alles – wirklich alles, was sie bis jetzt an Informationen zusammengetragen hatte, war offenbar wertlos. Immer, wenn sie ihr Indiziengebäude um eine neue Erkenntnis aufstockte, brach es in sich zusammen, und sie mußte wieder ganz von

vorn anfangen – wie bei dem berühmten Kartenhaus, das allzu kühn angelegt worden war.
Und auch jetzt wieder fehlten Gret Informationen, die nötig waren, um weiterzukommen. Was blieb ihr übrig, als auf Benedikt zu warten, den Lehrjungen aus dem Kontor, den Klara ihr heute abend herüberschicken wollte?
Es war gerade erst fünf – die Glocken hatten eben die volle Stunde geschlagen. Vor sieben würde der Kaufmannslehrling nicht kommen. Zwei Stunden des ungeduldigen Ausharrens standen Gret noch bevor. Sie würde sich irgendwie ablenken müssen, damit sie nicht weiterhin in ihrem Gaden auf und ab lief wie ein eingesperrtes Tier.
Der Korb mit Pierangelos Essensgeschirr stand noch in des Doctors Küche. Vielleicht konnte sie ihn schon einmal herüberholen. Wenn es dunkel war – nach Benedikts Besuch –, würde sie ihn dann, wohl gefüllt mit neuer Nahrung, vom Garten aus ihrem Schützling hinauf unters Dach schicken. Pierangelo kannte ja das verabredete Signal – zwei Rucke am Seil.
Aber diesmal würde sie dem Italiener zusätzlich einen Zettel in den Korb legen mit der dringenden Bitte, vorsichtiger zu sein, damit nicht wieder solche Pannen passierten wie heute gegen Mittag ...
Gret ging hinüber, schrieb im Studierzimmer des Doctors den Zettel, trug den Korb in ihren Gaden. Sie prüfte noch einmal seinen Inhalt. Eine Deckelkanne Wasser, ein dickes Stück Brot, ein Schüsselchen von der Linsensuppe. Der Zettel mit der Notiz. Zwei Bögen beschriebenes Papier.
Die hatte sie bis jetzt nicht bemerkt. Sie mußten von Pierangelo Contini sein, hatten wahrscheinlich unter der leergegessenen Schüssel gelegen, die sie am Mittag gespült hatte ...
Gret zog sie hervor und setzte sich mit den Blättern ans Fenster. Die Handschrift, die sie bedeckte, war sauber und zierlich und recht gut zu lesen. Nur die Sprache ...!
Gret arbeitete sich mühsam durch die dichtgedrängten Zeilen, mehr ratend als verstehend. Dennoch – schon auf der Mitte der ersten Seite war sie gefesselt. Pierangelo beschrieb

da eine Stadt mit prachtvollen Häusern, deren Fassaden golden in der Sonne leuchteten. Er erzählte von Gärten voller duftender Blumen, von blühenden Zitronenbäumen unter einem warmen, strahlend blauen Himmel.

Gret sah die Paläste vor sich, die Straßen, die mit poliertem Stein gepflastert waren, die Brunnen aus weißem Marmor, in deren weite Becken steinerne Nymphen, Wassergötter und Fabeltiere ihre Wasserstrahlen ergossen. So zauberhaft waren all diese Wunderdinge, daß Gret zu träumen begann. Natürlich konnte es einen Ort, wie der Italiener ihn beschrieb, nur in der Phantasie geben. Straßen, ganz mit kostbaren Steinplatten belegt, und das überall in der Stadt – so etwas gab es nicht in Wirklichkeit. Aber es war wundervoll, sich diese Herrlichkeiten vorzustellen: Lächelnde, üppig gekleidete Damen und Herren, die in ganz ungeschützten Schuhen aus bestickter Seide über diese Straßen flanierten und an den prachtvollen Brunnen Hand und Stirn mit kristallklarem Wasser kühlten ... in süßem Müßiggang unter dem südlichblauen Himmel ...

»Dahin ich mechte haimkeren«, stand ganz unten auf der letzten Seite, »in maine Firenze mirabile unter die loichtende Sone. Aber nicht alaine, Margherita mia. Ic wil dir mit nemen in main haimat, da du kanst so gluklich sain wi Pierangelo. Ic denke nur an dise aine viaggio grande. Ain reise di wir machen zusamen. Du und ich, wen ich bin frai.«

Es war also seine Heimatstadt, die er in so glühenden Farben geschildert hatte und in die er offenbar zurückreisen wollte. Gret lächelte. Sie konnte sich Pierangelo sehr gut unter den bunten Müßiggängern vorstellen, umgeben von lachenden jungen Leuten, die nichts anderes zu tun hatten, als das Leben zu genießen. Vor Grets innerem Auge sah sie ihn vor sich, mit seinem vollkommenen Gesicht, der dunklen Lockenpracht, dem schlanken, gutgebauten Körper. Er würde in eine solche Stadt hineinpassen – in eine Welt, wo die Heiterkeit regierte.

Und neben ihm, an seinem Arm, ein kleines fremdes Mädchen aus dem Norden, das vor Verlegenheit fast in den Boden versank. Das sich im Kreis der bunten Vögel und Schmetterlinge wie ein unscheinbares Heimchen vorkam. Das jedes leicht hingeworfene Kompliment erst einmal für Spott hielt und deswegen dauernd aus der Haut fuhr. Eine sonderbare Vorstellung.

Aber das Traumbild, das der welsche Lautenspieler vor Gret aufgebaut hatte, war bezaubernd schön und verlockend. Gret schloß die Augen, ließ in ihrer Phantasie den silbernen Fluß an sich vorüberziehen, über den sich eine prächtige, ganz von Kaufläden überbaute Brücke spannte und an dessen Ufern sich dunkle Zypressen und leuchtende Paläste im Wasser spiegelten. Fast konnte sie den Rosenduft wahrnehmen, der aus den sonnendurchfluteten Gärten des fernen Florenz zu ihr herüberwehte ...

Ein leises Geräusch direkt über ihr ließ Gret auffahren. Sie richtete die Augen zum Dachgebälk. Schnell und fast lautlos schoben sich dort die Dachziegel auseinander, und durch die entstehende Lücke ließ sich eine Gestalt zu Gret herunter. Pierangelo Contini hatte es schon wieder gewagt, bei hellem Tag sein Versteck zu verlassen!

»Pierangelo«, stieß Gret hervor, »hast du denn immer noch nicht begriffen –«

Er streckte die Arme nach ihr aus. »Ich hatte Sehnsucht«, flüsterte er, »nach dir, Margherita.« Und dann küßte er sie.

Gret wehrte sich nicht. Sie spürte den leidenschaftlichen Druck seiner Arme, die zärtliche Berührung seiner Lippen auf ihrem Mund. Und auf einmal waren die Bilder der fernen Stadt fast wirklich. Wärme durchflutete Gret, als ob die südliche Sonne sie bestrahlte. Pierangelos weiche, schwarze Locken auf ihrer Wange fühlten sich an wie der laue Wind, der vom Silberfluß heraufkam und sie liebevoll streichelte. Sie mußte sich nur fallenlassen – dann konnte der Traum Wirklichkeit werden, dann konnte sie seine ganze Süße auskosten ...

Gret erwiderte den Kuß. Sie gab dem wunderlichen Gefühl nach, das sie in Pierangelos Armen befallen hatte. Es war schön, so zu träumen, zu schweben, sich einfach treiben zu lassen. Daß sie sich weit von der Wirklichkeit entfernte, kümmerte Gret nicht. Lange Sekunden tauchte sie in den Strudel der reizenden Bilder ein, überließ sich Pierangelos Zärtlichkeiten und genoß seine wilden Küsse.

Seine Lippen wanderten über ihre Wange und liebkosten ihr Ohr. »Hast du gelesen?« fragte er wispernd, »hast du gelesen, was ich für dir aufgeschrieben habe?«

»Ja«, hauchte Gret.

»Und was sagst du, carissima?« Seine Worte waren wie eine warme, verführerische Brise.

»Wenn das alles wahr wäre, Pierangelo ... wenn es all das Wundervolle tatsächlich gäbe ...«

»Aber es ist wahr«, sagte er, »alles – alles, amore mio! Komm mit mir!« Seine Arme legten sich fester um sie. »Ich zeige sie dir, meine Stadt! Du und ich – wir machen die Reise zusammen. Was sagst du ...?«

Gret suchte Luft zu schöpfen. Sie fühlte sich wie benebelt. »Pierangelo, ich ... «

Er verschloß ihren Mund mit einem Kuß. »Du wirst meine Frau«, flüsterte er und zog sie heftig an sich, »wir leben in Firenze, wo immer die Sonne scheint. Sag ja, Pierangelo ... si! Sag, daß du gehörst zu mir!«

»Pierangelo –«

Eine Faust pochte an die Tür. Gret schrak zusammen, machte sich hastig von den Italiener los. »Wer ist da?« fragte sie. Der laute Klang ihrer eigenen Stimme zerriß die Traumbilder, die sie eingehüllt hatten.

»Mach auf«, kam die zornige Antwort. »ich will selber sehen, was hier los ist!«

Das war Hans. Gret deutete auf ihre Truhe, gestikulierte, forderte Pierangelo Contini lautlos auf, sich darin zu verstecken. Der begriff sofort, klappte den Deckel auf, kletterte geräuschlos hinein. Alles dauerte nur Augenblicke.

»Was ist?« donnerte Hans' Stimme vor der Tür, »soll ich hier anwurzeln?«

Die Kiste war zu. Gret ließ Hans ein. Er stapfte über die Schwelle, sah sich mißtrauisch in ihrem Wohnraum um und heftete dann den Blick auf ihr Gesicht. »Wo ist der Saukerl?« grollte er. »Ich schlag' ihm alle Knochen zu Brei, wenn ich ihn finde!«

»Von wem redest du, wenn ich fragen darf?« Gret bemühte sich, indigniert zu klingen und ihre Erregung zu beherrschen. »Hier ist niemand, wie du siehst. Überhaupt – was legst du für ein Benehmen an den Tag? Du bist in der Wohnung einer unbescholtenen Frau, und –«

»Ha«, spuckte Hans, »unbescholten? Ich weiß aus sicherer Quelle, daß du dich mit anderen Männern getroffen hast! Du treibst dich rum – den lieben langen Tag! Wie paßt denn das zusammen?« Er schien sehr wütend zu sein. Davon zeugten sein verzerrtes Gesicht und die geballten Fäuste. »Gib Antwort, Gret! Ich will wissen, woran ich mit dir bin! Und eins sage ich dir im voraus: Lüg mich nicht an. Ich laß mir von keiner Frau Hörner aufsetzen – von dir am allerwenigsten!«

Gret hämmerte das Herz bis zum Hals. Außerdem merkte sie, daß sich einige Haarnadeln aus ihrem Knoten gelöst hatten. Sie mußte ziemlich zerzaust aussehen.

Sie begann sich vor Hans zu schämen. Gleichzeitig stieg Trotz in ihr auf. »So«, konterte sie auf seine barschen Worte, »von mir am allerwenigsten, was? Jetzt hörst du mir mal zu, mein Lieber! Wenn du noch immer nicht weißt, woran du bei mir bist – dann bin ich die letzte, von der du 's erfahren wirst. Hast du das begriffen?«

Er stand ganz still da und starrte sie an. Auf seinem Gesicht lag ein verwirrter, ungläubiger Ausdruck. »Ist das alles, was du mir in diesem Augenblick zu sagen hast?« fragte er nach einigen Atemzügen, »sonst nichts? Bin ich es dir nicht mal wert, daß du meine Zweifel zerstreust?«

Auch Gret suchte vergeblich nach den richtigen Worten. Sie schaute Hans in die Augen und spürte, wie schon so viele Male, daß sich ihr die Stacheln sträubten. Es war unvermeidlich, daß sie jetzt etwas Schreckliches sagte. »Andersherum wird ein Schuh daraus, Hans«, quoll es aus ihr hervor, »ich kann dir nicht viel wert sein, wenn du an mir zweifelst. Und sollte das der Fall sein – dann geh zum Teufel!«

»Oh …« mehr brachte Hans nicht zustande. Auf seinem Gesicht zeigte sich eine Fülle von Gefühlen: Wut, Verwirrung, Enttäuschung, Traurigkeit. »Wenn das so ist«, murmelte er dann und ließ plötzlich die Schultern hängen. Ohne ein weiteres Wort drehte er sich um und verließ den Gaden. Gret sah durch die offene Tür, wie er davonging. Sie begann plötzlich zu zittern. Sie wußte genau: wenn sie ihn diesmal nicht zurückholte und ihm endlich reinen Wein einschenkte, würde es keine Hochzeit geben. Dann würde ihn auch ein Wunder kaum zurückbringen. Sie hatte den Bogen überspannt mit ihrer unsinnigen Gereiztheit und diesem unvernünftigen Stolz, den nur er bei ihr provozieren konnte.
Gret blieb, wo sie war. Sie verkrallte die Hände so fest ineinander, daß ihre Nägel sich schmerzhaft in die Haut bohrten. Ihre Lippen preßten sich zusammen, und ein Strom von Tränen floß über ihre Wangen. Es tat weh. Aber sie brachte es wieder nicht fertig, ihm nachzulaufen – nicht einmal jetzt, wo es die Rettung ihrer Liebe bedeutet hätte.
Die Tür fiel leise ins Schloß. Jemand schob den Riegel vor. Feste Arme legten sich um Gret. Eine zärtlich vibrierende Stimme sagte: »Er ist gegangen – aber ich bin noch da, carissima. Ich bin immer bei dir …«
Gret hielt sich an Pierangelo fest. Wilde Schluchzer drängten aus ihr hervor – mehr und immer mehr. Sie legte den Kopf auf seine Schulter und ließ ihrem Kummer hemmungslos freien Lauf.
Und der Italiener gab ihr die Zeit, die sie brauchte. Erst, als sie ruhiger geworden war, begann er leise zu sprechen. »Es ist nur der erste Augenblick«, flüsterte er sanft, »da es tut weh – sehr weh. Molto dolore. Aber später wird wieder hell das Leben. Glaube mir, amore mio.«
Grets Tränen versiegten. Sie nickte stumm.
»Du und ich, Margherita – wir werden ein gute Leben haben in Firenze«, breitete er die bunten Bilder der Phantasie von neuem vor ihr aus, »ein reiche Leben in eine schöne Casa … ein weiße Haus am Fluß …«
Gret sah ihn an. Sie fühlte sich jetzt ruhig. Aber es war nicht

die Ruhe, die sie kannte – eher eine versteinerte Erstarrung, bei der nur noch ihr Verstand arbeitete. »Du bist arm«, gab sie tonlos zurück, »wovon sollten wir denn leben, Pierangelo?«

Seine schwarzen Augen strahlten auf. »Ma no«, lächelte er ihr zu, »ich bin nicht arm, amore! La mia famiglia – sie hat eine große Vermögen. Ich bin Sohn von Baldassare Contini da Firenze – auch wenn er nicht geheiratet mit meine Mutter. Il mio padre ... er liebt mich!«

»Und warum bist du dann nicht an seiner Seite? Warum schlägst du dich mit Lautespielen durch – und mit Diebereien?«

Pierangelo senkte eine Sekunde lang den Blick. »Das ist ein langes Geschichte«, murmelte er, »ich hab viele Sorgen gemacht für mein Vater – so ich mußte fort aus Florenz.« Dann hob er Gret wieder das Gesicht entgegen und zeigte sein bezauberndes Lächeln. »Mit dir, carissima – wenn meine Vater dir sieht, wird er mir verzeihen. Ich weiß es ganz gewiß. Er wird sagen: Pierangelo, figlio mio, sie ist gut für dich. Sie hat alles, was du nicht hast – Ernst und Fleiß und Ehre. Und du wirst sie dafür lieben ...« Er nahm Grets Hände. »Ich habe viel Liebe«, fügte er flüsternd hinzu.

Die Glocke schlug sechs. Gret machte sich von ihm los. »Es ist schon spät«, sagte sie mechanisch, »ich muß ins Haus – das Abendessen für Doctor Minutus vorbereiten.« Sie wischte sich mit dem Handrücken die letzten Tränen ab. »Du bleibst hier, bis es dunkel ist und dich niemand mehr beobachten kann, wenn du zum Speicher hinaufkletterst. Wir reden ein anderes Mal weiter. Ist dir das recht, Pierangelo?«

Er nickt seine Zustimmung. Dann bückte er sich, sammelte die verlorenen Haarnadeln vom Fußboden auf und steckte sie Gret ins Haar – so geschickt, als habe er das schon viele Male getan. Als er fertig war, nahm er noch einmal ihr Gesicht in die Hände und küßte sie auf den Mund. »Ti amo«, flüsterte er, »vergiß es nicht, Margherita ... vergiß es nicht!«

»Was?«

»Ich liebe dich ...«

Gret hatte darauf nicht antworten können. In völliger Verwirrung der Gefühle war sie gegangen und hatte ihn in ihrem Gaden zurückgelassen. Immer noch wie betäubt, hatte sie sich in der Küche des Doctorhauses darangemacht, den Teig für Speckpfannkuchen anzurühren.

Pierangelo war also der illegitime Sohn eines reichen Florentiner Bürgers. Und er mußte irgend etwas Schlimmes getan haben ... grundlos war er gewiß nicht aus seiner Heimatstadt ausgewiesen worden. Vielleicht war der Grund eine Affäre mit einer Frau gewesen – wer konnte das bei Pierangelo Contini schon sagen?

Er schien stolz auf seine Herkunft und es machte ihm offenbar nicht das geringste aus, unehelich geboren zu sein. Ob das in Florenz kein Makel war, so wie in Köln? Bei Licht besehen nahm man es zwar auch hier nicht besonders genau damit – solange derjenige sich als ehrenwert erwies. Nur in einer Zunft oder Gaffel konnte er keine Aufnahme finden. Da waren die Vorschriften ehern und unumstößlich.

Wie es wohl sein würde, falls sie tatsächlich mit Pierangelo in die Fremde ging? Bei diesem Gedanken schossen Gret erneut die Tränen in die Augen. Sie würde schreckliches Heimweh bekommen, das wußte sie schon jetzt. Sie würde davon träumen, zu Fuß nach Köln zurückzukehren – ganz gleich, wie prächtig dieses Florenz sein mochte.

Andererseits – was hatte sie denn hier noch verloren, jetzt, wo mit Hans alles aus war? Was hielt sie in dieser Stadt? War es nicht gleichgültig, was sie von jetzt an tat oder wohin sie ging?

Zwei Tränen tropften in die Teigschüssel. Gret wischte sich übers Gesicht. Sie wollte, so gut und so schnell es möglich war, die Fragen um den Mord an Johann Schwerdtfeger beantworten. Was danach kam, würde sich finden. Wenn Pierangelo Contini erst wieder ein freier Mensch war, was sollte sie dann noch daran hindern, mit ihm irgendwo ein anderes Leben zu beginnen? Nicht mehr lange, dann würde sie sich wieder besser fühlen. Die schreckliche Erstarrung würde sich lösen.

Die Zeit heilt alle Wunden, hatte Mutter Imma aus dem Kloster am Blaubach immer gesagt. Fast alle ... Man mußte nur wollen.

Die Haustür ging. Doctor Minutus kehrte heim. Mit wallendem schwarzem Mantel trat er in die Küche. »Guten Abend, Grundlin – ich muß gleich wieder weg. Wollte dir nur schnell Bescheid sagen, daß du kein Abendessen für mich zu machen brauchst. Ich bin eingeladen. Fräulein Mathilde Opdemhoff,« er fuhr sich über die Stirn und zeigte ein gehemmtes und verlegenes Lächeln, »Fräulein Mathilde Opdemhoff war so liebenswürdig, mich zum Nachtmahl in ihr Haus zu bitten. Es könnte spät werden ...«

Unter normalen Umständen hätte Gret jetzt auf keinen Fall ernst bleiben können. Seit Jahren versuchte die dicke Mathilde, den Doctor in ihre goldbesetzten Netze zu locken – und jetzt war es ihr wohl endlich gelungen, den Widerstand des überzeugten alten Junggesellen zu brechen. Die Lage entbehrte nicht der Komik.

Aber heute hatte Gret keinen Sinn dafür. Sie starrte ihren Brotherrn nur an und ließ den Rührlöffel hart auf die Tischplatte knallen. »Wozu mach' ich mir eigentlich all die Arbeit«, schrie sie ihn an, »wenn der Herr des Hauses sie gar nicht zu schätzen weiß? Geht doch zum Essen, wohin Ihr wollt!«

Doctor Minutus war konsterniert. »Aber Kindchen ... ich weiß sehr wohl zu schätzen, was du –«

»Wißt Ihr nicht!« Gret ließ ihn nicht zu Worte kommen. »Aber es ist mir egal! Alles ist mir egal – das laßt Euch gesagt sein! Seht doch zu, wie Ihr allein zurechtkommt!«

Doctor Minutus holte tief Luft. »Wirklich, Kindchen – ich muß los. Wir reden über das, was dich stört, wenn du wieder besserer Laune bist. Ich versprech 's dir.« Damit verließ er fluchtartig die Küche – wie immer, wenn Gret schlechter Stimmung war.

Heute sollte es ihr recht sein. Der Pfannkuchenteig war fertig, das Feuer heiß genug. Sie würde die Kuchen backen und Benedikt damit füttern. Der Kaufmannslehrling, der hof-

fentlich bald erschien, würde sicher ein leckeres Abendessen nicht ablehnen.
Benedikt klopfte an die Haustür, als der erste Pfannkuchen gerade fertig auf dem Teller lag. Der Junge, ein schmächtiges Kerlchen mit glatten, dunklen, über den Ohren gerade abgeschnittenen Haaren und klugen Augen, schien sehr schüchtern. Gret mußte ihn mehrmals bitten, ehe er sich traute, in Doctor Minutus' Küche einzutreten. Aber er taute schnell auf, als Gret ihn zum Mitessen einlud. Nach den ersten Bissen wurde er regelrecht gesprächig.
»Ich wollte mich bei dir nach den Leuten erkundigen, die in Schwerdtfegers Kontor arbeiten«, hatte Gret gesagt, »wen gibt es da – außer Ollmann und dir?«
»Nur zwei Gehilfen«, antwortete Benedikt mit vollem Mund, »den Meulenkötter und Bernhard Buchholz.«
»Kannst du mehr über die beiden erzählen?« forschte Gret. »Wie sehen sie aus? Wo kommen sie her? Was für Aufgaben haben sie im Kontor?«
»Na ja«, gab der Lehrling zurück, »der Bernhard, der ist nett. Stammt auch aus Köln – genau wie ich. Er kümmert sich um die Ware, die im Stapel eingekauft wird. Das ist viel Arbeit. Ich helf' ihm manchmal, wenn ich nicht gerade am Rechenbrett üben muß – oder wenn der Ollmann mich läßt.«
»Und der andere – wie war sein Name?«
»Der Meulenkötter ...« Benedikt überlegte einen Moment. »Mit dem hab' ich fast nie zu tun. Erstens ist der meistens nicht im Kontor ... der hat nämlich die auswärtigen Geschäfte zu beaufsichtigen. Und zweitens –«
»Ja?«
»Wenn er doch mal da ist, macht er die Buchhaltung«, fuhr der Junge fort. »Eigentlich wäre das Ollmanns Sache. Aber der hat sich mehr um die gnädige Frau gekümmert. Und jetzt muß er ja auch den Herrn vertreten, seit ... du weißt schon.«
Gret überhörte die letzten Sätze. »Woher kommt denn dieser Meulenkötter – etwa vom Niederrhein? Aus Kirschenbruch?«

Benedikt machte große Augen. »Ja. Woher weißt du das? Du kennst den Meulenkötter doch gar nicht! Der Ort heißt übrigens Korschenbroich ... seine alte Mutter wohnt da. Er fährt oft hin – weil sie krank ist, hat er gesagt.«
»So – er fährt öfters hin. Wie oft?«
»In letzter Zeit zwei- dreimal im Monat. Der Herr, als er noch lebte, der sah das nicht gern. Am letzten Tag hat er den Meulenkötter sogar deswegen zu sich bestellt. Wollte ein ernstes Wort mit ihm reden ...«
Die Bratpfanne begann zu qualmen. Gret hatte ganz vergessen, auf den nächsten Pfannkuchen aufzupassen, der darin brutzelte. Sie zog ihn schnell vom Feuer und wendete ihn. Er war ein bißchen angebrannt, aber noch eßbar. Kein Schaden entstanden. Sie fragte weiter: »Wann war das – um welche Uhrzeit?«
»Gegen zehn«, sagte Benedikt.
»War noch jemand dabei, als der Herr den Meulenkötter zu dieser Unterredung bat?«
»Keiner.« Benedikt schob sich das letzte Stück Pfannkuchen in den Mund. »Außer mir natürlich. Aber für die Ausgelernten zähle ich ja noch nicht.«
Gret ertappte sich dabei, wie sie die zweite Seite des Pfannkuchens schon wieder anbrennen ließ. Sie rettete ihn im letzten Augenblick. »Und was genau hat der Herr damals gesagt«, fragte sie den Jungen, »kannst du dich noch daran erinnern?«
Benedikt wunderte sich über Grets Fragen. Das sah man ihm an. Aber er antwortete spontan. »Der Herr wollte den Meulenkötter zuerst in ein Wirtshaus einladen«, sagte er bedächtig, »zum Mittagessen. Aber der Meulenkötter wollte nicht. Er meinte, es wäre besser, an einem Ort zu reden, wo keiner zuhört. Sagt mal«, er musterte Gret neugierig, »warum wollt Ihr das bloß alles wissen? Es spielt doch heute gar keine Rolle mehr ...«
»Ich erklär's dir später.« Gret ging nicht auf seine verwunderte Frage ein. »Der Meulenkötter ist ein untersetzter Mann mit braunen Haaren – stimmt's?«

»Ja!« Die Verblüffung des Junge wuchs immer mehr.
»Hat er eine Frau – oder ist er verlobt?«
»Weiß ich nicht. Ich hab' ihn noch nie mit einer Frau gesehen – außer mit den Frauen aus dem Hause Schwerdtfeger. Ich glaub' nicht, daß er 'ne eigene hat.« Benedikt hielt es vor Neugier kaum noch aus. »Warum interessiert dich das alles so sehr? Klara tat auch so geheimnisvoll, als sie mich zu dir schickte. Ich weiß gar nicht, was ich davon halten soll!«
»Zuerst noch eine letzte Frage.« Gret ging zur Tür. »Warte hier. Ich bin sofort wieder da.«
Der Junge nickte. Gret lief durch den Garten zu ihrem Häuschen. Vorsichtig öffnete sie. Der Wohnraum war leer. Pierangelo hatte gegen alle Vorsicht wieder den Gaden verlassen und war in sein Versteck zurückgekehrt. Die Dachziegel lagen an ihrem Platz.
Nach einem Seufzer des Ärgers über diese Unvernunft nahm Gret die eichene Keule von der Fensterbank und ging damit in die Küche zurück. Sie hielt Benedikt, der am Tisch saß und sie erwartungvoll anschaute, das sonderbare Ding hin. »Hast du das schon mal gesehen?«
Der Lehrling mußte nicht lange überlegen. »Klar«, sagte er verblüfft, »das ist der Belegnagel, mit dem der Meulenkötter immer seine Papiere beschwert, damit sie ihm nicht vom Pult flattern!«
»Bist du ganz sicher?«
»Aber ja! Ich erkenne ihn an dem Stern, der drauf eingebrannt ist. Der Nagel stammt von der Stella Maris, hat mir der Meulenkötter mal erzählt. Ein Andenken ...«
Belegnagel? Stella Maris? Andenken? Gret wußte sich darauf keinen Reim zu machen. »Das mußt du mir erklären.«
»Der Meulenkötter ist früher auf Handelsschiffen gefahren«, sagte Benedikt geduldig, »nach England und Flandern. Von seiner ersten Fahrt auf der Stella Maris hat er sich zum Andenken diesen Belegnagel mitgenommen.« Er deutete auf die Keule in Grets Hand. »Auf großen Schiffen gibt es viele davon. Sie stecken in Nagelbänken, und man macht Seile daran fest, die gerade nicht bedient werden.«

Gret wog die schlanke Keule in ihrer Hand, ließ den glatten, runden Kopf nachdenklich in ihre hohle Handfläche klatschen. »Man kann aber auch einen Menschen damit totschlagen«, sagte sie.

14. KAPITEL

Der Junge hatte still und mit großen, erschrockenen Augen zugehört, während Gret an ihn weitergegeben hatte, was sie wußte. Und als sie ihm am Ende einschärfte, andern gegenüber Stillschweigen zu bewahren, da nickte er. Er hatte begriffen, daß es höchst gefährlich war, den Mund aufzutun, solange sich der Mörder noch in Freiheit aufhielt.

Benedikts Schlafstelle befand sich in dem gleichen Haus am Heumarkt, in dem auch Meulenkötter ein Zimmer bewohnte. Gret schrieb einen Brief, den sie versiegelte, und drückte ihn dem Jungen in die Hand. »Der ist für Meulenkötter«, sagte sie, »ich will, daß er ihn noch heute abend kriegt. Übergib ihn, sobald du am Heumarkt ankommst. Wirst du das für mich tun?«

Benedikt stimmte zögernd zu. Mit dem ganzen Herzen bei der Sache war er erst, nachdem Gret ihm Inhalt und Zweck des Briefes erlärt hatte.

Gret wußte genau, was sie tun würde. Ihr Verstand funktionierte glasklar. Sie packte den kleinen Instrumentenkoffer des Doctors und begleitete Benedikt auf seinem Weg nach Hause. Vor dem Schwerdtfegerschen Anwesen in der Marspfortengasse trennte sie sich von dem Jungen. »Mach deine Sache gut«, sagte sie zum Abschied, »ich verlaß mich auf dich!«

Benedikt erneuerte seine Zusage, ihr zu helfen. Er würde keine Fehler machen. Gret schaute ihm zuversichtlich nach, wie seine schmächtige Gestalt um die Ecke verschwand. Dann trat sie entschlossen an die Tür des prächtigen Hauses und bediente den Klopfring.

Die Altmagd öffnete, machte ein abweisendes Gesicht, setzte zu der obligatorischen Frage an. Gret kam ihr zuvor. »Doctor Minutus schickt mich«, sagte sie und schob die Magd einfach beiseite, »die gnädige Frau braucht noch heute ihren Aderlaß. Leider kann der Doctor nicht selber kommen. Also übernehme ich –«

»De jnä Frau liegt doch schon«, protestierte die Altmagd, »wie könne mr die dann jetz noch störe ... et is ja fast acht!«

»Was ist das für ein Lärm?« mischte sich von der Treppe her eine Frauenstimme ein. »Herrgott – gibt es in diesem Hause denn nicht einmal am Abend Ruhe?«

Gret drehte den Kopf. Fräulein Elisabeth rauschte heran. Sie hatte sich offenbar schon auf die Nachtruhe eingestellt und Schürze und Haube abgelegt. Im Lampenschein der Diele schimmerte ihr üppiger Haarknoten in sattem Kastanienbraun.

»Du wirst auf der Stelle wieder gehen«, forderte sie Gret giftig auf, »und bestelle Doctor Minutus, wir verlangen ihn persönlich. Auf die zweifelhaften Dienste seiner Stallmagd können wir gut verzichten!« Damit packte sie Gret am Arm und versuchte, sie zur Tür zu schieben. Am kleinen Finger ihrer Hand glänzte ein schmaler goldener Ring mit einem ovalen Rubin ...

Sekundenlang stand Gret starr. Dann faßte sie sich und machte sich mit einem Ruck aus dem Griff der Hausdame frei. »Ich wüßte nicht, was Ihr mir zu befehlen hättet«, sagte sie eisig, »und jetzt geht aus dem Weg. Es sei denn, Ihr wollt, daß die Frau dieses Hauses ihrem verstorbenen Mann folgt. Das könnte leicht sein ohne den notwendigen Aderlaß.«

»Unverschämtheit«, fauchte die Hausdame, »wie kannst du es wagen –«
»Es scheint Eure Spezialität zu sein, Euch im Ton zu vergreifen«, erwiderte Gret kalt, »ich nehme an, die gnädige Frau hält sich in ihrer Schlafkammer auf?« Der erste Teil ihrer Worte war an das Fräulein gerichtet, die Frage an die Altmagd.
»Se is oben«, bestätigte die Magd unsicher.
»Dann werde ich mich bei ihr persönlich melden«, erklärte Gret ohne weitere Umstände, »Einwände von inkompetenten Domestiken«, sie warf Elisabeth einen letzten, vernichtenden Blick zu, »kann ich nicht gelten lassen.« Und unter den fassungslos aufgerissenen Augen der Altmagd und der Hausdame ging sie einfach die Treppe hinauf.
Zielsicher steuerte sie auf die Kammer der Hausfrau zu, klopfte an und trat ein, noch ehe sie gebeten wurde. Anna Maria Schwerdtfeger, bereits im Nachtgewand, saß in einem hochlehnigen Sessel am Fenster und blickte Gret entgegen.
»Was gibt's?«
Sie wirkte blaß und verweint. Ihr Blick war müde, um ihre Augen lagen dunkle Ringe. »Ihr seid doch daran interessiert, daß der Mörder Eures Mannes gefaßt wird«, sprach Gret sie ohne Umschweife an, »wärt Ihr bereit, im Vertrauen darüber ein paar Worte mit mir zu wechseln?«
»Über den Mörder meines Mannes«, stotterte Anna Maria Schwerdtfeger, »ich verstehe nicht ...«
Gret trat näher an sie heran. »Es gibt Dinge, die Ihr wissen müßt«, sagte sie leise, »Ihr seid in einer schwierigen Lage – nicht nur durch Euren plötzlichen Witwenstand. Und ich bin fähig und bereit, Euch schnell da herauszuhelfen.«
Die Tür schwang auf. Fräulein Elisabeth stürmte ins Zimmer. »Verzeihung, gnädige Frau«, keuchte sie, »ich werfe das Weib sofort raus! Die Unverschämte ließ sich nicht aufhalten – sie ist einfach hier eingedrungen!«
»Nur eine kleine Unterredung«, flüsterte Gret der Frau des Hauses zu, »soviel Zeit, wie ein Aderlaß dauert!«
Anna Maria Schwerdtfeger sah Gret in die Augen. Dann hob

sie die Hand. »Laßt uns allein, Elisabeth«, sagte sie langsam, »es hat schon alles seine Richtigkeit. Ich möchte behandelt werden. Und stört mich nicht dabei.«
Das Fräulein kniff die Lippen zusammen. »Wie Ihr wünscht«, sagte sie beleidigt und rauschte hoch erhobenen Hauptes hinaus, nicht ohne Gret noch einmal unheildrohend über die Schulter anzusehen. Gret entdeckte funkelndes Mißtrauen in dem Blick, der sie wie ein Messer getroffen hatte. Als die Tür sich wieder geschlossen hatte, mußte sie erst einmal tief durchatmen, ehe sie sich der Frau des Hauses weiter näherte.
»Was weißt du?« fragte Anna Maria Schwerdtfeger. Ihre Augen verrieten tiefe Angst.
Gret legte den Finger an die Lippen. »Fast alles«, flüsterte sie, »aber ich brauche Eure Hilfe, damit ich Euch helfen kann.«
»Was soll das heißen?« wisperte Anna Maria Schwerdtfeger.
»Ich weiß, wer Euren Mann ermordet hat«, sagte Gret und senkte die Stimme zu einem fast lautlosen Flüstern. »Zuerst müßtet Ihr mir aber ein paar Fragen beantworten, damit ich letzte Zweifel ausräumen kann. Und danach hätte ich eine Bitte.«
»Willst du Geld?« hauchte die Witwe.
Gret schüttelte entrüstet den Kopf. »Nein – natürlich nicht! Vertraut mir – ich bin nicht Änni!«
Bei diesem Namen zuckte Anna Maria Schwerdtfeger zusammen. Ihre schmalen Hände krallten sich in die Armlehnen des Sessels. »Wenn du weißt, wer Änni ist«, flüsterte sie verzweifelt, »dann ist dir auch klar, daß mir nicht zu helfen ist!«
Gret antwortete nicht. Sie zog sich einen Schemel heran und nahm neben der Witwe Platz. »Die Frau erpreßt Euch, weil Ihr Ollmann kennt«, sagte sie leise, »ich möchte wissen, wieso Ihr deswegen überhaupt erpreßbar seid.«
Anna Maria Schwerdtfeger senkte den Kopf. Sie gab keine Antwort.
»Vertraut mir doch«, wiederholte Gret drängend, »mit etwas Glück ist Euer Alptraum vielleicht schon morgen vorbei!«
Anna Maria Schwerdtfeger stieß einen leisen, gequälten Seufzer aus. »Hermann Josef Ollmann war mein Spielka-

merad«, wisperte sie kaum vernehmlich, »in meiner Kinderzeit, zu Hause in Rodenkirchen. Unsere Elternhäuser standen nebeneinander.« Ihre Worte waren erst zögernd gekommen, jetzt flossen sie immer schneller. »Als wir aufwuchsen, verliebten wir uns ineinander. Aber wir kamen beide aus armen Familien, und deshalb betrachtete mein Vater es als großes Glück, daß Johann Schwerdtfeger mich sah und um meine Hand anhielt. Natürlich wurde ich mit dem reichen Handelsherrn verheiratet und nicht mit dem armen Kaufmannsgehilfen.«
Ihre Augen schwammen in Tränen. Sie verstummte. Gret ließ ihr Zeit, sich wieder zu sammeln. Schließlich konnte sie weitersprechen. »Für Hermann und mich war es unerträglich, getrennt zu sein«, sagte sie tonlos, »deshalb bat ich meinen Eheherrn, ihn bei sich einzustellen. Und Johann tat es – er vertraute meinem Urteil. Und er mußte es auch nicht bereuen, denn Hermann ist tüchtig. Mein Eheherr machte ihn bald zu seinem Prokuristen ... und was mich betraf ...«, sie unterdrückte einen Schluchzer, »ich konnte Hermann wenigstens hin und wieder sehen und ein paar Worte mit ihm sprechen ...«
Gret verstand. Sie erinnerte sich an das, was Pierangelo Contini ihr über Ollmann und die Witwe erzählt hatte. »Aber auf welchem Weg konnte eine Frau wie Änni davon erfahren? Ich kann mir nicht vorstellen, daß Ihr Umgang mit dieser Art von Leuten pflegt!«
Anna Maria Schwerdtfeger schüttelte den Kopf. »Ich hätte sie niemals kennengelernt – wenigstens nicht unter normalen Umständen«, sagte sie tonlos, »aber Johann holte Elisabeth ins Haus – zu meiner Gesellschaft. Ich freundete mich mit ihr an und erzählte ihr mehr, als ich hätte tun sollen ...« Sie schluchzte auf und legte die Hände vors Gesicht.
Gret dachte einen Augenblick nach. »Elisabeth kannte Änni«, ergänzte sie dann, »vielleicht hatte sie sogar einmal als ... Seidenweberin ... bei ihr gearbeitet. Und jetzt gab sie alles an Änni weiter, was sie von Eurer unglücklichen Liebe wußte. Ist das richtig?«

»Ja«, sagte Anna Maria Schwerdtfeger. Sie wischte sich die Augen. »Aber ich habe meinen Eheherrn nie betrogen«, brach es aus ihr hervor, »höchstens in Gedanken! Dennoch mußte ich der Erpresserin zu Willen sein, damit sie den Mund hielt! Hätte sie ein Gerücht ausgestreut – der Skandal wäre für mich und meinen Mann vernichtend gewesen.«
»Ja, natürlich«, murmelte Gret.
»Und jetzt ist die Lage aussichtslos geworden«, schloß Anna Maria Schwerdtfeger mit zitternden Lippen, »ich werde Änni mein Leben lang ausgeliefert sein. Sie hat gedroht, Hermann und mich mit dem Mord an Johann in Verbindung zu bringen, wenn ich nicht zahle. Ihre Forderungen werden immer höher; irgendwann wird kein Geld mehr da sein – und dann wird sie ihn und mich ans Messer liefern. Ich fürchte mich ganz entsetzlich. Ich weiß – Änni kennt kein Erbarmen.«
Auf Gret wirkte die junge Frau plötzlich wie ein verzweifeltes kleines Mädchen. »Habt keine Angst«, sagte sie tröstend und nahm impulsiv Anna Maria Schwerdtfegers Hand. »Soweit wird es nicht kommen. Wir werden das Schlimmste schon zu verhindern wissen. Sagt mir – wie kam Meulenkötter in das Geschäft Eures Mannes?«
»Er ist Elisabeths Bruder«, flüsterte die Witwe, »Johann stellte ihn auf ihr Betreiben ein.«
»So etwas dachte ich mir.« Gret kaute auf der Unterlippe. Also hatten die beiden von Anfang an zusammengearbeitet. Sie waren kein Liebespaar, sondern betrügerische, nein, mörderische Geschwister. Und sie waren es auch gewesen, deren Gespräch im Verschlag Gret belauscht hatte. »Nur der Neugier halber: Gibt es zu dem kleinen Bretterverschlag unter der Hintertreppe auch einen Zugang, der innerhalb dieses Hauses liegt?«
Anna Maria Schwerdtfeger blickte Gret verwirrt an. »Zu dem Verschlag? Ja ... da ist eine Tür, die in den Garten führte ... vor langer Zeit, ehe die Treppe angebaut wurde. Aber soweit ich weiß, wird diese Tür nicht mehr genutzt. Sie ist zugesperrt ...«
»Wer hat den Schlüssel?«

»Elisabeth. Sie hat alle Schlüssel im Haus. Was nützt dir diese Auskunft?«
»In dem besagten Verschlag haben Meulenkötter und seine Schwester ihre Schandtaten besprochen«, sagte Gret langsam, »ein gutes Versteck – wenn ich nicht zufällig eins ihrer Gespräche mitgehört hätte.«
»Wann?« fragte Anna Maria Schwerdtfeger fassungslos.
»Am Tag der Beerdigung.«
»Du meinst, Meulenkötter hat mit Elisabeth zusammen den Mord an Johann –«
»Ja.« Gret stand auf. »Nun dürfen wir keine Zeit mehr verlieren. Meine Bitte, gnädige Frau: Schreibt mir einen kurzen Brief an den Turmherrn. Bittet ihn, mich noch heute abend zu einem Gespräch vorzulassen. Ihr gehört zur besten Kölner Gesellschaft. Eurer Anfrage wird sich der Turmherr nicht entziehen können – selbst zu dieser späten Stunde.«
»Einen Brief an Herrn Kannengießer?« Die Witwe sah Gret großäugig an.
»Nur ein paar Zeilen – daß ich mit ihm sprechen muß.« Gret verspürte eine plötzliche Unruhe. Mit einemmal ging es ihr gar nicht schnell genug. »Bitte, gnädige Frau – es eilt!«
Anna Maria Schwerdtfeger erhob sich aus dem Sessel und ging zu dem kleinen Pult, das auf der anderen Seite des Zimmers an der Wand stand. Sie nahm ein Blatt Papier und tauchte die Feder ein. »Was soll ich schreiben?«
Gret räusperte sich. »Lieber, ehrenwerter Herr Kannengießer«, diktierte sie mit gedämpfter Stimme, »ich bitte Euch, die Überbringerin dieses Briefes unbedingt persönlich anzuhören. Es geht um eine Sache von größter Dringlichkeit. Seid herzlich bedankt von Eurer ... und so weiter ...«
Anna Maria Schwerdtfeger hatte mitgeschrieben. Sie setzte ihre Unterschrift auf den Bogen, faltete ihn, verschloß ihn mit einem dicken Klecks Siegellack. Mit bebenden Fingern gab sie ihn Gret in die Hand. »Ich weiß nicht, warum«, sagte sie, »aber ich traue dir wirklich. Dennoch habe ich Angst. Was willst du jetzt tun?«
»Ich werde einen Mörder und Betrüger in die Falle locken«,

erwiderte Gret und lächelte die Witwe ermutigend an. »Sorgt Euch nicht – wenn alles so läuft, wie ich es mir gedacht habe, könnt Ihr morgen wieder frei atmen.«
»Oh, das gebe Gott«, flüsterte Anna Maria Schwerdtfeger inbrünstig, »das gebe Gott!«
Gret steckte das versiegelte Papier in ihre Tasche, nahm den kleinen Instrumentenkoffer des Doctors vom Boden auf und verabschiedete sich. »Nur Mut«, sagte sie und knickste an der Tür, »sprecht ein Gebet. So etwas kann ja nicht schaden!«

Gret war ohne lange Diskussionen beim Turmherrn vorgelassen worden. Herr Kannengießer war zwar nicht sonderlich erfreut, so spät noch dienstlich in Anspruch genommen zu werden. Aber seine Laune besserte sich erheblich, als er sah, wer ihn da sprechen wollte. »Seid Ihr nicht diejenige, die damals meiner Schwiegertochter das Leben gerettet hat?« Er hatte Gret auf den ersten Blick erkannt und befleißigte sich sofort einer respektvollen Anrede. »Ihr erinnert Euch doch … die Sache mit Katharina Olligschläger?«
»Oh, sicher, Herr«, gab Gret zurück, »und heute geht es um das Leben von Anna Maria Schwerdtfeger – will sagen, um den Mord an ihrem Eheherrn Johann. Und daneben noch um eine Betrugs- und Erpressungsangelegenheit von riesigen Ausmaßen.«
Es wurde eine lange, ausführliche Unterredung. Der Turmherr hörte mit geschärfter Aufmerksamkeit, aber auch mit wachsender Erregung zu. Er unterbrach Gret kein einziges Mal und meldete auch keine Zweifel an der verwickelten Geschichte an, wie seinerzeit sein Amtsvorgänger. Als Gret ihren Bericht abgeschlossen hatte, sagte er nur: »Ungeheuerlich. Und kaum zu glauben, daß Ihr das alles ohne amtliche Hilfe herausgefunden habt. Und jetzt? Wie sollten wir Eurer Meinung nach verfahren?«
Gret schilderte dem Turmherrn sachlich ihre Vorstellungen. Herr Kannengießer stimmte allem zu, was sie für notwendig hielt. »Es kommt vor allem auf Pünktlichkeit an«, sagte sie, als alles abgesprochen war, »die Uhrzeit ist das allerwich-

tigste. Wird die nicht eingehalten, kann mein Plan nur scheitern.«
»Da sorgt Euch nicht«, murmelte Herr Kannengießer und betrachtete noch einmal den Belegnagel von der Stella Maris, den Gret ihm samt den blauen Zetteln mit den erpresserischen Zeilen als Beleg für ihre phantastische Geschichte vorgelegt hatte, »die Männer werden rechtzeitig zur Stelle sein – verlaßt Euch drauf. Wenn keiner es weiß, aber ich weiß genau, was ich an Euch habe. Ich wäre ausgesprochen blöde, wenn ich Eure Hilfe bei der Aufklärung dieses Verbrechens nicht in Anspruch nehmen würde!« Er reichte ihr die Beweisstücke. »Die werdet Ihr ja morgen noch brauchen.«

Begleitet von einem Leuchtemann, den Herr Kannengießer bestellt und bezahlt hatte, wanderte Gret zurück nach Hause. Es war beruhigend, im runden gelben Lichtkreis der Laterne gehen zu können, sicher geleitet von einem kräftigen, bewaffneten Mann. Dennoch klopfte Gret bei dem Gedanken an das, was ihr morgen bevorstand, das Herz. Der Plan, den sie sich zurechtgelegt hatte, war nicht ungefährlich. Sie konnte nur hoffen, daß der Turmherr tatsächlich Wort hielt und die Wachmänner, die beteiligt werden sollten, richtig instruierte.

Doctor Minutus war noch immer nicht zu Hause. Gret stellte also alles für das Frühstück zurecht, das sie morgen nicht mit ihrem Brotherrn einnehmen würde. Dieses eine Mal würde er sich seine Morgenmahlzeit selber richten müssen. Gret hatte Wichtigeres zu tun – schon in aller Herrgottsfrühe. Voraussichtlich konnte sie erst am Vormittag zurück sein, um das Vieh zu versorgen und die Hausarbeit zu erledigen.
Sie sicherte das Feuer, löschte die Lampe und ging durch den Garten in ihren Gaden. Sie kleidete sich vor dem Spiegel aus. Die junge Frau, die ihr von der blanken Messingplatte entgegenschaute, hatte goße, traurige Augen und wirkte bleich und bedrückt. Obwohl Gret sich jetzt eigentlich ganz kühl und gelassen fühlte …

Wenn ihre Rechnung aufging, würde Pierangelo Contini morgen mittag ein freier Mann sein. Und die Frau im Spiegel würde ihm in die Fremde folgen. Weil sie hier, umgeben von Erinnerungen an eine verlorene Liebe, nicht bleiben mochte. Vielleicht war dies die letzte Nacht unter dem bescheidenen Dach des Gadens bei Doctor Minutus' Haus.
Tränen rannen glitzernd über die Wangen des traurigen Mädchens im Spiegel. Gret wischte sich energisch das Gesicht ab. Dann legte sie sich zur Ruhe. Keine Zeit zum Jammern über verschüttete Milch. Morgen mußte sie ausgeschlafen sein. Heulen konnte sie später, wenn das gefährliche Abenteuer überstanden war.

Sie schlief unruhig, aber ohne Träume. Schon beim ersten Tageslicht war sie wieder auf den Beinen und bereitete sich auf ihr Unternehmen vor. Sie fühlte sich wie abgestorben. Nur ihr Verstand arbeitete scharf und nüchtern wie immer. Sie horchte auf den Stundenschlag der Glocke. Sechs Uhr. Um halb sieben mußte sie beim Frankenturm sein. Es wurde Zeit. Sie warf sich das dicke Wolltuch um die Schultern, schlüpfte in ihre hölzernen Sandalen und trat hinaus auf die Straße.
Es hatte in der Nacht geregnet, aber jetzt war der Himmel wieder klar. Nur ein paar Schäfchenwolken zogen in kleinen Trupps über den hellblauen Frühlingshimmel und spiegelten sich in den Pfützen auf dem Weg. Die Luft war kühl und frisch. Gret atmete tief. Selbst der Anblick eines Apfelbaums, dessen Blüten eben aufgebrochen waren, konnte sie heute nicht heiter stimmen. Verbissen und in Gedanken nur mit ihrem Vorhaben beschäftigt, marschierte sie Richtung Dom. Die Straßen begannen sich bereits zu beleben. Auf dem Domhof, beim Heilig-Geist-Spital, hatten sich die Armen der Stadt versammelt, um ihre allmorgendliche Speisung in Empfang zu nehmen. An den Portalen des Doms warteten Krüppel, Blinde und Findelkinder auf das Ende der Frühmesse. Heute ging Gret vorüber, ohne einen Blick an all diese Bedürftigen zu verschwenden oder ein Almosen zu geben. Heute

hatte sie keine Augen für die Not anderer Menschen. Zu sehr war sie mit sich selbst beschäftigt – und mit dem Plan, den es durchzuführen galt.
Sie hielt auf die Rheinbefestigung zu, den Platz beim Frankenturm, zu dem sie Meulenkötter bestellt hatte. Der Wortlaut der Nachricht, die sie Johann Schwerdtfegers Mörder durch Benedikt hatte übermitteln lassen, stand ihr noch deutlich, in dicken schwarzen Buchstaben, vor Augen:
»Ich weiß, daß Ihr Johann Schwerdtfeger getötet habt. Ich besitze Beweise dafür. Damit ich Stillschweigen bewahre, verlange ich ein Schweigegeld von 500 Mark. Stellt Euch morgen um halb sieben am Frankenturm ein, um mir die Summe zu übergeben. Als Erkennungszeichen werde ich die Mordwaffe in der Hand tragen.
Eine, die es ernst meint.«

Gret war sicher, daß Meulenkötter kommen würde. Er konnte es sich nicht leisten, vorzeitig entdeckt zu werden. Nein – es konnte nicht in seinem Interesse liegen, daß seine betrügerischen Unternehmungen jetzt schon aufflogen.
Wenn er aber am Treffpunkt erschien, bewies er damit einmal mehr seine Schuld. Auch der Turmherr hatte das so gesehen, als Gret ihm am vergangenen Abend ihren Plan erläutert hatte.
Gret würde nicht allein beim Frankenturm auf den Mörder und Betrüger warten. Zwei Klocken – heute ohne die auffälligen Dienstmäntel – würden sich in der Nähe bereithalten und Meulenkötter verhaften, sobald Gret das vereinbarte Zeichen gab.
Die Gegend um den berüchtigten Gefängnisturm war menschenleer. Zu dieser frühen Stunde verirrte sich niemand hierher. Gret stellte sich an die Mauer, nahm den Belegnagel der Stella Maris in die Hand und wartete. Nicht mehr lange, dann würde die Glocke die halbe Stunde schlagen.
Unauffällig hielt sie Ausschau nach den beiden Ordnungshütern, die ihr beistehen sollten. Noch war keine Menschenseele in der Umgebung auszumachen. Aber der Turm-

herr hatte seine Untersstützung fest zugesagt. Er würde Wort halten – da war Gret ganz sicher. Blieb nur zu hoffen, daß die Klocken nicht verschlafen hatten und zu spät auftauchten. Die Glocke läutete. Zwei dünne, zitternde Schläge. Halb …

15. KAPITEL

Noch immer war niemand da. Gret trat ungeduldig von einem Fuß auf den anderen. Es fiel so schwer, ruhig zu bleiben ...

Aus einem Seitengäßchen näherte sich jemand. Ein großer, breitschultriger Mann mit zottigem rotem Haar. Nicht Meulenkötter. Wahrscheinlich einer der Klocken.

Er kam auf Gret zu. Was wollte dieser Dummkopf bloß! Hatte der etwa vor, ein Gespräch mit ihr anzufangen – jetzt, wo jeden Augenblick Meulenkötter um die Ecke biegen konnte? Gret sah den Vierschrötigen beschwörend an, schüttelte den Kopf und machte eine abwehrende Handbewegung. Ihre Lippen formten tonlos das Wort: Weg!

Der Mann kümmerte sich nicht darum. Er hielt weiter auf sie zu, trat vor sie hin. »Du wartest wohl auf Meulenkötter?« fragte er lauernd.

»Ja doch«, gab Gret leise zurück, »verzieht Euch – Ihr verderbt ja alles!«

»Das glaube ich nicht«, knurrte der Rothaarige. »Bei dir bin ich goldrichtig.« Er packte blitzschnell zu, entwand Gret den Belegnagel und suchte ihr die Arme auf den Rücken zu drehen.

Grets Reaktion auf diesen unerwarteten Angriff kam automatisch. Ihr Bein wirbelte hoch, ihre dicken Holzsohlen trafen mit einem leise krachenden Geräusch das Schienbein des Rothaarigen. Gleichzeitig steckte sie Zeigefinger und Daumen der freien Hand in den Mund und stieß den schrillen Doppelpfiff aus – das vereinbarte Zeichen, auf das die Klocken eingreifen sollten.

Und augenblickllich waren sie auch da. Sie packten mit oft geübten Griffen den Angreifer und warfen ihn zu Boden – zwei Ordnungshüter, die ihr Handwerk verstanden.

»Is er dat?« fragte einer der Klocken und sah Gret begeistert an.

Gret schüttelte den Kopf. Sie begriff erst jetzt, was schiefgegangen war. Meulenkötter hatte jemanden geschickt, der sie – die unbequeme und gefährliche Schnüfflerin – aus dem Weg räumen sollte. Meulenkötter selbst war möglicherweise – Gret fiel schlagartig der mißtrauische Blick wieder ein, den das Fräulein Elisabeth ihr am vergangenen Abend zugeworfen hatte. War es nicht ziemlich sicher, daß die Hausdame gestern wenigstens Teile des Gesprächs mit Anna Maria Schwerdfeger belauscht und daraufhin ihrem verbrecherischen Bruder brühwarm weitergegeben hatte, was besprochen worden war? Wenn ja, dann war es kein Wunder, daß Meulenkötter nicht in die für ihn aufgebaute Falle gegangen war.

»Locht den Kerl ein«, sagte Gret, »es ist nicht der, auf den ich es abgesehen hatte. Aber ein Halunke ist er in jedem Fall.«

»Nit der richtije?« Die Klocken schauten enttäuscht drein.

»Nein. Seht zu, daß er schnell in den Turm kommt. Wir haben keinen Augenblick zu verlieren, wenn wir die Situation noch retten wollen!« Gret unterstrich ihre Worte mit drängenden Handbewegungen. »Bewegt Euch – bitte!«

Die beiden Ordnungshüter zuckten die Achseln. Sie zerrten den Gefangenen vom Boden hoch. Dann blieben sie unschlüssig stehen, den überwundenen Ganoven in der Mitte. »Wat willste denn jetz –«, setzte der eine zu einer unsicheren Frage an.

»Los, Mann!« Gret wurde laut. Sie stampfte mit dem Fuß auf. »Es geht um jede Minute! Schafft den Kerl weg, und seid umgehend wieder hier! Ich erkläre Euch unterwegs, was zu tun ist!« Herrgott – sie hatte eben doch die städtischen Büttel vor sich: bedächtig, langsam und schwer von Begriff, besonders, wenn die Zeit drängte!
Endlich schoben die Gesetzeshüter ab. Der gefangene Halunke wurde in den Turm verfrachtet. Und erstaunlich prompt erschienen die Klocken wieder. »Un jetz?«
Gret lief bereits voran. »Zum Heumarkt«, keuchte sie ungeduldig, »vielleicht sind die Vögel ja noch nicht ausgeflogen!«

Unterwegs verfluchte Gret sich tausendmal dafür, daß sie die Möglichkeit der Flucht Meulenkötters und seiner Schwester nicht in Betracht gezogen hatte. Sie hatte die Gerissenheit des verbrecherischen Geschwisterpaares unterschätzt, vor lauter Eifer, dem Turmherrn weitere Beweise für deren Schuld zu liefern – Beweise, die eigentlich ohnehin überflüssig waren. Nun gingen ihr vielleicht der Mörder und seine Komplizin doch noch durch die Lappen – bloß, weil sie unaufmerksam gewesen war.
Gret legte den Weg zum Heumarkt im Laufschritt zurück, flankiert von den beiden Klocken, die tapfer mithielten und sich im Rennen Grets Anweisungen anhörten.
Vor dem Logierhaus, in dem Meulenkötter wohnte, stand Benedikt. Der Junge kam Gret sofort entgegen, als er sie kommen sah. »Wißt Ihr schon das Neueste«, sagte er aufgeregt, »ein Holländer hat den Meulenkötter abgeholt! Und dann kam auch noch das Hausfräulein Elisabeth – stellt Euch vor! Zusammen haben sie eine schwere Kiste weggeschafft.«
»Wann war das?« fragte Gret atemlos.
»Ist noch nicht lange her«, antwortete der Junge, »halbe Stunde vielleicht … eher weniger.«
»Weißt du, wohin sie wollten?« Gret kämpfte ihre Erregung nieder. »Sag schnell – sie dürfen uns nicht entwischen!«
»Uns?« fragte Benedikt. Dann, mit einem verstehenden Sei-

tenblick auf die Klocken, die sich neben Gret aufgebaut hatten, deutete er zum Hafen.
»Sie sind da runter«, sagte er nüchtern, »Wo Ihr es jetzt sagt: Sie haben sicher vor abzuhauen. Auf einem Schiff – den Rhein runter.« Er nickte wie zur Bestätigung der eigenen Worte. »Ganz klar. Was sonst?«
Die Zeit wurde immer knapper. Die beiden Klocken hatten ihren Amtskollegen von der Marktaufsicht zu sich herübergewinkt und ihm klargemacht, daß auch er bei der anstehenden Jagd auf die Flüchtigen gebraucht wurde. Zu viert durchstreiften sie jetzt den Wald aus Masten und Spieren, forschten mit scharfen Blicken nach einem holländischen Schiff, das ablegebereit war.
Benedikt, der sich ebenfalls angeschlossen hatte, entdeckte als erster das Frachtboot, das sie suchten. Es hatte bereits die Leinen gelöst. Eben machten sich zwei Matrosen daran, vom Land abzustoßen.
Die Klocken rannten zur Landungsbrücke. »Halt«, schrie einer von ihnen, »im Namen des Rates der Stadt Köln muß ich drauf bestehen, dat –«
Seine Kollegen machten nicht so viel Federlesens. Sie langten einfach nach der Leine und schlangen sie wieder um den Poller. Im Nu lag die Planke über der Bordwand des langen, flachen Bootes, und dann kamen Meulenkötter und seine Schwester Elisabeth, beide fest im Griff der städtischen Büttel, zurück an Land. Auch die schwere, mit Eisenbändern gesicherte Seekiste, die sie als einziges Gepächstück bei sich gehabt hatten, wurde wieder auf festen Boden gehievt.
»Dat sind se aber doch jetz – oder?« fragte einer der Klocken und sah Gret erwartungsvoll an. »Nit, dat mer schon wieder danebenjeschnappt haben ...«
Gret nickte wortlos.
»Ihr seid festjenommen«, rasselte darauf der Klocke seinen Spruch herunter, »wejen Mord und janz erheblichem Betruch.«
Meulenkötter machte einen letzten Versuch der Gegenwehr. »Das wird Euch teuer zu stehen kommen«, schäumte er, »ich

bin ein anständiger Mann – eingesessen in der Stadt seit zwei Jahren. Und meine Schwester –«

»Wird jenau wie Ihr demnächst im Turm einsitzen«, schnarrte der Klocke. »Kiste aufmachen. Da drin is Beweis jenuch – wenn nit alles täuscht.«

Seine Kollegen nickten. »Jede Menge erjaunertes Jeld, hat uns der Turmherr informiert«, meinte einer von ihnen, »wenn mehr drin wären als wie zwanzig Mark – dann wär' dat verdächtig. Schlüssel her.«

Meulenkötter wechselte die Farbe. Langsam zog er den Schlüssel zur Seekiste hervor und sperrte das Schloß auf. Er wußte – er hatte verloren. Die vielen Goldstücke, die den Klocken aus mehreren dickgefüllten Beuteln entgegenschimmerten, paßten schlecht zu einem kleinen Kontoristen ...

In ungläubigem Staunen gafften die Gesetzeshüter den zusammengeraubten Schatz an. Gret dagegen war nicht überrascht. Und sie fand einen anderen Gegenstand, den die Kiste neben feiner Kleidung noch enthielt, viel interessanter. Es war ein sonderbares Ding von der Größe und Gestalt eines geköpften Eis. Sein gefällig gerundetes Gehäuse bestand aus Silber, das über und über mit feinen Arabesken aus Gold verziert war. Die flache Oberseite wurde von einem Zifferblatt gebildet.

Ehrfürchtig und fasziniert nahm Gret das Wunderding in die Hand. Es gab sie also tatsächlich, die tragbare Uhr, die man einfach in der Tasche mitnehmen konnte! Und diese Taschenuhr hatte Johann Schwerdtfeger gehört – kein Zweifel. Sein Mörder hatte sie ihm abgenommen und die dazugehörige Kette auf dem Rasen vor dem Pavillon verloren ... möglicherweise mit Absicht, so daß Pierangelo Contini sie aufhob und man sie bei ihm finden konnte.

Plötzlich war der Hergang des Mordes an Johann Schwerdtfeger sonnenklar. Die Tat war auf das gründlichste geplant gewesen. Elisabeth hatte Pierangelo Contini um drei Uhr zum Stelldichein in den Garten gebeten und ihrem Bruder am Tag zuvor durch die drei geknickten Kirschbaumzweige mitgeteilt, daß um diese Stunde die blutige Arbeit getan sein mußte.

Pünktlich war Contini erschienen, hatte wie geplant die Leiche entdeckt, war nach Plan von den ahnungslosen Hausdienern gefaßt worden. Gret fiel jetzt auch ein, was Elisabeth nach Pierangelos Angaben vom anderen Ende des Gartens her gerufen hatte: Haltet den Mörder! Elisabeth hatte aus der Entfernung nicht in den Pavillon hineinsehen können. Wäre sie unschuldig gewesen – sie hätte nicht einmal ahnen können, daß im Gartenhaus eine Leiche lag!
Gret schüttelte den Kopf. Niemandem waren diese Ungereimtheit am Tag des Mordes aufgefallen – auch ihr nicht. Erst jetzt, wo sich alles aufklärte, rutschten auch die letzten Stückchen des verwirrenden Bildes an ihren Platz.
Es würde einen kurzen Prozeß geben – mit unumstößlichen Beweisen, zuverlässigen Zeugen und mindestens einer Hinrichtung. Klara und Benedikt würden aussagen, und natürlich Gret selbst. Sie hatte das Ziel erreicht, das sie sich gesteckt hatte: Pierangelo Continis Kopf zu retten. Aber damit nicht genug. Ollmann und Anna Maria Schwerdtfeger würden ohne Angst vor Änni, der Erpresserin, weiterleben können und damit ohne Angst vor Gerüchten und falschen Verdächtigungen. Das Handelshaus Schwerdtfeger würde nicht untergehen. Den betrügerischen Machenschaften eines Kontoristen war ein Ende gesetzt. Und nicht einmal das ergaunerte Geld war verloren.
Gret hatte ihre Schuldigkeit getan. Sie konnte gehen – sobald der Prozeß vorbei war. Ihre Zeit in Köln war so gut wie abgelaufen …
Nachdenklich, noch immer umfangen von dieser merkwürdigen inneren Gleichgültigkeit, betrachtete sie die Taschenuhr, hielt die Kostbarkeit ans Ohr … Das mechanische Wunderwerk tickte leise …
»Schönes Stück«, sagte eine Stimme hinter ihr, »ein Nürnberger Ei. Das zweite, das ich bis jetzt gesehen habe.«
Gret fuhr aus ihren trüben Gedanken hoch und drehte sich um. Derjenige, der sie angesprochen hatte, trug einen Schulterkoller und eine verblichene rote Gugel, die er sich gerade aus dem Gesicht schob. Gret erkannte den hageren, etwas

krummrückigen Mann sofort: Es war Matheis der Uhrmacher – Hans Stellmachers bester Freund!
»Du?« sagte Gret verwirrt und überrascht. »Dann warst du es also, der mir in den letzten Tagen überall hin nachgelaufen ist!«
Matheis nickte. »Und auch jetzt bin ich wieder hinter dir her. Ich mach' mir Sorgen um Hans. Du mußt endlich mit ihm reden.«
Kummer und Wut kochten gleichzeitig in Gret hoch. »Es hat sich ausgeredet«, sagte sie hart. »Ausgerechnet du machst dir Sorgen – und das auch noch um Hans?« Sie maß Matheis mit einem verachtungsvollen Blick. »Dabei bist du doch wohl derjenige gewesen, der uns auseinandergebracht hat! Du mußt mich bei ihm verleumdet haben!«
Matheis senkte den Blick. »Hab' ich nicht«, antwortete er bedrückt. »Von mir hat er nur erfahren, was ich wirklich gesehen habe. Außerdem – er wollte unbedingt, daß ich dir nachspioniere. Er hat mich stundenlang bearbeitet, damit ich ihm den Gefallen tue!«
»Und warum?« Gret hatte plötzlich Mühe, die Fassung zu bewahren.
Matheis sah sie bittend an. »Hans hatte die fixe Idee, bei dir ginge ein fremder Mann ein und aus – in aller Heimlichkeit, wenn's keiner sah. Er war rasend eifersüchtig.«
»Und da hast du ihm berichtet, ich treffe mich mit Kerlen aller Art«, schrie Gret den Uhrmacher an, »stimmt's? Wie konntest du nur! Du kennst mich doch!«
»Aber du warst ja wirklich zu den unmöglichsten Zeiten in der Stadt unterwegs«, verteidigte sich Matheis, »du hast dich tatsächlich mit diesem Quacksalber getroffen – und dich sogar von ihm küssen lassen! Ich hab's genau gesehen, auf dem Alten Markt! Wie sollte ich denn ahnen, was dahintersteckte? Wenn mir der kleine Rotzbengel, dieser Bätes, nicht alles erklärt hätte –«
»Woher kennst du den Jungen überhaupt?«
»Er wollte dich beschützen und ging mit einem Stecken auf mich los«, antwortete Matheis und lachte leise in Erinne-

rung an das komische Erlebnis, »er hatte bemerkt, daß ich dich auf Schritt und Tritt verfolge, und hielt mich wohl für gefährlich ...«
»Da hatte er so unrecht nicht.«
»Gret«, Matheis legte die Hand auf ihren Arm, »es tut mir von Herzen leid – zumal das ganze eine so dumme Idee war. Jetzt hilf mir, die Sache mit dir und Hans wieder einzurenken. Rede mit ihm. Auf mich hört er nicht!«
Gret machte sich von Matheis los. »Wir haben uns alles gesagt, was es zu sagen gibt – und noch ein bißchen mehr«, erwiderte sie abweisend. »Sag selbst: Was soll ich mit einem Mann, der mir nicht traut?«
Darauf wußte Matheis nichts zu sagen. Eine Pause entstand. Schließlich murmelte er: »Hans leidet sehr unter eurem Streit. Er hat angefangen zu trinken. Seit gestern ist er nicht mehr nüchtern gewesen. Willst du nicht doch –«
Die Verhafteten wurden abgeführt. Elisabeth warf Gret im Vorübergehen einen so tödlich-haßerfüllten Blick zu, daß ihr schauderte. Sie schüttelte sich. »Ich hab' jetzt keine Zeit«, sagte sie zu Matheis. »Ich muß meine Aussagen zu Protokoll geben. Außerdem – wenn Hans wirklich etwas von mir will, dann weiß er ja, wo er mich finden kann. Vorläufig jedenfalls noch.«
Sie ließ den Uhrmacher stehen und schloß sich der kleinen Prozession an, die sich mit dem Verbrecherpaar in der Mitte langsam zur Stadt zurückbewegte. Ziel war die Hacht, das Hauptgefängnis am Domhof, wo die Verhöre und die weiteren Verfahren stattfinden würden.

Befragungen und Protokollaufnahmen zogen sich hin. Herr Kannengießer, der in eigener Person zugegen war, kam zwar gut voran. Aber zu den beiden Hauptangeklagten war noch Änni hinzugekommen, die trotz der erdrückenden Beweise laut und unverschämt ihre Unschuld beteuerte und damit die Aufnahme der Tatbestände über Gebühr verzögerte.
Buschelmann führte das Protokoll. Er hockte, magere schwarze Krähe, die er war, an seinem Pult und schrieb mit

kratzender Feder, was das Zeug hielt. Hin und wieder irrte sein Blick zu Gret hinüber, und er wechselte die Farbe, während seine wasserblauen Augen anbetend auf ihr ruhten. Gret hatte keinen Sinn für die Komik dieser Tatsache. Sie machte sachlich und ohne unnütze Ausschmückungen ihre Aussage. Es entging ihr völlig, daß sie den Sekretarius dadurch veranlaßte, sie um so intensiver anzuhimmeln.

Gegen zehn, mitten in der Vernehmung Meulenkötters, öffnete sich die Tür des Saals, und ein Amtsdiener trat an dem Tisch des Turmherrn. Er flüsterte Herrn Kannengießer ein paar Worte zu. Der Turmherr überlegte einen Augenblick, dann nickte er widerstrebend. Der Amtsdiener steuerte auf Gret zu.

»Jungfer Margarete«, sprach er sie an, »draußen steht ein Junge, der Euch unbedingt sprechen will und sich nicht abweisen läßt. Er faselt da was von Mord und Totschlag – Ihr müßtet sofort mitkommen ...«

»Ein Junge?« Gret hob geistesabwesend die Augenbrauen. »Aber ich kann doch jetzt nicht weg!«

»Der Turmherr hat Euch beurlaubt«, sagte der Amtsdiener, »Ihr könnt Eure Aussagen auch später noch beenden. Es besteht ja keine Fluchtgefahr«, fügte er mit breitem Grinsen hinzu.

Gret konnte nicht über das Witzchen lachen. Sie stand auf und ging mit hölzernen Bewegungen zum Ausgang. Vor der Hacht wartete in zitternder Ungeduld Bätes. »Mensch, Jriet«, rief er ihr entgegen, »beeil dich – wir müssen sofort in de Jlockenjass! Et jibt en Unjlück, wenn keiner dazwischenjeht!«

»Kannst du mir vielleicht zuerst mal sagen, wovon du redest, Hubertus?« Gret, jäh aus der Verhandlung herausgerissen, konnte sich nicht so schnell auf andere Dinge umstellen. Sie fühlte sich irritiert.

Bätes nahm ihren Ärger gar nicht wahr. Er faßte ihren Arm und zerrte sie mit sich, während er einfach losrannte. »Es hat Krach gegeben bei dir im Haus«, sagte er aufgeregt, »nimm die Beine in die Hand! Die machen sich gegenseitig kalt ... vielleicht ist es sogar schon passiert!«

Gret hetzte hinter dem Jungen her. »Wer denn, Hubertus?« fragte sie erschrocken.
»Wer schon ...« Bätes wandte ihr im Laufen den Kopf zu und sah sie von unten herauf vorwurfsvoll an, »dein Geliebter natürlich – und so'n schwarzer Heide ...!«
Gret blieb stehen. Sie schnappte nach Luft. »Wann hat der Krach angefangen?« fragte sie, während sie sich wieder in Trab setzte.
»Als ich los bin, um dich zu holen«, schnaufte Bätes, »da hatte sich der Schwarze in deinem Gaden verbarrikadiert. Und dein Geliebter – der war dabei, die Türe aufzubrechen.«
Gret war es, als fiele die merkwürdige Kälte, die sie umhüllt hatte, mit einem Mal wie ein Mantel von ihr ab. Die Gefühle, die zurückkehrten, taten weh. Sie fragte nicht weiter, sondern strebte nur noch in äußerster Hast der Glockengasse zu, ohne Rücksicht darauf, daß die Straßen naß und schmutzig waren.
Schon von der Ecke aus hörte sie den Tumult. Ein paar letzte Schritte, und sie war am Schauplatz des Geschehens. Vor ihrem Häuschen, dessen Tür zersplittert in den Angeln hing, wälzten sich zwei Gestalten am Boden – zwei Männer, deren Gesichter so lehm- und blutverschmiert waren, daß man sie kaum noch erkennen konnte.
Hans Stellmacher und Pierangelo Contini rangen verbissen miteinander. »Wenn du meinst«, keuchte Hans, »daß ich jetzt so einfach das Feld räume ... dann hast du dich aber gewaltig verrechnet, du welscher Hund!« Er riß den Arm hoch und drosch mit der Faust auf Contini ein.
Der stieß einen italienischen Fluch aus. »Maledetto! Was hast du ihr denn zu bieten – eh?« Mit einer katzenhaft-eleganten Bewegung wich er dem plumpen Faustschlag aus, entwand sich Hans' Griff und rollte auf die Füße. »Sie ist mein ... ich liebe sie mehr als du!« Und auf einmal blitzte ein Messer in seiner Hand.
Hans rappelte sich ebenfalls aus dem Lehm hoch. Er schwankte, schien schwer betrunken zu sein. Als er das Messer in der Hand des Italieners sah, lachte er auf. »So einer

bist du, Freundchen …? Gut –«, er tat einen unsicheren Schritt auf Pierangelo Contini zu, »dann fechten wir's also aus. Ich geb' sie dir nicht ab. Wenn du sie haben willst, mußt du mich vorher abstechen …!«

Die beiden umkreisten sich – Pierangelo gleitend und sprungbereit geduckt, Hans drohend aufgerichtet wie ein wütender Bär. Sie schienen ihre Umgebung überhaupt nicht wahrzunehmen – sahen nichts außer dem Rivalen. Bei ihrem Anblick überrollte Gret eine ungeheure Welle von Gefühlen. Zorn, Kummer, Liebe, Zärtlichkeit und Stolz – all dies mischte sich miteinander und nahm ihr fast den Atem. Sie stürzte auf die Kämpfenden zu und warf sich wütend zwischen sie. »Sofort aufhören«, schrie sie, »wie könnt ihr es wagen, einfach über mich verfügen zu wollen! Ich bin doch kein Beutestück – egal, wer bei dieser lächerlichen Schlägerei gewinnt!«

Pierangelo fiel das Messer aus der Hand. »Margherita«, sagte er und starrte sie an wie ein Gespenst, »amore … ich …«

Gret maß ihn mit einem finsteren Blick. Dann sah sie Hans an. Der schwankte auf sie zu. Langsam ging er vor ihr in die Knie. »Ich will einfach nicht«, sagte er mit trotziger, betrunken schlurrender Stimme, »und unser Aufgebot … das hab' ich auch nicht zurückgenommen – daß du's nur weißt!«

Plötzlich umschlang er mit beiden Armen ihre Taille. Ein rauhes Schluchzen kam aus seiner Kehle, und er preßte den Kopf an ihren Leib. »Ich halt's nicht aus ohne dich, mein Gretchen … egal, wie oft du mich rauswirfst! Herrgott … ich hab' dich ja so schrecklich lieb …«

Gret sprangen die Tränen aus den Augen. Sie streichelte Hans zärtlich über das lehmverkrustete Haar. »Ich liebe dich auch«, flüsterte sie mit schmerzender Kehle, »das weißt du doch, du Blödian! Keinen Augenblick bin ich dir untreu gewesen, und wenn du nicht –«

Weiter kam sie nicht. Eine weißgekleidete, ausladend gerundete Gestalt bog um die Ecke – Doctor Minutus, noch in Nachthemd und Schlafmütze. »Was in drei Teufels Namen ist

das für ein Radau«, fuhr er Gret an, »wie soll denn da ein schwer arbeitender Mensch seine Ruhe –«
Sein Blick fiel auf Hans. »Ach, übrigens, Stellmacher«, setzte er seine unterbrochene Rede fort, »ich gebe meine Wirtschafterin jetzt doch frei. Fräulein Mathilde Opdemhoff hat geruht, mir ihre Hand zum Ehebund zu reichen, und ... ähmm ... Grundlins Dienste werden mir daher in Zukunft entbehrlich sein ... ja ...«
Er entdeckte Bätes, der am Gartenzaun lehnte. »Was macht der Bengel hier? Hast du eine Nachricht für mich, Junge?«
Noch jemand erschien auf der Bildfläche: Klara, die Jungmagd aus dem Hause Schwerdtfeger. »Jriet«, sprudelte sie fröhlich und achtete nicht auf Doctor Minutus verblüffte Miene, »die gnä Frau schickt mich! Ich soll schön jrüßen – und du kriegst wat für deine Aussteuer! Und der Ollmann – der is jar nit so fies! Stell dir vor – der is auch 'ne Hungsfresser, jenau wie ich. Hat er mir selbst jesagt!«
Gret lächelte. Doctor Minutus' Blick irrte von Klara ab. Seine Augen weiteten sich. Erst jetzt hatte er Pierangelo Contini bemerkt. »Das ist doch ...«, stotterte er, »das ist doch der ... der Kerl, den die Klocken suchen!« Hilflos sah er Hans Stellmacher an. »Habt Ihr den etwa hier in die Enge getrieben – oder ist der immer noch auf freiem Fuß?« Jetzt fiel ihm auch der beklagenswerte Zustand auf, in dem sich die Kleidung der beiden Männer befand. »Um des lieben Himmels willen – wie seht Ihr denn aus?«
Gret achtete nicht auf den Doctor. Sie löste sich aus Hans' Umarmung und trat auf den Italiener zu. »Wir haben den Mörder, Pierangelo«, sagte sie, »du bist frei. Und es ist zu Ende.« Sie nahm seine Hand und drückte sie. »Weißt du – am Anfang tut es sehr weh. Aber mit der Zeit ...«
Pierangelo Contini sah sie mit seinen wunderschönen Augen an. Er lächelte. Aber diesmal fehlte der Zauber. »Um dir zu vergessen, wird es viel, viel Zeit brauchen«, sagte er leise, »vielleicht mein ganze Leben ...«
»O – du wirst es überstehen«, erwiderte Gret. »Wenn einer so was unbeschadet übersteht, dann du!«

»Aber manchmal ... wirst du manchmal denken an Pierangelo?« Er fand bereits zu seinem heiteren Ton zurück.
»Darauf kannst du Gift nehmen«, sagte Gret, »wie könnte ich dich jemals vergessen? Du hast mir die bis jetzt aufregendsten Stunden meines Lebens beschert.«
Hans zog sie von ihm weg. Pierangelo ließ bedauernd Grets Hand fahren. Aus dem Garten kam auf einmal die Schusterin herübergelaufen. Sie ließ den Blick kopfschüttelnd über die merkwürdige Gesellschaft wandern, die sich bei Grets Gaden versammelt hatte. Dann, verständnislos und vorwurfsvoll, aber mit strahlendem Gesicht, sagte sie: »Du warst ja den janzen Morgen nit da, Jriet, und da hab ich mich schon um de Tiere jekümmert. Euer Rosa – die hat zwölf Ferkel jeworfen. Lauter jesunde, fette kleine Glücksschweinchen. Is dat nit schön?«
Doctor Minutus kam wieder zu sich. »Schweinchen, Schweinchen«, meldete er sich lautstark zu Wort, »wie könnt ihr denn jetzt an Schweine denken? Los, Junge«, er schaute Bätes streng an, »hol die Klocken – aber hopp, hopp! Sag ihnen, wir hätten den gesuchten Mörder im Garten. Und sie sollten Hand- und Fußfesseln mitbringen!« Er klatschte in die Hände, um Bätes zur Eile zu bewegen. Aber der grinste nur, und Gret fiel ihrem Hans um den Hals, während Klara laut auflachte.
Zuerst verschlug es dem Doctor die Sprache. Dann schob er Bauch und Unterkiefer vor. »Grundlin«, schnaubte er indigniert, während er Gret anstarrte, »kann es sein, daß die Aussicht auf deine baldige Hochzeit dir den Verstand so durcheinandergebracht hat, daß du einem gesuchten Mörder zur Flucht verhelfen willst?« Er schnappte hörbar nach Luft. »Zuerst Ratten auf dem Speicher. Dann dies hier! Muß ich mich denn um alles selber kümmern? Bin ich von lauter Ignoranten umgeben?!«
Klara und Bätes lachten noch lauter. Doctor Minutus war fassungslos. »Es ist wahr«, murmelte er, »lauter Ignoranten! Erschreckend! Kann mir vielleicht jemand sagen, was hier eigentlich vor sich geht?«

»Mir auch«, sagte Hans Stellmacher und heftete den etwas glasigen Blick auf Gret. »Das mit den Klocken und dem Mörder ... das hab' ich nicht verstanden ...«
Gret wischte sich die Tränen des Glücks und der Heiterkeit aus den Augen. »Später, Liebster«, sagte sie und küßte ihn zärtlich, »wenn du wieder nüchtern bist. Übrigens«, fügte sie hinzu, »ich habe dich niemals rausgeschmissen. Ich war bloß wütend auf dich, weil du –«
»Willst du nicht doch mal die jungen Ferkel sehen?« unterbrach die Schusterin, enttäuscht über das mangelnde Interesse an ihrer frohen Botschaft. »Die Küken sind auch geschlüpft ...«
»Ja.« Gret entschloß sich, das brisante Thema fallenzulassen, das sie soeben hatte anschneiden wollen. »Wir haben allen Grund, glücklich und zufrieden zu sein!«.
»Erst, wenn ich weiß, was hier gespielt wird«, murrte Doctor Minutus. Und ihm blieb vor Staunen der Mund offen, als Gret ihn lachend auf die Wange küßte.